U0919084

THE ROAD TO SCIENCE FICTION

科幻之路

⑬

神圣的梦

[美国] 詹姆斯·冈恩　编著
James Gunn

赵佳铭　等　译

译林出版社

图书在版编目（CIP）数据

神圣的梦 / (美) 詹姆斯·冈恩 (James Gunn) 编著 ; 赵佳铭等译. -- 南京 : 译林出版社, 2025. 1.
(科幻之路). -- ISBN 978-7-5753-0427-6

Ⅰ. I561.45

中国国家版本馆CIP数据核字第2024CR5561号

著作权合同登记号　图字：10-2023-21 号

神圣的梦　[美国] 詹姆斯·冈恩 / 编著　赵佳铭 等 / 译

策　　划　姬少亭　李兆欣
统　　筹　伍江南
责任编辑　熊　钰　王　玥
翻译监制　东方木
装帧设计　孙逸桐
责任校对　王　敏
责任印制　闻媛媛

出版发行　译林出版社
地　　址　南京市湖南路 1 号 A 楼
邮　　箱　yilin@yilin.com
网　　址　www.yilin.com
市场热线　025-86633278
排　　版　南京展望文化发展有限公司
印　　刷　南京新世纪联盟印务有限公司
开　　本　880 毫米 × 1240 毫米　1/32
印　　张　8
插　　页　1
版　　次　2025 年 1 月第 1 版
印　　次　2025 年 1 月第 1 次印刷
书　　号　ISBN 978-7-5753-0427-6
定　　价　68.00 元

目录

战后大爆发

第二次世界大战的结束释放了美国一直被压抑的科幻热情。战争是凭借实验室中的研究成果获胜的：不仅仅凭借原子弹，还凭借雷达、声呐、喷气式飞机、火箭以及许多不那么出名的新发明。公众也逐渐相信，塑造未来的是即将出现的新事物，而不是已经出现的事物。在美国，人们匆忙出版了一些选集，作为对此种思潮的响应。选集中满是在杂志上发表的精彩小说，记录了人们对于可期未来的愿景。之后，人们又将一系列杂志以书的形式重印。爱好者组成的出版商是出版这些书籍的先行者，他们用热情弥补了资本的缺乏。20 世纪 40 年代后期，以西蒙与舒斯特和双日图书公司为首的主流出版商已经意识到，在美国出现了一种新的思潮。差不多在同样的时候，杂志出版商出版了许多新的杂志，它们如洪水一般充斥着各个报刊亭，但是除了《奇幻与科幻杂志》和《银河》，这些杂志都很短命。

在英国，纸张短缺持续的时间更长，社会从战争带来的物质损失以及精神折磨中恢复得更慢。此外，英国的科幻迷尽管富有热情、联系得也更为紧密，但是他们从未涉足出版业。除了斯塔伯福德称为“更为低端的英国平装本出版商”所出版的书籍，科幻书籍的出版量直到 1951 年都进展甚微。此后，出版量开始爬升，并在 1954 年达到 76 本的顶峰，而在 1957 年又突然跌到 22 本。此后，出版量以更为稳健的速度上升，就在九年之后，又超过了 75 本。

1946 年至 1947 年，由沃尔特·吉林斯担任编辑的《幻想》杂志发行了几期。特德·卡内尔也在同一时期开始发行《新世界》杂志。但此时还没到 1949 年，在那一年《新世界》复刊并进入持续出版阶段，也还没到 1952 年，在那一年英国已经有了四家有坚实基础的杂志，包括《真科幻》(*Authentic*)、《星云》(*Nebula*) 和《科学幻想》在内。

吉林斯在努力让《幻想》杂志发展壮大期间，曾退回了阿瑟·C. 克拉克的短篇小说，并建议他试试投给美国科幻界。很多英国作家已经在这么做了，而埃里克·弗兰克·拉塞尔比其他人做得都要好。

拉塞尔在作为英国星际协会[1]的会员时接触了科幻小说。他的第一篇短篇小说《鹈鹕西行记》(“The Saga of Pelican West”) 于 1937 年发表在《惊异》杂志上，那还是在约翰·坎贝尔担任该杂志的编辑之前。然而，坎贝尔和他的前任一样喜欢拉塞尔的作品。拉塞尔成为了坎贝尔主编的杂志的固定供稿作者。截至 1950 年，他已经在《惊异》杂志上以本名发表了 22 篇短篇小说，还以笔名发表了 4 篇短篇小说。他还在坎贝尔主编的、只在 1939 年到 1943 年间短期发行的奇幻杂志《未知》(*Unknown*) 上发表了 4 篇短篇小说，因此他截至此时在坎贝尔主编的杂志上共发表了 30 篇短篇小说。这段时期

1. 英国星际协会（The British Interplanetary Society）是一家成立于英国利物浦的组织，致力于支持人类的宇航事业和太空探索。著名科幻作家阿瑟·C. 克拉克曾任该协会主席。

中，他只在其他杂志上发表了 13 篇短篇小说，其中包括他在英国杂志《奇谭》和《幻想》上发表的 7 篇小说。拉塞尔的创作焦点和被接受程度由此可见一斑。如果他没有在 1941 年到 1945 年参加英国皇家空军的话，他也许会发表更多作品。

吉林斯曾经对《鹈鹕西行记》的情节紧张、文字生动的写作风格做出评论，认为这显示出他受到斯坦利 · G. 温鲍姆的影响。马尔科姆 · 爱德华兹（Malcolm Edwards）在他所编的《科幻小说百科全书》中写道："生动而俏皮的写作风格……使他的小说似乎比很多美国投稿者所创作的小说更具有典型的美式风格……"拉塞尔的第一篇长篇小说《凶障》自《未知》杂志发行的第一期起开始连载，这篇小说显示出他受到了查尔斯 · 福特的古怪理论的影响（拉塞尔一度担任英国福特现象研究协会的代理人一职）。他给坎贝尔主编的两家杂志的知名供稿包括：关于一台类人机器人的"杰伊 · 斯科尔"系列短篇小说、《变形》（1946）、《可怕避难所》（于 1948 年连载）、《深夜终点》（1948）、《……之后就一无所有了》（1951）以及《阿拉马古萨》（1955）。《阿拉马古萨》（"Allamagoosa"）为拉塞尔赢得了雨果奖，《……之后就一无所有了》（"... And Then There Were None"）被美国科幻作家协会选入《科幻名人堂》第二卷。

拉塞尔共出版了 8 部长篇小说，其中大部分改编自他的短篇小说。他还出版了许多短篇小说选集。他较为令人瞩目的短篇小说之一就是 1947 年发表在《惊异》杂志上的《收藏爱好者》（"Hobbyist"）。这篇小说用理性而科幻的方式提及了一个在哲学和神学领域讨论得更多的问题。

（赵佳铭　译）

收藏爱好者

埃里克·弗兰克·拉塞尔

飞船划过一条弧形的轨迹，从金黄色的天空中降落下来，带着一阵尖啸和撞击，毁掉了长达一英里的茂盛植被。还有半英里的植物被船尾火箭喷出的最后一阵强光烤得焦黑，化作灰烬。降落的场面蔚为壮观，气势磅礴，在任何报纸上都值得用整整四栏去报导。但上次发行报纸还是在很长一段时间之前，而且也没人要记录这件发生在宇宙深处的角落里的微不足道的小事。所以飞船就在那儿无精打采地缩着，一动不动地停在由灰烬组成的燃烧残迹的末端。天上光芒熹微，照耀大地，绿色的世界庄严地笼罩在四周。

史蒂夫·安德在有机玻璃制成的透明圆顶控制舱中静静坐着，认真思考。他一直都有认真思考的习惯。钟情于立体电影的公众喜欢冲动鲁莽的人，但宇航员不是这样的，他们承担不起这种性格带来的后果。这种职业很危险，他们需要具有行事谨慎、深思熟虑的超凡能力。5 分钟的思考曾阻止了很多肺脏崩溃、心脏破开、骨头断裂的悲剧。史蒂夫很珍惜自己的身子骨。他并不以自己的身子骨为骄傲，也没有任何理由认为他的身子骨在什么方面比其他人的要优秀。但是他已经拥有这副身子骨很长时间了，对它还挺满意，强烈希望它能一直完好无缺。

因此，当船尾的喷气管冷却下来，并像通常一样嘎吱作响、收缩变小时，他正坐在控制席上，视线穿过圆顶，凝视远方。因为陷入沉思，他并没有真的看着什么东西。他思考了几个问题。

首先，在仓促抵达的过程中，他粗略地估量了一下这个世界。在他力所能及的猜测之中，这个世界是地球的十倍大。但是他的体重似乎没什么异常。当然了，在两段失重期之间，一个人的体重猛然上升或者下降几个星期的话，他对体重的感觉就会变得混乱。最合理的猜测需要基于肌肉反应。如果你感觉像土星树懒一样迟钝的话，你的体重就上升了。如果你感觉像安格斯凯特里克星的公牛一样强壮有力，那你的体重就下降了。

体重正常，这意味着这颗行星尽管有地球的十倍体积，但是质量却和地球一样。也就是说，这颗行星上都是轻元素，换句话说，缺乏重元素。没有钍，没有镍，造不出镍钍合金。因此，没办法返航。金斯顿-凯恩原子力引擎需要直径为十个单位长度的镍钍合金线，并把它们直接塞进汽化器中当作燃料。变性钚也可以当燃料，但是变性钚不会在自然环境中生成，必须人工制造。他的燃料线轴上还剩下三码九又四分之一英寸的镍钍合金线，这不够，他得永远待在这里了。

这真是个美妙的东西——逻辑。你可以从一个简单的前提开始：当你坐下时，你感觉椅背不像平时那么平了。你之后可以一路推导出这个不可避免的结论：你再也不是个流浪者了，你变成了这颗星球的本地人。命中注定，你适合当这里最原始的居民。

史蒂夫挤出一副丑脸，说道："该死！"

对他那张脸来说，挤出丑脸不用太费劲，造物主已经给了他的大脸盘一个很不错的起点。换句话说，那张脸并不英俊。那是一张长长的、瘦削的深棕色面庞，下颌有着显眼的肌肉，颧骨突出，还有细长的鹰钩鼻。这副长相配上他深色的眼睛和乌黑的头发，让他看起来如同一只鹰。他的朋友们想让他感觉像在家里一样舒服自在时，就会和他说起圆锥形帐篷和印第安战斧[1]。

很好，他现在再也不会感觉像在家一样了。除非这片阴森的密林里面住着智慧生物——蠢到愿意用直径十个单位长度的镍钍合金线换一双旧靴子。或者某个愚蠢的搜救团队能有足够的智慧，把这一丁点儿宇宙尘埃从一大团宇宙尘埃中挑出来，并且把他接回去。他估算了一下这种事情的概率，绝不大于百万分之一。这概率就好比朝着帝国大厦吐口水，希望能吐中墙上一个硬币那么大的标志一样。

他伸出手，拿出经久耐用的触控笔和飞船的航行日志，打开日志，心不在焉地读着里面的一段。

第 18 天：空间震动正将我推过参宿七的旋转星域。飞船正被甩到未知区间。

第 24 天：震动力臂向后延伸了七个秒差距。机器记录仪失灵。投射角度今日变更七次。

第 29 天：飞船已驶出震动摇摆力臂的范围，已可以重新控制飞船。飞船速度远超过天体测量仪的测量范围。谨慎启动制动火箭。燃料储备：1 400 码。

第 37 天：驶向可到达的行星系统。

他皱起眉头，鼓起下巴，缓慢而清晰地写道：“第 39 天：降落在未知的行星上，主星未知，银河区域标准参照未知，区域编号未

1. 圆锥形帐篷是印第安文化的特色建筑，这里朋友们用印第安文化中的物品来和他开玩笑，是因为根据上文的描述，史蒂夫的长相很有印第安人的特点，而且印第安人喜欢用鹰的羽毛来作为装饰。

知。在降落前的短暂观测中，未观测到任何可识别的宇宙结构。分支角度和运行速度未记录，也无法估计。飞船状态：可工作。燃料储备：三又四分之一码。”

他合上日志，又一次皱起眉头，把触控笔猛地塞进办公桌上的笔夹中，嘟囔着：“现在该去检查一下外面的空气，然后看看那位最好的小姑娘怎么样了。”

拉德森仪表有三个简明的刻度盘。第一个显示出外界压强是 13.7 磅，他对这个数值很满意。第二个显示出氧气含量高。第三个刻度盘有两种颜色，一半白色，一半红色，而指针停在白色区域的正中央。

“空气适宜呼吸。”他咕哝着，压下仪表的盖子。他穿过狭小的控制舱，把一块金属板滑到一旁，看向金属板后面装有内衬的隔间。“要出来吗，小美人？”他问。

“史蒂夫喜欢劳拉吗？”一个哀伤的声音询问道。

“肯定喜欢！”他带着得体的热情回答。他把一只胳膊塞到隔间中，带出来一只巨大的、毛色俗气而艳丽的金刚鹦鹉。“劳拉喜欢史蒂夫吗？”

“嘿——嘿！”劳拉刺耳地咯咯笑着，顺着胳膊爬上去，停在肩膀上。他能感觉到它尖利的爪子。鹦鹉用一双晶亮如珠子并闪烁着智慧的眸子看着他，然后用深红色的头蹭了蹭他的左耳。“嘿——嘿！时间过得真快！”

“别提这茬儿，”他责备地说，“你不提这一句，也有很多东西都在提醒我了。”

他伸出手去，挠着它的脑袋，而它带着一种滑稽可笑的快乐神情一会儿伸展开身体，一会儿弓起腰。他喜欢劳拉。它不仅仅是一只宠物，而且是一名货真价实的机组成员，有自己的食物配给，领自己的薪水。每一艘探测飞船都有两位机组成员，一位是人类，一位是金刚鹦鹉。第一次听说这件事时，他觉得这种惯例似乎很荒唐——但是当他了解原因后，他才明白这是很有道理的。

“当人们朝着星图的边界之外孤独地探索时，他们会遇上各种奇怪的心理问题。他们需要一个来自地球的精神支柱。一只金刚鹦鹉可以提供必要的陪伴——还可以提供更多！在我们所知的范围内，金刚鹦鹉是太空中最吃苦耐劳的鸟类。它的体重很轻，几乎可以忽略不计，能讲话，能逗乐，在必要时还能自己照顾自己。登陆到星球上之后，它经常能比你先察觉到危险。任何奇形怪状的果子或者其他食物，如果它能吃，你就可以放心吃。很多人的命都是他们的金刚鹦鹉救的。照顾好你的金刚鹦鹉，我的孩子，它也会照顾你的！”

是的，这对来自地球的生物相互照顾。这大概算是一种太空之路上的共生关系。在宇航时代到来之前，没人能想到会出现这种安排。尽管以前就有类似的情况了：矿工和他们的金丝雀[1]。

史蒂夫走过微型气闸，没有费力去开气泵。内外气压差异这么小的时候，没必要去做这事儿。他把两扇门都打开，放出了一点儿舱内压力稍高的空气，空气吹拂而出。他站在闸门边上，跳下飞船。当他跳下去时，劳拉从他的肩膀上展翅起飞，拍打着翅膀跟着他，当他摇摇晃晃地站起身时，劳拉用爪子抓住了他的夹克衫。

这一对搭档绕着飞船走了一圈，默默地估测着飞船的情况。前方制动喷嘴没问题，后方喷发器没问题，尾部推进管没问题。飞船的所有部件都被严重刮伤，但是仍然能用。船体表面同样也被擦伤了，但结构仍然完整。从理论上说，如果有 3 个月的食物储备加上

1. 金丝雀对于矿井下的危险气体比人类敏感，因此过去矿工常常携带一只金丝雀下矿井。

大概 1 000 码的燃料线，他就能把飞船开回家。但这只是理论情况，史蒂夫对这一点没抱什么幻想。即便给他飞行所需的一切，胜算仍然不在他那一边。如何从一个你不知道在哪儿的地方航行到另一个你不知道在哪儿的地方？答案是：你可以摸一摸兔子脚[1]，这样你就可能会抵达第三个你不知道在哪儿的地方。

“嗯，”他绕着船尾走了一圈，说道，“这飞船还算适合居住，这就省得我们再去搭棚子了。地球上的人愿意用 5 万块钱去买一套全金属打造的流线型小屋，所以我看我们还挺走运的。我会在这儿弄个花园，再在那儿搭个假山，之后在后面造个游泳池。你可以穿一件漂亮的裙子，负责做饭。”

“噢哟！”劳拉嘲讽地说。

他转过一个弯，看了一眼身边的植物。那些植物参差不齐、形状各异、大小不一，它们颜色多样：有各种深浅不同的绿色，有些还有点发蓝。它们在某些方面很奇特，但是他说不清楚奇特之处是什么。这种奇特之感不是因为这些植物来自外星，对他而言很陌生——对于每一个新的世界，人们都会对此早有心理准备的——而是因为它们有些潜在的共通之处。在某些无法说清的基本层面上，它们有种模模糊糊、虚无缥缈的异样之感。

他的脚边就长着一株植物，一株绿色、一英尺高的单子叶植物。单看这株植物本身，并没有什么不对劲的。在它旁边有一株颜色暗淡的灌木，长得很茂盛。灌木有一码高，上面没长树叶，而是长着绿色的针状物，像冷杉树的松针一样。苍白的蜡质莓果散乱地挂在树上。单独看它而不考虑旁边的其他植物时，这株灌木也相当平常。在它旁边长着一株类似的植物，区别仅仅在于这株植物的针状叶更

1. 在西方文化中，兔子脚是幸运的象征。

长，莓果是亮粉红色。在这些植物的外面耸立着一株类似于仙人掌的东西，像是从某个人的醉梦之中拽出来的，而在它旁边立着一个像伞骨一样的东西，已经在地上扎了根，还长出了小小的紫色豆荚。单独看的话，这些植物都在接受范围之内，一起看的话，这些植物会让头脑敏锐的人忧虑不安地寻找一些他们也说不上来是什么的奇怪之处。

这种怪异的特点把史蒂夫给难住了。不管怪异之处是什么，他都说不清楚。这种怪异之感更甚于异星上新的植物生命形式所表现出来的那种怪异。不管它了。他耸耸肩，把这个问题抛在脑后。他有足够的时间去为此烦心。还有更急迫的问题要先解决，比如说，最近的水源在哪里，水质是否清洁。

一英里之外有一片湖泊，里面有某种液体，可能是水。降落时，他看到这片湖泊在阳光下闪闪发光，于是试着降落在了湖泊附近。如果湖里面的不是水，好吧，那可真不走运，他需要去其他地方找了。即便在最糟糕的情况下，储备的一点点燃料也足够让他在飞船永远停在地面之前绕着这颗行星来一次环球飞行。除非他想像拉美西斯二世[1]的木乃伊一样死掉，否则他必须要找到水。

他爬到高处，抓住舱门的边缘，用力把自己拉上去，身手敏捷。他穿过舱门，在飞船里到处逛了逛，重新出现在门外，带着一个四加仑容量的冷冻罐，并把它抛到地上。之后他找出气枪和一枚爆炸弹，又从闸门放下了一条折叠梯，一直垂到地面。他需要这条梯子。他能用力把自己拉到距离地面 7 英尺高的一个小洞里面去，但如果随身带着 50 磅重的罐子和水，他就做不到了。

最后，他关上气闸的里外两道门，匆忙跳下梯子，捡起罐子。

1. 古埃及法老。

从降落的过程来看，湖泊应该正对着船头的方向，在远处的树丛之后的某个地方。出发时，劳拉又一次在他的肩上抓了一下。他用左手摇摇晃晃地提着罐子，右手警惕地握住枪。在这个世界上，他是直起身子行走的，而不是像在另外一个世界上那样爬行，因为他的手已经两次握好了枪准备射击了，而且他的手从来没有这么紧张过。

路很难走。与其说是地形崎岖，不如说是碍事的植物挡住了路。他在某一刻踩过一片齐脚踝的灌木丛，下一刻就要面对一株结实的植物，正奋力长成一棵大树。在它后面有一株匍匐植物，之后是一片荆棘组成的天然围栏、一片毛茸茸的细苔藓，后面是一棵巨大的蕨类植物。整个旅行过程由以下几步组成：跨过第一个障碍物，低头避开第二个，然后绕过第三个，最后再从第四个下面爬过去。

他后知后觉地想到，在飞船降落的时候，如果他让船尾而不是船头对着湖泊，或者让制动火箭在他落地之后再喷发几次的话，他就可以给自己节约很多七绕八绕、来回闪避的时间。前往湖泊时，至少一半的路程内，所有障碍物都会被烧成灰——其中隐藏的所有有毒生物也都会被一起烧成灰。

当他屈身穿过一株低垂下来的匍匐植物时，最后这个想法一直在脑海中如同警钟一样回响。在金星上有一些匍匐植物，会迅速而凶恶地盘绕起来并逐渐缩紧。金刚鹦鹉在距离它们50码的地方就会躁动起来。这一次，劳拉正平静地站在他的肩上，这令他很安心——但是他仍然一直把手放在枪上。

在这颗星球上的植物中穿行时，它们那种难以捉摸的怪异之处让他愈加困惑。继续前行时，他为无法找出并且说清这种难以名状的怪异之感而困扰不已。当他从一片紧紧刮在身上的灌木丛中脱身，坐在一片小空地中的石头上时，他皱起眉头，瘦削的脸上满是自我厌恶的表情。

他把罐子扔在脚边，怒气冲冲地盯着它，此时他敏锐地瞥见离罐子几英尺的地方有个亮晶晶、闪闪发光的东西。他抬眼仔细看那个东西，看到了一只甲虫。

这只甲虫是人类见过的最大的甲虫类生物。当然了，有其他更大的生物，但不是它这类的。比如说螃蟹更大，但它不是螃蟹。这只甲虫从容地爬过这片空地，似乎正前往某个目的地，它大到能让任何螃蟹产生严重的自卑之感。但这是一只真正的、24K 纯金的甲虫，而且还很漂亮，就像圣甲虫[1]一般。

史蒂夫坚持认为小虫子是可恶的而大虫子是友善的，除了这一点之外，他对昆虫没有任何恐惧之感。在他还是小学生的时候他就知道大虫子是友善的。那时候他是一只 3 英寸大的鹿角虫的主人，他溺爱着这只甲虫，还给它起了个名字叫埃德加。

于是，他在那只正在爬行的巨虫旁边跪下，手掌冲上，放在甲虫爬行的路径前方。甲虫挥动触须，探了探他的手掌，之后爬了上去，在上面静静地停了下来。它泛着金属蓝色的光辉，重约 3 磅。他用手掌轻轻掂量着甲虫，以感受它的重量，之后把它放了下来，让它继续在地上漫步。劳拉用尖锐但并不好奇的目光看着它。

“我将这种甲虫命名为粪金龟属安德氏种。”史蒂夫带着一种略显阴沉的满足感说道，“我用我的姓氏来命名它——但是没人会知道的。”

“操哪门子的心！”劳拉用地道的亚伯丁方言嘶哑地喊，“操哪门子的心！别和个娘们儿一样叽叽歪歪的！你就知道给我添堵！操哪

1. 古埃及人认为象征神圣的一种甲虫。

门子——”

“闭嘴！”史蒂夫猛地抖了一下肩膀，鸟儿立刻失去平衡。“这种粗俗的方言你怎么学得比什么都快？嗯？”

“麦克吉利库狄，”劳拉用简直要撕裂耳膜的音调尖声说道，“麦克吉利——吉利——吉利库狄！那个大黑——！”这句话最后的那个词让史蒂夫把眉毛挑到了头发里面，那只鸟自己都被那个词惊到了。它眼中闪着惊异的目光，爪子抓紧史蒂夫的肩膀，睁大眼睛，发出一阵刺耳的咯咯叫声，之后开心地重复道：“那个大黑——”

它没机会说完这个新学到的可爱单词。史蒂夫的肩膀粗暴地抖了一下，让它在最后一刻摔了下来。它扑腾着翅膀落到地上，抗议地大声叫着。粪金龟属安德氏种甲虫从一片灌木丛后面爬了出来，蓝色的甲壳就像刚刚抛过光一样闪闪发亮，一脸责备地盯着劳拉。

随后，在50码之外的地方，有个什么东西发出了一阵鼻息，如同末日的号角。它还走了一步，这一步让大地震颤。粪金龟属安德氏种甲虫爬到一条突出的树根下面避难去了。劳拉激动地猛扑向史蒂夫的肩膀，并拼命抓紧。在鸟儿抓好栖身之处前，史蒂夫就把枪拿了出来，指向北方。它又走了一步，大地颤抖着。

安静了一阵子。史蒂夫继续像雕像一样站立着。随后传来了一阵轰鸣的尖啸，比火车头喷出蒸汽时的声音还要强劲有力。有个敦实肥大、身长惊人的东西莽撞地穿过那片半掩着的植物，大地在它的重量之下震颤着。

一阵横冲直撞后，它盲目地冲到了史蒂夫右边20码的地方。手枪的枪口转动，瞄准这只动物的移动轨迹，但是没有开火。史蒂夫瞥见了更多细节，那是一个青灰色的大块头，背后有一条锯齿状的脊梁。尽管步伐迈得很大，但是它仍然花了很长一段时间才完全经过他身边。它看起来有几架消防梯那么长。

这只生物沿着一条直线狠狠地向前撞去，灌木被连根拔起，小树被推到一旁。它渐渐远离飞船，冲向幽暗的远方。在它走过的地方留下了一条破破烂烂的裸露地面，宽度足以修一条优质的公路。它重量级的压力产生的震动逐渐消失，它走了。

史蒂夫用左手拿出一条手帕，擦了擦脖颈后面。他用右手握住手枪。手枪里的高爆弹威力巨大，任何一枚子弹都可以从一头犀牛身上打下来一大块200磅重的肉。要是一个人被这子弹打中了，他就只能把自己的躯体散布在这片美丽的土地上了。但看那只青灰色的飞奔巨兽的样子，得花上半打子弹才能给它一点阻碍。一支75毫米的火箭炮可能会成功地给它制造一些大麻烦。但是探测飞船的船员是不会随身携带这种重火力武器的。史蒂夫擦去身上的汗水，把手帕放了回去，捡起了罐子。

劳拉焦虑地说："我想找妈妈。"

史蒂夫皱起眉头，没有回应劳拉，继续朝着湖泊进发。劳拉的羽毛仍然因受惊而炸开着，她停在史蒂夫肩上，陷入一阵阴郁的沉默。

湖里的液体是水，温度冰凉，颜色泛绿，尝起来有一点苦。咖啡可能会掩盖掉这种味道。但如果说和普通的水有什么不同，这种水也许可以提升咖啡的味道，因为他喜欢喝苦一点儿的咖啡。但是在喝之前，不管要喝的量是多是少，他都要先检测一下。有些有毒物质是有累积性的。比如说，如果在畅饮这种水的同时，体内会积累足以致死的铅，那就肯定不行。史蒂夫把冷冻罐装满，把它拖到100码之遥的飞船上去。巨兽留下的痕迹帮了忙，这条痕迹成了一条更容易通行的道路，通向距离船尾很近的地方。到达梯子底部时，他已经大汗淋漓。

一进入飞船，他就锁上了两道门，打开换气装置和辅助照明设备，插上咖啡渗滤器的插头，从所剩无几的储备补给品中取水来用。金色的天空逐渐暗淡，变成橘黄色。紫色的光带从地平线上蔓延开来。史蒂夫透过透明的有机玻璃圆顶看着这一切，他发现绵延不断的烟雾仍在有效地遮蔽着正在落山的太阳。天空的一侧有一块更为明亮的区域，显示出太阳所在的位置，这就是阳光的全部效果。他很快就需要开灯了。

史蒂夫拉出可折叠餐桌，把桌脚塞到对应的位置，把一根短棒塞到餐桌边缘，那里是劳拉的正式席位。它马上在这根栖木上站好，贪婪地看着他摆好它的一餐饭，有水、瓜子、葵花籽、美洲山核桃以及去壳的油坚果。它急不可待地开始用餐，根本没有等他一起吃，就餐方式一点都不淑女。

当史蒂夫坐在桌边，倒上咖啡并开始吃饭时，他肌肉发达的棕色面庞显得愁眉不展。整顿饭他都带着这种表情。他吃完饭，点燃一根香烟，凝视着圆顶苦苦思索时，仍然满面愁容。

之后不久，他嘟囔道："我看到了一只大虫子，是我见过的所有虫子中最大的，我还看到了几只别的虫子。在一株匍匐植物下还有几只小的，有一只长长的棕色虫子，有很多腿，就像地蜈蚣，另外一只圆圆的，黑色，翅膀上还有小圆点。我还看到了一只小小的紫色蜘蛛，和一只更小的绿色蜘蛛，但是种类不同，还有一只看起来像蚜虫的虫子。但是一只蚂蚁都没看到。"

"蚂蚁，蚂蚁。"劳拉大声喊道。它掉了一颗油坚果，随后它飞了下来。"哟！"它在地板上加了一句。

"也没看到蜜蜂。"

"蜜蜂，"劳拉友善地重复道，"蜜蜂——蚂蚁，劳拉喜欢史蒂夫。"

史蒂夫仍然集中注意力盯着圆顶，继续说道："那些植物所体现出的荒唐一面也在那些虫子身上体现出来了。真希望我能说清楚这种荒唐的感觉是怎么回事，为什么我做不到？可能我已经发疯了。”

“劳拉喜欢坚果[1]。”

“我知道，你这个毛色鲜艳的饭桶！”史蒂夫粗鲁地说。

此时夜幕突然降临。金色、橘黄色和紫色被深沉而顽固的黑色一扫而光，没有星星，也没有任何在闪烁着的光源。除了仪表盘发出的绿色荧光外，控制室黑得如同地狱。劳拉在地板上不停地咒骂着。

史蒂夫伸出手，打开了间接照明系统。劳拉嘴里衔着那颗从地上捡回来的美食飞回栖木，全神贯注地品尝着，让史蒂夫自顾自地重新陷入沉思之中。

“一只粪金龟属安德氏种甲虫，和其他一些较小的虫子，还有一对蜘蛛，它们都各不相同。要说个头大小的话，在另外一个极端上，我还看到了那只巨大的蜥蜴。但是没看到蚂蚁，也没看到蜜蜂。或者说，没看到蚁群，也没看到蜂群。”从单数到复数的转变让他脊背一凉，他模模糊糊地感觉到他已经触及了谜团最核心的部分。“没有蚂蚁——没有蚁群，”他想，“没有蜜蜂——没有蜂群。”他几乎发现了问题所在——但是答案仍然在和他捉迷藏。

他暂时把这个问题放到一边，清理了餐桌，处理了一些琐碎的杂事。在这之后，他从冷冻罐中取了一些标准样本，做了一些测试。他之前尝出的苦味是因为水中含有硫酸镁，含量离不可饮用还有很大差距。能喝——这很重要！吃的、喝的和庇护所是生存下去的三要素。他有足够的资源来维持开头六七周的生存。湖泊和飞船是他之后生活的保障。

---

1. 此处利用了英文中的一词多义。英文中的“nuts”同时有“疯子”和“坚果”的含义。本文中后面的部分还有几处用到这个单词的一词多义性。

他找到日志，输入了今天的报告。平铺直叙，真实可靠，不加任何粉饰。正写到一半时，他发现他在记载这颗星球的名称时卡住了。“安德星”，他决定了，但如果他中了百万分之一机会的大奖，回到他在探测分队那些冷酷无情的同伴之中的话，这个名字会让他付出很高的代价。“安德”用来命名一只虫子还好，但是命名一个世界的话可不是好名字。“劳拉星”听起来也不怎么酷炫——尤其是你知道劳拉是谁时。用一只硕大的鹦鹉来命名一颗巨大的金黄色星球似乎不太合适。考虑到这个世界金黄色的天空，他偶然想到了奥罗[1]这个名字，并马上把这个名字输入日志，让它成为这颗星球的正式名称。

当他写完日志，劳拉已经把脑袋埋在翅膀下面了。她偶尔会摇晃一下，之后又摆正身体。即便处于睡眠之中，她也能保持平衡，史蒂夫经常沉迷于观察劳拉是怎么做到的。他温柔地盯着她看，突然想到她的词汇库中增加的那几个意料之外的单词。这让他的思绪转移到一个性情暴躁但言语更为暴躁的人身上——此人名为孟西斯，是另外一个火山一般暴躁的人不共戴天的仇敌，那个人叫麦克吉利库狄。他决定，如果有机会的话，他会冲着上面提到的那个孟西斯的鼻子猛打一拳，以奖励他对劳拉的教育。

他叹了一口气，把日志放到一边，上紧了计时器的发条，足以运转 40 天。他打开折叠床，躺在上面，伸手关上了灯。十年之前，他第一次登陆其他行星时，会在兴奋的颤抖之中一夜不眠。他已经过了那个阶段了。他已经经历过足够多次的登陆，对此感到冷淡了。他闭上双眼，准备睡一晚上的好觉，他也确实睡着了——两个小时。

睡了这么短的时间就醒了，他不清楚是为什么。但是他突然发

---

1. 在很多古老语言之中是“金色”的意思。

现自己直直地坐在床边。他竖起耳朵仔细聆听着，精神极度紧张，双腿颤抖着。他之前从未抖得如此厉害。因为一阵从灾难中死里逃生一般的心悸和惊慌，他的整个身躯抖得咯咯作响。

这样的事情在他的经历中从未有过。毫无疑问，他身处极度的黑暗之中，摸索着找到了枪。他紧握枪柄，同时努力地想着自己是不是做了噩梦，尽管他清楚自己没有做噩梦的习惯。

劳拉在栖木上不安地动了动，并没有真的醒来，也没有睡着。这对她来说可不太寻常。

抛弃掉做噩梦这种解释之后，史蒂夫在床上站起身来，目光穿过圆顶，望着外面。外面只有黑暗——人能想到的最为深沉、暗淡、难以望穿的黑暗，以及寂静！外面的世界沉睡在黑暗和寂静之中，如同被墨黑色的裹尸布包裹起来一样。

他从没在正常的睡眠时间里这么清醒过。他困惑茫然地慢慢转动身躯，环视着四周，根本看不到任何东西。转到某个方向时，他停住了。周围并不是完全黑暗。在船尾之外的远处有个高大庄严的发光物体在移动。他可能没办法估算出那个物体距离他有多远，但是看到那个东西后，他的内心翻腾起来，心脏开始猛跳。

他不允许失控的情绪掌控自己严谨有序的思维。他眯起眼睛，试图辨别出那个发光物体的本质。与此同时，他也在心中寻找着原因：为什么仅仅是看到那个东西就让他的心弦“砰”的一声绷紧了，就像一架竖琴一样。他弯下腰，摸到床头，找到了一个皮质箱子，拿出一副威力强大的夜视望远镜。那个发光物体仍然在缓慢而谨慎地移动着，从右边移到了左边。他用望远镜对准了它，看着它，旋转着镜片对好焦，那个奇迹一般的物体在他的视野中猛地拉近了。

那是一根由金色的烟雾组成的巨大圆柱体，那种金色看起来就像正午的天空一样，只是在其内部闪着微小但却强烈的银色火花。这是一根闪着光辉的雾气之柱，小小的星星点缀其间。它不像任何已知的或者被记载的低于神的生命形式——但它是生命吗?

它在移动，不过它的移动模式难以判断。自主动机是生命的主要特征，以地球人的视角来看的话，它可能确实是生命，只能说可能是，而不能说一定是。在他的主观看法之中，他更愿意认为那个东西是一种奇怪的、纯粹的地理现象，就好比撒哈拉沙漠的尘卷风[1]。但在潜意识之中，他知道那是生命，高大而可怕的生命。

他一直透过望远镜盯着它看，直到它逐渐消失在黑暗之中。它离飞船越来越远，在视野中逐渐变小，并逐渐暗淡下去。最后，望远镜中的视野晃动起来，因为他没办法控制双手的震颤。当这个冒着闪光的烟雾消失不见，只在望远镜中留下一片漆黑时，他坐在床上，感觉到一阵怪异的阴冷，打着冷颤。

劳拉在栖木上来回扑腾着，现在它已经完全清醒过来了，而且焦虑不安。但是他并不打算开灯，这会让圆顶变成夜晚之中的灯塔。他伸出手，在黑暗之中抚摸着它。它急切地爬到他的手腕上，又从手腕飞到膝盖上。它易于烦恼，感情外露，可怜地期盼着安慰和陪伴。他挠着它的头，抚摸着它，同时它紧紧地靠着他的胸膛，低声发出滑稽的哼哼声。他抚慰了它好一会儿，在这个过程中开始瞌睡。他渐渐躺到了床上，劳拉栖息在他的前臂上，疲惫地咯咯叫了几声，把脑袋埋在翅膀下面。

他没有再被吵醒，一直睡到外面的黑暗退去，天空又一次透过圆顶洒下金黄色的光辉。史蒂夫醒过来，站在床上，好好看了看周围的地形。周围的一切都和前一天完全一致。当他吃早餐时，那些

1. 一种气候现象，表现为形状明显（常为圆柱形）、存在时间长的富含沙尘的旋风。

事情还在脑海之中折磨着他，尤其是晚上经历的那些变故。劳拉也没精打采、沉默不语。之前它只有一次这个样子——那还是他在行星动物园的金星区闲逛的时候，给它看了一只长着羽冠的鹰。那只鹰带着一种充满蔑视的尊贵姿态盯着劳拉。

尽管他还有自己一生的所有时间，但现在他依然感到一种特别的急迫感。他拿着枪和冷冻罐，在飞船和湖泊之间往返了整整 12 次，一分钟都没有浪费，也没有停下来研究那些仍旧充满谜团的植物和虫子。等他把飞船上 50 加仑的蓄水器填满时，已经是傍晚时分了。现在他知道，他已经有了足够的饮用水配额，能配得上他的食物储备了，他对此很满意。

他没发现那只巨大的蜥蜴或者其他任何动物出没的痕迹。有一次他看到远方有什么东西在飞，像鸟或者像蝙蝠似的。劳拉瞪起敏锐的眼睛看着它，但是没有显露出过多的兴趣。现在它更关心一种新品种的水果。史蒂夫坐在外侧闸门的边上，晃荡着腿，看着它爬上一棵 30 码之外的小树。手枪正安放在他的膝盖上。他时刻准备就绪，如果有谁要去袭击劳拉的话，他就马上把它打个粉身碎骨。

鸟儿品尝着那棵树的果实。这种果实很像长着蓝色壳的荔枝。她津津有味地吃着一颗，抓着另外一颗。史蒂夫向后躺下，探入气闸中，伸手拿起一个背包，然后把它扔到地上，走到那棵树旁。他试着吃了一颗果子，果肉软而多汁，如同柑橘一样甜美。他装了整整一背包水果，然后把背包扔进飞船。

附近还有另外一棵树，并不完全相同，但是看上去很类似。树上结满了果子，和第一棵树的果子很像，只是更大一些。他摘了一颗，给了劳拉，让她尝了尝，劳拉厌恶地吐了出来。他又摘了一颗果子，撕开一条缝，小心翼翼地舔了一下果肉。在他所能感觉到的范围内，这两种果子尝起来是一样的。很明显他的感觉不够敏锐——劳拉的举动说明这两种果子的味道是不一样的。这种微妙到他察觉不出的差别可能就足以让他的身体扭曲变形，并一直保持着这种形态，直到痛苦地毒发身亡。他把那颗果子扔得远远的，回到气闸内的座位上，沉思着。

奥罗星上植物和昆虫那种难以捉摸、让人不安的特点可以体现在这两种果子的区别上。他很确定这一点。如果他能和鹦鹉一样，发现为什么一种果子可以吃而另外一种不能吃，他就可以准确地指出奥秘所在。他越是去想那些长相类似的水果，就越是察觉到他实际上已经触及了那个奥秘——但是他还没有揭开奥秘并看到奥秘下所掩藏的真相的能力。

他思考来思考去，又回到了原点。也就是说，什么都没想清楚，真令人着急。这让他怒火中烧。他回到树丛那里，把两棵树都仔细检查了一遍。视觉告诉他这两棵树是同一个物种的两个个体而已。而劳拉那种说不清楚是什么的感觉坚持认为它们是不同的物种。因此，你不能相信你自己的眼睛所看到的证据。当然，他很清楚这个事实，这在宇宙航行中已经算是陈词滥调了。但是当你不能相信你的亲眼所见时，你至少会想去弄明白你为什么不能相信它，而他甚至没办法找出这个原因！

这件事让他烦透了，以至于他回到飞船，锁上闸门，把劳拉叫回肩上，开始动身朝着船尾方向勘察。初次登陆的规则简单明了：进入某个地方要慢，离开某个地方要快，记住我们想让你做的全部事情就是找到适合人类生存的证据。要彻底探索一小片区域而不是大概侦测一大片区域——测绘团队会去处理剩下的区域的。把你的飞船当作基地，让它成为活动范围的中心——不要让飞船做无必要的移动。活动范围的半径要限制在一天路程之内，在天黑之后把自己锁好。

奥罗星适合人类生存吗？一个不成文的规定就是你不能立刻下结论说："当然适合！我还活着，不是吗？"比如说，驾驶着飞船重重落在密特拉星的卡梅伦一直以为他找到了天堂，直到第 17 天，他发现了一种靠真菌传播的瘟疫，他离开了那颗星球，就像一只离开地狱的蝙蝠，在月球净化厂过了三天满身臭汗、骂骂咧咧的日子，直到他适合重新回到人类社会之中。当局直接汽化了他的飞船。密特拉星从此之后成为禁区。每一个世界都可能是有着美妙风景作为诱饵的陷阱。探测分队就是要以身试险，进入这些陷阱探探虚实，之后地球就得到了一团新的财产——如果这个世界上没什么东西要折断你的脖子的话。

奥罗星也许已经做好了战斗准备。史蒂夫暗想，那个在晚上能到处走的东西显露着人类不可及的力量。就好像海龙卷一样，谁又听说过哪个人成功地干掉了海龙卷？如果这个奥罗星龙卷是有自我意识的，人类成功战胜它的可能性就更低了。他下定决心一定要去搞清楚，即便他不得不在夜晚漆黑的道路上追逐它。他从船尾离开飞船，步伐坚定而缓慢，手里握着枪，他思考这个问题思考得太深入了，以至于他完全忽略了这个事实：现在他无论如何都不用再做纯粹的探测工作了，而且 1 000 年之内没有任何人可能会到达偏远的奥罗星。即便是太空浪客也可能是墨守成规的人，他们的工作就是找死。在人类已经不再需要他们的工作之后很久，他们仍然有责任继续去找死。而且他们毫不在乎地忽视了一件必然发生的事：如果你找一个东西找了很长时间的话，你最后一定会找到它的！

飞船的计时器告诉他，距离夜幕降临还有五个小时。往返各两个半小时，也就是说可以走出去 10 英里，再往回走 10 英里。取水消耗了他的时间。明天，以及以后的日子里，他可以把活动半径增加到 12 英里，还可以更从容一些。

走到植被的边缘时，他的大脑一片空白。植物并没有因为要长在石质的地面上而长出硬刺和分杈，并逐渐变得稀疏、慢慢消失。而是在肥沃的轻质壤土地面上突然地消失了，植被就好像被一把大砍刀砍断了一样。从这里开始，一种不同的作物在地面铺开，这种新的植物个头微小，如水晶一般晶莹剔透。

他毫不惊讶地接受了这种晶状植物，他清楚，新奇之物是任何新的地方都不可避免的特点。只有用地球的标准来衡量时，一个东西才有“正常”这个概念。在地球之外，没什么东西能称得上是超常或者不正常，除非它们没办法和自己所处的奇特环境相符。另外，在火星上也有晶状植物。在现在这个情况下，难以接受之处是普通植被停止蔓延的方式，以及晶状植物开始生长的方式。他走到两种植物之间的边界处，对边界线做了一次测量，让他受惊不小。边界线笔直笔直的，这种景象让他瞠目结舌。这就像一块田，一块用来耕种的田。边界线笔直到这个程度，除了出自人工，没有其他可能了。他的后背冒出冷汗。

他蹲下来，屁股垫在右脚的靴子跟上。他盯着最近的一棵晶状植物，对劳拉说：“小鸡崽儿，我觉得这些东西是有人种上去的。问题是，谁种的？”

“麦克吉利库狄。”劳拉聪明地发表意见。

他伸出一只手指，弹了弹靴子头附近的一棵水晶小苗，那株植物一英寸高，绿色，有很多枝杈。

水晶发出响亮的声音，“叮！”这声音甜美而高亢。

他弹了弹它旁边的另外一株，那一株也发出声音。“当！”这一声要低沉一些。

他弹了一下第三株，这一株植物没有发出任何声音，而是碎成了上千片碎片。

他站起来，挠了挠头。这个动作让劳拉费了好大力气才在他臂弯围成的圆孔之中站稳脚跟。一株发出“叮”的声音，一株发出“当”的声音，一株碎成了尘埃。真是两个蠢货。这里有会叮当作响的植物和两个蠢货。答案似乎就被他握在掌心，要是他打开手掌就可以看到他找到的答案的话该有多好。

随后，他抬起困惑不已又有点愤怒的目光，看到晶状植物田上有些不规律地拍打着翅膀的东西飞了过去。它们正飞向那片普通的植被。劳拉刺耳地叫了一声，飞了起来，蓝色和深红色相间的翅膀有力地拍击着。她俯冲向那个东西，把它吓得降低高度，以至于它在侧飞躲避的过程中飞到了距离史蒂夫的脑袋只有几英尺远的地方。他看到，那是一只很大的蝴蝶，翅膀有着起皱的边缘，颜色俗气艳丽，和劳拉的毛色差不多。鸟儿又一次俯冲下来，吓唬着那只昆虫，但是还没到威吓的程度。他把劳拉叫了回来，开始出发穿越面前的区域。在他踏过那些晶状植物时，它们在他沉重的靴子下面咯吱作响，碎成粉末。

半小时之后，他艰难地攀爬着一道陡峭并盖着一层水晶植物的斜坡，这时他的思维突然凝固了。他猛地停下来，劳拉被甩下他的肩膀，只好飞了起来。她拍打着翅膀，绕着史蒂夫飞了一圈，回到了她抓着的地方，用史蒂夫听不懂的语言说着一些尖酸刻薄的话。

“一个这种的，一个那种的，”史蒂夫说，“没有哪种东西有两个或者有三个，或者有许多。我没看见任何重复的东西。只有一只巨型蜥蜴，只有一只粪金龟属安德氏种的虫子，其他那些该死的东西也都只有一件。每一件东西都是独一无二的、原始的、独立的个体。这说明了什么呢？”

“麦克吉利库狄。”劳拉建议道。

“看在上帝的分儿上，忘了麦克吉利库狄吧。”

“看在上帝的分儿上，看在上帝的分儿上，”劳拉大叫着，这句话打开了它的话匣子，“那个大黑——”

他又一次及时打断了它，让它飞了起来。他继续自言自语着：“这说明了一种持续不变、无处不在的变化性。每个生物都会繁殖出和它自己很不一样的东西，所以没有占据统治地位的物种。”他想到这个理论中最明显的障碍，皱了皱眉，“但在这种该死的情况下怎么可能有东西可以繁殖？谁能给谁授精？”

“麦克吉利——”劳拉开始说道，之后就改变了主意，闭上了嘴。

“不管怎么说，如果没有任何东西可以在真正意义上繁殖出和自己一样的后代，那食物就是个难解决的问题。”他继续说道，“对于一种植物来说是养料的东西，可能对它的后代来说就是毒药了。今天的饲料在明天就会变成毒药。一个农民怎么可能知道自己收获的是什么？嘿嘿，要是我的猜测是正确的，这颗行星上连一对猪都养不活。”

“不，先生，不要说猪，劳拉喜欢猪。”

“安静，”他厉声说，“嗯，事实很明显，应该养不活猪的地方却养活了一只巨型蜥蜴——以及其他可能在附近晃悠的各式各样的动物。在我看来这太疯狂了。在金星或者有着稳定不变的食物的地方，巨型蜥蜴也许会繁荣兴盛，但是在这里，根据我的结论，那只傻傻的大怪兽没有活下去的条件。它应该早就死了。”

说着这句话时，他走到了斜坡顶端，发现刚才提到的那只怪兽正倒在斜坡的另外一边，它确实死了。

他以一种相当迅速、简单而高效的方式确认了那只怪兽的死亡。它巨大的躯体覆盖着斜坡，从坡顶延伸到坡底。恶龙一般的脑袋有救生艇那么大，正朝着他。脑袋上长着两只迟钝无光的眼睛，有如餐盘。他把一颗子弹直射进右眼中，一大摊液体迅速地朝着四面八方喷溅而出，而那具躯体动都没动。

要是那只动物被这一枪打醒，恢复生机，开始疯狂地复仇，他还准备好了一颗子弹去射向另外一只眼睛。但是那个庞然大物仍然躺在那里一动不动。

它走下斜坡，靴子下的晶状植物被他踩得汁液四溅，为了绕开那具尸体，他走了100码的弯路，又费力爬上更远处的斜坡。此时他对那只死去的怪兽没多大兴趣。时间短暂，他可以明天再来，并带着一台全彩立体摄像机。那只巨大的蜥蜴会被非常有型地拍摄下来，但是得等等，不是现在。

第二道斜坡要高得多，爬起来也更费劲。坡顶差不多就是一天路程的极限了，而他急切地想要在折返之前登顶。人性之中有一种特殊的欲望，总想要看看山的另外一边有什么。这种欲望和他们那些意志坚定的祖先要爬上落基山的山顶时的欲望一样强烈。他一定要去看看，首先是因为高地视野开阔，其次还因为晚上看到的那个来回游荡的东西——而且事实几乎和他预测的相同，那个东西跑到了斜坡另一侧的下面。一根烟尘组成的柱子，从天空中吸卷着空气，可能是在漫无目的地移动着，并没有特意想去某个地方。但是他依旧本能地认为这不仅仅是烟尘组成的柱子，而且它是要朝着某个地方走去。

但是要去哪里呢?

他上气不接下气地爬到了山顶，看向下方广阔的山谷，找到了答案。

晶状植物在山顶处不再向前延伸了，边缘又一次笔直笔直的。

在边缘之外是一片轻质壤土，半块石头都没有。壤土地面和缓地向下延伸，进入山谷，并在遥远的另一侧山坡延伸上去。两侧的斜坡都稀疏地点缀着一块一块的奇怪胶状物，它们躺在天空发出的金色光辉之下，颤动着。

在山谷封闭的末端伸出一座巨大的、闪闪发光的建筑物。建筑物的房顶是平的，前面也是平的，前面的中部有个硕大的方形孔洞。这栋建筑物看起来就像一个巨型长方形厚板，由光亮的奶白色塑料制成，竖着半埋在沙丘上，光滑且发着微光的表面不带任何装饰，也没有任何道路通向它前方的那个洞。不知怎么回事，这栋建筑物看起来有一种新造的复古房子的感觉，试图让自己看起来空空如也，因为里面——充满了魔鬼。

当史蒂夫端详着这栋房子时，他感觉后背上汗毛耸立。有一件事情已经很明显了——奥罗星孕育着智慧生物。还有一件事情有一定的可能性——那个金色的柱子就是那种生命的一个代表。另外一件事情概率很大——肉体所构成的地球人和薄雾一样的奥罗星人要找到友谊和合作的基础是很难的。

然而敌意是不需要基础的。

好奇和谨慎在他的脑海里打架。一个催着他走下山谷，另外一个把它往回拉，让他趁着还有时间跑的时候赶紧跑。他看了看手表，只剩下三个小时了，三个小时之内他必须得回到飞船，输入日志，准备晚餐。那个奶白色的建筑物至少有两英里远，往返要走一整个小时。暂且不管它了。等一天的话他就会有更多时间去拜访那栋建筑物，这么做还有一个好处，他可以在此期间思考好必要的事情。

谨慎获胜了。他研究了一下离他最近的那块胶状物。它呈扁平状，直径大概一码，绿色，在它半透明的主体之中藏着略微发蓝的条纹和很多小气泡。它缓慢地搏动着，他用靴子尖拨弄了一下，它就收缩起来，中间隆起，之后又迟缓地松弛开。他判断出这不是阿米巴变形虫。这是一种低等生物，但是也很复杂。劳拉不喜欢这东西，在史蒂夫俯身调查它时，劳拉飞了起来，击打着几株晶状植物，发泄着怒气。

这个胶团和离它最近的邻居不一样，和任何其他胶团也都不一样。每种有一个，只有一个。和之前同样的规律：每种蝴蝶都只有一只，虫子、植物、这些微微颤抖的东西，每种都只有一个。

他又朝着下面的山谷中那栋遥远的、谜一般的建筑看了最后一眼，之后开始返程。当飞船进入视野时，他加快了步伐，如同一位高兴的远航者接近故乡。在飞船附近有些新的脚印。脚印很大，有三个趾头，给他留下深刻印象。这显示出有只巨大、沉重的、长着两条腿的东西在他离开时从这里经过了。很显然，只是一只动物，因为没有哪个智慧生物会随随便便地走开而不绕着那个来自太空的入侵飞船转一转并检查一下的。这个星球上只有一个智慧生物，他对此确信无疑。

一进入飞船，他就重新锁上门，喂了劳拉一些食物，吃掉了他的晚餐。之后他拖出日志，把今天的经历写进日志，在圆顶内环视四周。紫色的光带再一次从地平线上缓缓升起。他皱着眉头看着四周环绕的植物。是什么样的东西在过去把这些植物繁殖出来的？这些植物将来又要繁殖出什么样的东西来？话说回来，它们怎么繁殖啊？

要产生大量而严重的突变，前提是大剂量而持续进行的爆发中产生的强辐射，改变它们的基因。在一个不太重的行星上是没有强辐射的——除非这辐射来自天空。在这里，没有来自天空的辐射，也没有来自其他任何地方的辐射。实际上，这里根本没有辐射。

这一点他很确定，因为他对此有特别的兴趣，之前就检查过辐射。强辐射表示存在放射性元素，它们在紧要关头也许能用作燃料。飞船上有仪器可以检测这些东西。在飞船上的那堆破烂之中有一个宇宙射线计数器、一个辐射探测警报器、一个金箔验电器。警报器和计数器就没发出过哪怕一声令人兴奋的咯咯声，实际上咯咯声的唯一来源就是劳拉。他在登陆的时候给验电器充满了电，现在它的两片金箔仍然张着，像一个倒着写的字母V。空气干燥，电离辐射可以忽略不计，那两片金箔看起来再过一周也不会合上。

"我建立的那个理论有点问题，"他对劳拉抱怨道，"我脑袋有点不转了。"

"不转了。"劳拉忠实地重复道。她啄开一颗美洲山核桃，发出刺耳的噪声，让他很不舒服。"我和你说，这是个厄运之船，不会再起航了。不会，即便你为我而祈祷都不会。我不会。我不会。我不会。不能。不行。谁喝高了？那个浑身是毛的低地苏格兰佬麦克——"

"劳拉！"他尖锐地说道。

"吉利库狄。"他用一种乏味的蔑视语调结束了这句话。她又一次让他很不舒服。"它的光环比土星环都大，我亲眼见过，谁撒谎了？哟！它就在特提斯星的嘉威海湾下面，我的天，多么老大的一个身体啊！"

他狠狠地盯着她说："你疯了！"

"当然！当然，哥们儿！劳拉喜欢坚果，快给我一颗。"

"好吧。"他接受了劳拉的要求，伸出手去。

它抬起五彩斑斓的脑袋，啄向他的手，认真地挑了一颗美国山核桃给了他。他砸开核桃，一边嚼着核桃仁，一边打开照明系统。夜晚似乎在等着他，黑夜正巧在他开灯的时候降临了。

随着夜晚的降临，史蒂夫感到非常不安。问题出在圆顶上，它发着光，如同一座灯塔，而且除非关灯，否则没有办法让它暗下去。

灯塔会把很多东西吸引过来，他一点儿都不希望在目前的环境之中成为焦点。也就是说，在晚上不能开灯。

长期以来的经历让他养成了对外星动物的微妙的蔑视，无论那外星动物有多么古怪。但是诡异的外星文明就完全是另外一回事了。因此他的内心被一种奇怪的信念填满了：昨天晚上看到的是某种能力卓绝的东西。他没有想到一根发光的柱子是否有眼睛或者其他相当于视觉器官的部位。如果他想到了的话，他就会为这个想法而不舒服了。他宁愿希望在睡着的时候被某种视觉器官盯着看，也不愿意被某种诡异的超感官方式打量。

当他熄灭灯光，铺好床铺并躺下入睡时，一大团乱七八糟的想法和思绪仍然在他的大脑中翻腾着。这次没什么东西打扰他睡觉了，但是当他在金色的黎明中醒来时，他的胸前被汗水打湿了，劳拉又一次在他的胳膊上寻求庇护。

他翻出早餐，双手忙碌着，同时整理着自己的思绪。他倒出一小杯咖啡，对劳拉说着话。

“如果面对我没办法打败的未知力量，应该执行三班倒的监视体系，但是我要是发了疯想单枪匹马地维持三班倒监视体系的话，那我可就真蠢透了。总部那些坐在扶手椅上只会纸上谈兵的军官应该尝尝没在条例手册里面精准列出的情况。”

“嗝儿！”劳拉轻蔑地说。

“三十六计，走为上计。”史蒂夫引经据典，“这是探测分队的规则。这是一条优秀、温柔、可爱的规则——但得是你能一走为上的时候。我们不能！”

“嗝——嗝儿！”劳拉带着一种不必要的强调语气说道。

“对于一位女士来说，你的行为可以说是相当恶心了。”他告诉它，“现在我不打算把短暂的余生花在忧心忡忡上。要摆脱未知力量的唯一方法，就是把这种力量变成已知的、清楚的。就像乔伊叔叔要拉着小威利去看牙医时说的那样，拖得越久，就越难受。”

“操哪门子的心！”劳拉慷慨陈词，“嗝——嗝儿！”

他极端厌恶地瞪了一眼劳拉，继续说道：“现在我们要去试着斗牛了，这种做法有时候还真能把牛给吓到。”他站起身，抓起劳拉，把它胡乱塞到它的旅行舱之中，划开操控面板的锁。“我们要马上升空。”

他爬到控制席上，踩下增能器的按钮。船尾火箭砰砰地响了几声，随后声音就变成了低沉的轰鸣。他摆弄着操控装置，以获得熟悉的操控感。他加强了脚上的力道，直到整个飞船都开始震颤起来，后方的文丘里管开始发出樱桃红色的光。飞船开始缓缓地挪动，巨大的船身向前移动。此时他加了力道，飞船起飞了。一场蔓延半英里的喷发向后爆开，探测飞船冲入天空。

他操纵飞船环绕一周，做了一次范围广而高度低的巡航，从植被的边缘、晶状植物的田地和远处的小山坡之上急驰而过。转眼间，他就飞过峡谷，利用船头制动器的反冲猛地刹住了火箭。这事情并不好办，他得调节好向前的喷射力、向后的推力，还要思考下方气流的涌动。但是就像大多数驾驶员那样，他会用这种灵巧的小飞船玩一些绝技表演并引以为傲。他这场演出就缺一群赞叹不已、欢欣鼓舞的观众，否则就很完美了。飞船平稳地垂直降落在外星大厦奶白色的屋顶上，朝着边缘滑了一半的距离，停下了。

“好家伙，”他喘息道，“我真厉害啊！”他坐在座位上，透过圆顶朝四周看去，感觉应该加上一句：“我这么年轻，死不了的。”他等了一会儿，不时看看计时器。飞船落在屋顶时一定产生了足以震醒死者的冲击力。要是有任何人在屋子里面，他们马上就会跑出来，看看是谁往他们的小屋上扔了一个100吨重的瓶子。没人出来。他给了他们半个小时的时间，老鹰一般的面孔显得紧张而警惕。之后他放弃了，说道："啊，好吧。"随后离开了座位。

他把劳拉放了出来。它带着一种充满怒气的高贵姿态出来了，如同一位贵妇人进错了房间。在他的逻辑之中，女性通常都是好奇心强的生物，他无视了它的态度，拿起枪，打开门，跳上屋顶。劳拉不情愿地跟着他，飞到他的肩上，似乎站在那里可以有很大好处。

他走过船尾，走到屋顶的边缘，向下看去。500 英尺高的陡峭落差吓得他后退了一步。入口在距离地面 400 英尺高的地方，就在他的脚下。一条 100 英尺高的横梁跨在入口上方，它就站在上面。唯一的下降方式就是走到屋顶的另外一边，到达土质的斜坡，这座建筑在那里嵌入了斜坡，他可以找到一条通往下方的路。

他在屋顶上走了四分之一英里的路，走到斜坡。行走时，他的双眼检视着屋顶的表面，但是他在均一而光滑的表面上没找到任何裂缝或者接合处。虽然这栋建筑物这么大，但它似乎是一整个儿铸造出来的——这个事实对于减少他心里的疑虑没有起到任何效果。不管是谁搞的这项伟大的工程，他们都肯定不是祖鲁人[1]！

从地面上看去，入口显得硕大无朋。要是在这栋建筑的另外一边有个类似的缺口，并且有一条畅通的路从一边通向另外一边，他可以操纵飞船从一端进入，从另外一端飞出，就和穿针一样容易。

没有门。这似乎并不奇怪，难以想象哪一种门能大到足以充满这个开口，还能把握好重量上的平衡，让任何人——或者任何东西——能去拉开门或者关上门。最后，他谨慎地看了看四周，发现山谷之中没有任何东西在动。他大胆地踏进入口，眨了眨眼，当视觉上的残象逐渐衰退，对外面金色微光的印象逐渐消失时，他发现

1. 非洲的一个人种，主要生活在南非共和国的夸祖鲁-纳塔尔省。此处代指科技程度不高的文明。

建筑内部的黑暗也慢慢消退了。

里面有一种不同的微光，比外面的更为暗淡、更为惨白，还有点儿发绿。这种微光是地板、墙壁和天花板发出的。全方位的光照足以把这里照得亮亮堂堂，没有阴影。适应好环境后，他吸了吸鼻子。空气中有一种浓烈的臭氧味，混合着一些难以辨识的气味。

在他的左右两侧堆着一层一层的透明箱子，堆了几百英尺高。他走到右侧的箱子那里，检查它们。箱子都是方形的，每条边大概都有一码长，材质类似于透明有机玻璃。每个箱子里面都装着三英尺厚的壤土，一株晶状植物在其中发芽。没有任何两株晶状植物是相同的，有些很小并有很多枝条，有些很大而且结构复杂得难以形容。

他想不出什么来。他绕过那排巨大的箱子，走到它们后面，发现还有另外一排堆了十码高的箱子，而且这一排后面还有另外一排，还有一排又一排。这些箱子里面都装着晶状植物，那些植物的数量和多样性让他的思维有些恍惚。他只能研究一下每一排箱子最下面的两行，但是一行又一行的箱子摞在一起，高高地超过了他的头顶，一直摞到距离屋顶很近的地方。这些箱子的总数无法估计。

左边也是一样的情况，有上千株水晶植物。他靠近看了看一个特别不错的箱子，注意到箱子前面的板子上有一些小小的、不引人注目的点，组成一定的图案。那些点被蚀刻在外表面上。调查表明所有的箱子都有类似的标记，只是点的数量和排列方式有所不同。毫无疑问，这是某种用于区分的外星编码。

“奥罗星的自然历史博物馆。”他低声猜测。

“你撒谎，”劳拉激烈地尖声高叫，“我和你说，这玩意是不祥之物——”它停了下来，惊呆了，因为它自己的声音在建筑物中回响，变成了一种深沉如管风琴一般的音调，“不祥之物——不祥之物——”

“我的天啊，你能不能闭嘴！”史蒂夫发出嘘声。他试图同时监视着出口和房屋内部，但是劳拉的声音隆隆地传向远方，并没有引来任何人前来抵抗他们的入侵。

他转过身，匆忙走过前面好几排箱子，走到下一个展示区。这一系列的箱子中装着一团团的胶状物，都很小，不比他的手表大，有几千个。他注意到，那些胶状物看起来都不是活着的。

第三、第四和第五个区域把他带到建筑物深处，他估计他已经走了一英里远。他走过苔藓、地衣和灌木，它们都已经死了，但是保存得非常好。现在他已经做好了准备，猜测第六个区域里的东西——植物。他错了。第六个陈列区展示着虫子，包括飞蛾、蝴蝶和一些奇怪的陌生物种，有点像有甲壳的蜂鸟。没有粪金龟属安德氏种的标本，除非那标本在几百英尺高的地方，或者除非有个空盒子已经为它准备好了——当它的生命完结的时候就会被放进去。

谁做了这些盒子？有没有一个是为他而准备的？一个为劳拉准备的？他想象着自己保持一个姿势直到永远，蹲在某个区域的第 10 排第 25 行的第 17 个箱子中，箱子前面的板子上相应地标记着合适的点。这真是个糟糕的画面，想到这个画面，他皱起了眉头。

他也不知道自己在找些什么，但是仍继续前行，走得越来越深入，一直到这栋建筑的中心地带。没看到任何人，没有任何声音，连个脚印都没有。只有无处不在的气味和持续不变的微光。他有一种感觉，经常有人来拜访此地，但是从来不会在这里待很久。他向前走着，没有费心停下看。他走过一个巨大的箱子，里面装着似乎像是长着野牛脑袋的犀牛一样的动物，之后又走过一些更大的箱子，装着同样更大的展品——所有的箱子都仔细地用圆点做好了标记。

最后，他走到了一个特别巨大的箱子处，那只箱子太大了，以至于它占据了整个大厅的宽度。箱子里面装着的东西似乎是所有树木的爷爷以及所有蛇的祖爷爷。在它后面，展览品换了个样子，那里竖立着500英尺高的架子，上面摆着金属柜，每个金属柜的门都抛了光，上面都装点着一枚按钮，还装点着更多组神秘排列的小圆点。

他非常勇敢地按下了最近的柜子上的按钮。伴随着清脆的响声，它的门打开了。结果令人失望，柜子里面装满了一叠一叠小小的玻璃板，每个玻璃板上都盖满了小圆点。

“超级文件归档系统。”他咕哝着，关上柜门，“黑格提老教授愿意付出任何代价到这里来。”

“黑格提，”劳拉结结巴巴地说，“看在上帝的分儿上！”

他快速地看了它一眼，它因为受惊而炸了毛，看起来烦躁不安，显得越来越躁动。

“怎么了，小鸡崽儿？”

它偷偷把目光转向他，之后和它投来目光的方式一样，马上又把焦虑的目光收回去了。它在他的肩膀上横着身子挪来挪去，脖子上的羽毛炸了起来，嘴里发出紧张的咯咯声，在他的夹克衫上缩得更紧了。

“该死！”他咕哝道。他脚后跟一转，接连跑过几排文件归档架，冲进最后一个架子和墙壁之间十码宽的空地之中。他掏出手枪，监视着那些柜子的前方，同时用没有持枪的那只手试图安抚劳拉。它紧紧地依偎着他，用头蹭进他的脖子，试图藏进他下巴下面的空隙中。

“安静点，宝贝。”他低语道，“保持安静就好，和史蒂夫待在一起，我们会一切平安的。”

它保持安静，尽管它已经开始发抖了。史蒂夫对劳拉的恐惧感同身受，他心跳加速，虽然他没有看到或者听到任何迹象来证明危险确实存在。

之后，当他躲在那里看着前方时，屋内的光辉变亮了，变得不那么绿而更像是金色。屋内仍然寂静无声。突然，他知道正要过来的是什么东西了，他知道那是什么了！

他单膝跪下，让自己看起来尽可能小，尽可能不显眼。他的心脏狂跳着，思维再冷静也没办法把心跳下降到正常速度。一片寂静，它走近的时候仍然维持着一片可怕的寂静，这令人难以忍受。沉重的脚或者蹄子踩在地上的那种破坏性的砰砰声要好得多。一个像阿波罗巨神像那么大的东西不应该像鬼一样在走过的时候悄然无声。

金色的光芒逐渐增强，屋子中从房顶到地板无处不在的绿色荧光淹没在金色的光芒中。光辉让许多箱子表面如着了火一般。光芒已经增加到如金色的天空一样的亮度了，而且越来越强，无处不在，强到难以忍受，没有留下任何可供躲藏的黑暗之处，再小的东西也找不到藏身之所。

它就像正在升起的太阳一样发出强光，或者说像某种从太阳的中心部位提取出来的东西一样。它所发出的光辉让畏畏缩缩的观察者脑海中一阵眩晕。他猛烈地挣扎着，想要控制好自己的思绪。他想让自己的思维清楚起来，想把思维约束在自己正在消退的意识之中——然后失败了。

史蒂夫憔悴的脸上挂着汗珠，他只是零碎地瞥见了那个柱体的边缘在中间走道两侧的架子之间露出的一小部分。他看到了亮金色的炫目螺旋，里面闪烁着纯白色的星星，随后，紫色的泡泡似乎在他的脑海之中浮现，他向前栽倒在一大片微小的泡泡中。

他不断下沉，不断下沉，沉入彩虹色的泡沫里。泡沫发着光，变幻着颜色，忽明忽暗，色彩斑斓，冒着泡、打着旋、起着雾。他的意念一直疯狂地努力着，奋力向上冲，想把他的灵魂拉上来。

他下沉到了最深处，成千上万的泡泡仍然绕着他旋转，难以数清那些泡泡到底有多少种颜色。之后他下降的速度变慢了，他感觉泡沫不再旋转着向上升了，它们停止了旋转，随后又朝着另外一个方向旋转，向下转去。他正在上升！他似乎上升了一辈子，飘飘悠悠地升起，带着一种如同做梦一般的恍惚感。

最后的一些气泡以一种奇异的方式逐渐散去，将他留在不存在之处的狭窄间隙之中——之后他发现自己四肢伸开，躺在地板上，头晕目眩。劳拉正紧贴着他的胳膊。他缓慢地眨了几次眼睛，眼睛又酸又痛。他的心脏仍在猛跳，双腿使不上力气，胃中有一种奇怪的感觉，似乎回想起一次很久很久之前遭受到的打击，让他恶心反胃。

他没有马上从地板上爬起来。他的身体抖得太厉害了，思维太混乱了，以至于爬不起来。恢复理智和镇定后，他躺平身体，注意到突然入侵的金色光芒已经消失，屋内的光照又一次变成了暗淡而没有阴影的绿色。随后他的眼睛瞟到了手表，大吃一惊，坐了起来。已经过去两小时了！

这个事实让他颤抖着站了起来，在文件柜的储存架四周张望，发现一切都没有变。他本能地觉得那个金色的来访者已经走了，现在这里又一次只属于他自己。那个东西是不是已经意识到他来了？是不是那个东西让他失去意识的？如果不是的话，为什么他会失去意识？那东西对房顶的飞船做了什么吗？

他捡起那把没什么大用的枪，手指顶着保险上的饰钮转了转，轻蔑地看着它。之后他把枪放进枪套，帮劳拉在他的肩膀上站好。它有气无力地站着。他走向架子后面，向着建筑物更深处前进。

“我觉得我们不会有事的，宝贝。”他和劳拉说，“我想我们太小了，不会被注意到的。我们就像老鼠一样。在脑子里有更大更重要的事情时，谁会想去捉老鼠呢？”他做了个鬼脸，不太喜欢这种老鼠的比喻。这对他本人和他这一类人来说都不是什么好话。但是这是他此刻能想到的最好的比喻了。“那么，就像小老鼠一样，让我们去找奶酪吧。我是不会仅仅因为有个什么大块头的东西从我身边溜过去吓了我们一跳就放弃的。我们不会被吓跑的，是吧，亲爱的？”

“不会的。”劳拉冷淡地说。它的声音仍然很低落，它的双眼来回转着，一副担心的模样。“不害怕，我和你说，我不会飞走的，我保证！劳拉喜欢坚果！”

“别叫我疯子！”

“坚果！坚持种地——你就会收获更多。麦克吉利库狄，那个大——”

“嘿！”他警告道。

它猛地闭上了嘴。他加快了步伐，不想承认他的神经系统对精神压力或者任何会让他烦心的事情都有点儿过度敏感。他知道，他一点儿都不想再接近那个发着光的庞然大物了。一次就够了，相当够了。并不是因为他害怕那个东西，而是一些别的原因，一些他没办法说清楚的原因。

他走过最后一排柜子，发现他面对着一台机器。机器很复杂、很奇异——而且它正在制造一株晶状植物。走近看，另外一台不同的机器正在制造一只小小的有角蜥蜴。机器正在制造那些生物，这一点毫无疑问，因为那两只生物都只是半成品，而且在他看的时候制作过程还稍微推进了一点儿。几个小时之内，或者在更短的时间之内，它们就会被制作完成，之后它们需要的就是……就是——

他背后汗毛直竖，开始猛冲。望不到尽头的机器，每一台都不一样，每一台都在制作不同的东西：植物、虫子、鸟类、真菌。是用一种电子培育法来制作的，一个原子旁边堆上另外一个原子，就像一块块砖头盖起房子。这不能称为合成，因为合成仅仅指的是组装在一起，而这里发生的事情是组装加上生长，依据某种未知的规则。他知道，在每一台机器里面，都有某种密码，或者代码，或者暗号。某种不可思议的复杂之物掌控着一切，决定着每台机器正在建造的东西的形状——而且那些形状的变化是无穷无尽的。

到处都有各种各样的机器。它们寂静无声，并未运转，他们的工作已经完成了。到处都是其他形状古怪的破碎机器，要么正在修理，要么已经准备好接受改装。他在一台已经完成了工作任务的机器旁边停了下来，它造出了一只有着精致暗色花纹的飞蛾，飞蛾停在机器的装配罐中，一动不动，如同一座镶着宝石的雕塑。在他看来，这只生物堪称完美，它现在只需要等着……等着——

他的额头上渗出一层细汗。那只飞蛾现在所需要的一切，就是被赋予生命的气息！

他甩开脑海中的万千思绪，这是他能控制住自己躯体的唯一方法。转移注意力——把这件事放到一边，去想那件事！他坚决地把自己的注意力集中到附近的一台极为巨大、有一半被拆开了的机器上。它的内部暴露在外面，露出里面巨大的暗灰色励磁线圈。一些类似的线圈散落在地板上。

他捡起一小段线圈，发现它出乎意料地沉重。他摘下手表，打开了手表的后盖，把线圈靠近手表的机芯。手表中金星黄锆石制造的轴承马上发出了荧光。金星黄锆石总是在靠近辐射的时候发出荧光。这个未知的金属也许能当燃料。一想到这一点，他的心脏猛地跳了一下。

他是不是该拉出一大团线圈然后拖到飞船上去？线圈非常重，他需要相当长的线圈——如果它真的能用于燃料的话。但是假如这个屋子的主人发现他拿走了线圈，然后在他回来拿新的线圈时设下陷阱怎么办？

只要你有时间停下来想一想的话，想一想总是值得的。这是探测分队的基本哲学。他把一小段电线的样本放在口袋内，又在其他被拆开的机器上找了更多的样本。这次搜寻让他继续深入到这座建筑中，他花了很大力气把注意力单单集中在手头的这项工作上。这并不容易。比如说吧，有只狗如同雕像一样站在那里，似乎在等待着什么，一直在那等待着。要是那是别的任何东西而不是一只不容置疑、易于辨认的地球上的狗就好了。想要不去看它是不可能的。想要不去看别的他甚至更熟悉的物种也同样是不可能的——如果有其他物种的话。

他拿到了七个不同的放射性电线的样本，此时他决定不再继续搜索了。一只凤头鹦鹉让他结束了行程。这只鹦鹉一动不动地站在罐子里，蓝色的羽毛光滑鲜亮，深红色的冠子高高昂起，明亮的眼睛一动不动，看上去并没有死，但是也还没有活过来。劳拉冲它歇斯底里地尖叫着，巨大的大厅反射回她的尖叫声，夹杂着拖长了的怒吼声和昏暗的房间深处隆隆的回声。劳拉的反应太大了，他没理由让自己也做出类似的反应。

他用最快的速度穿过房间，走过文件归档柜和一排排海量的展览箱，没有花心思看它们。他爬上那片土壤肥沃的山坡，爬上去的速度几乎和他下来的速度一样快。进入飞船时，他大喘着粗气。

他的第一反应是检查飞船，看看有没有受过干扰的证据。没有。随后，他检查了飞船上的仪器。验电器的金箔合上了。他给验电器充好电，看着两片金箔张开又合上。计数器显示存在大剂量的辐射。辐射探测警报器充满活力地发出咯咯声。他有点粗心大意了——他应该一降落在屋顶上就检查一下仪器的。不管怎么样，这不重要了。

现在他知道在屋顶下面藏着什么东西，那些仪器可以提前给他一些信息，但是没办法给得比他自己下去看还要详细。

他喂了劳拉，自己也陪着劳拉快速地吃了一餐。在这之后，他翻出电线样本。没有任何两个样本是同一规格的，而且有一个样本很明显太厚了，没办法塞进金斯顿-凯恩原子力引擎的进料口。他花了半个小时把这块样本锉到合适的尺寸。他用一开始拿到的暗灰色电线做了第一次测试。把它塞进去后，他把控制器调到最低档的预热强度，踩下增能器。什么都没发生。

他皱起眉头。金斯顿-凯恩原子力引擎虽然力道充足，但是过分挑剔，有朝一日人们得研究出比这个更好的引擎，研究出一种可以用任何能塞进去的东西当成燃料的引擎。密度大并且有放射性并不是金斯顿-凯恩原子力引擎所需的全部条件，必须得给它们提供正确的燃料。

他返回金斯顿-凯恩原子力引擎那里，拉出电线，发现电线末端已经熔化得不成形了。测试绝对是失败的。他插入第二个样本，也是一根灰色的电线，但是不像第一根那样暗。他回到控制器那里，压下增能器。船尾火箭迅速地爆出火光，发出一阵低沉的呻吟，推力盘显示出推力已经达到了正常值的60%。

在这种时候，有些人可能会发疯。但是史蒂夫不会。他瘦削的、像鹰一样的脸上神色一变，手伸进口袋，拿出第三个样本试了试。不行。第四个样本的实验同样彻底失败了。第五个样本产生了一阵阵奇特的、有节奏的爆发，让飞船从头到尾都摇晃起来，这导致推力盘的指针在120%和0之间来回摇摆。他想象着这艘探测巡航船一下一下地靠着有节奏爆发的推力在宇宙空间中航行的场面，就像舷外发动机那样，想到这里，他把这个样本拿了出来，把第六个样本塞了进去。第六个样本让推力盘上的读数升高到170%，飞船激动人心地咆哮着。第七个样本又是没用的。

他留下了第六个样本，把其余的都扔掉了。这块金属的直径大概有 12 个单位长度，差不多可以满足他的要求。它像是深色的铜，但是不像铜那么软，也不像铜那么重。它很硬，富有弹性，很轻，就像电话线。如果下面有至少 1 000 码这种线，如果他还能想办法把它拖到飞船上来，再如果那个金色的东西不会再过来搞砸他的工作，他就能自由自在地飞了。之后他会去一些有文明存在的地方——如果他能找得到的话。未来要基于一系列可怕的“如果”所组成的集合。

要把他需要的宝藏打捞到飞船里，最简单也是最明显的方法就是在屋顶上打个洞，通过洞口降下来一根绳索，用飞船里小小的绞车把电线给拉上来。问题在于怎么在没有合适的爆炸物的情况下打洞。答案是先在屋顶上钻个眼，在里面塞入从手枪子弹里取出来的火药，祈祷一下，然后用电子打火装置引爆火药。他用手钻试了一下，钻头很快就弯了，就像在钻一块钻石。他拿起手枪，冲着屋顶开了一枪。伴随着尖锐而猛烈的爆裂声，子弹爆炸了。弹壳的碎片发出尖啸，弹向天空。屋顶上子弹打到的地方留下了一块爆炸产生的黑点，以及一些细小的擦痕。

除了下到屋里，用肩膀扛起尽可能多的战利品之外，没有别的方法能得到那些电线了。他立刻开始行动。不久后黑夜就会降临，他不想在黑暗之中遭遇那个金色的东西。在光天化日之下或者在建筑内部诡异的绿色光辉中看到它就够要命的了。他在黑夜中费力地扛着电线走的时候，那玩意偷偷溜到他背后，这种场面他都不敢想象。

他锁上飞船，把劳拉留在里面，回到建筑物里，走过几英里的箱子和文件柜，走到后面的机器区。一路上，他没有停下来去研究任何东西。他不想研究任何东西。他只在意那条电线。另外，关于那些寻常电线的寻常想法并不会让他分心去想别的事，直到他难以集中精力的时候。

然而，在寻找电线时，他的思维仿佛在燃烧。他的一半思绪因为警戒而敏感暴躁，因为他担心那根金色的柱子会突然回来。他的另外一半思绪因为可能脱离困境而兴奋到似乎要燃烧起来的程度。从表面上看，他的行为没有表现出这些想法，他沉着冷静、信心十足、有条不紊。

十分钟之内他就找到了一大圈那种看起来像铜一样的金属线。那是一个巨大的椭圆形线圈，上面残破不堪，就躺在一个被拆开的机器旁边。他试着去搬它，但是没办法挪动哪怕一英寸。这东西太大了、太沉了，一个人没办法搬。为了把它搬到屋顶上，他得把它切开，来回搬四次——而且它里面的一些线圈是熔在一起的。线圈离飞船这么近，要搬过去却显得这么远！自由依赖于他能不能把一大团金属垂直挪动 1 000 英尺。他咕哝着对自己说出了几个劳拉常说的单词。

尽管已经准备了线缆切割器，他还是停下来想了一下，决定在做这项工作之前再看看更远的地方。这是个明智的决定，为他带来了回报，因为他在仅仅 100 码之外就发现了另外一个形状不同的线圈。这个线圈如同车轮，完好无缺，易于解开。这个同样太重了，搬不动，他用上了吃奶的力气，肌肉咯咯作响，把线圈竖了起来，边缘着地。他开始推着它走，就像推一个巨大的轮胎。

他不得不停下来好几次，把线圈靠在附近的箱子上，休息一小会儿。最后一次，靠着的箱子在线圈沉重的压力下摇晃着，箱子里面那只像是发着光的蜘蛛的生物在刹那间似乎拥有了生命。他不喜欢蜘蛛，在它晃动的时候，他弹了起来，鼓起残存的信念，向前滚动线圈。

他把战利品滚出巨大的出口并来到斜坡底部时，紫色的光带又一次从地平线上缓缓升起。他在这里停下来，用切割器把电线切断，把松开的一端拿在手里，带着它爬上了斜坡。直到他走到飞船处，电线都一直能毫无障碍地从线圈上解开。他把电线接到绞车上，把战利品卷进飞船，又卷到引擎的进料轴上。

夜晚突然降临了。当他仔细地把电线的一端穿过自动进料装置、插入金斯顿–凯恩原子力引擎的进料口时，他的双手微微颤抖，但是他鹰一样的面孔坚定而淡然。这个活干完后，他滑开劳拉的舱门，给了它一些他们在奥罗星的树上摘来的水果。它带着病态接受了水果。它看上去仍然显得闷闷不乐，不想说话。

“待在里面，宝贝儿，”他安慰道，“我们就要离开这里回家了。”

他把它关在里面，爬上控制席，打开了船头的灯光。他看到光线刺穿黑暗，照亮了对面的悬崖。之后他踩下增能器，预热喷气管。它们发出的轰鸣声粗暴猛烈，令人安心。在推力超出 70% 的情况下，他做任何调节时都必须非常仔细：当成功触手可及时，可不能把飞船的船尾给烤化了。他还有一种不可思议的焦躁感，似乎能感受到他经历的每一分钟，啊，应该说是每一秒钟！

但是他控制住了自己，加热文丘里管，谨慎地让右舷操控喷射器喷出气体，看着悬崖从旁边滑过。此时飞船以船的中部为中心转着弯。飞船又喷出一股气体，之后又是一股，他操控飞船，正对着前面屋顶的边缘。在面前的昏暗之中似乎有一片暗淡的光晕，他关闭船头灯光，想更仔细地研究一下。

那是一股暗淡的黄色雾气，在对面的山坡边上闪着光。他愣愣地看着这团雾气，双眼圆睁，简直要瞪出眼眶去，双手僵在了操控器上，后背冒汗。在他后面，在旅行隔间之中，劳拉彻底沉默不语，甚至都没有心神不宁的踱步声，它以前习惯于踱步的。他怀疑它已经缩成了一团。

他的意志从没有这么坚强过，他推动控制器，调整了几个等级。船尾喷出的火焰伸长了。飞船伴随着一阵从头到尾的抖动，缓缓向前移动起来。史蒂夫用尽全身的力气，强迫自己不受控制的双手给了飞船起飞的推动力。伴随着悬崖反射回的猛烈巨响，这艘小飞船带着一段火焰组成的弧光猛冲向天空。史蒂夫透过有机玻璃圆顶向外看去，在零碎而扭曲的一瞥之中，他看到了那根巨大的金色柱子正庄严地越过山顶向前挺进。下一个瞬间，它就远远地落在了船尾后面，他的征途现在是群星。

强烈的轻松之感从他的灵魂深处浮现，尽管他也不知道之前在害怕什么。但是那种轻松的感觉就在心中。他再也不用担心被困在什么地方或者要困多久了，这太棒了。不知为何，他确信只要沿着一段广阔而平缓的弯曲路线巡航，就迟早会碰到一个探测用的节律性标记物。而一旦他找到了节律性标记物，不论它究竟来自何方，它都会带着他走出星际迷宫。

幸运伴随着他。事实证明这种乐观的预感是正确的，因为在巡航的第 27 天，他还穿行在完全陌生的星座之中。就在此时，他看到了海德拉三号星暗淡的律动。这个律动就是他的宇宙灯塔，引着他回到家乡。

他释放着自己的情绪，大声狂呼道："耶！"他以为只有劳拉听到了他的声音——但是别的地方也有某个东西听到了他的声音。

回到奥罗星。在那座巨大的工厂中，那个金色的巨物突然停了下来，似乎在听着什么。之后它悄无声息地沿着宽阔的走道滑行而过，到达文件归档系统。一个小柜子打开了，露出两片玻璃片。

片刻后，玻璃片接触到了奥罗星上那奇异而闪烁着的物体，上面被蚀刻出一排小圆点。它们被放回文件柜中，柜门关上了。金色的、体内封着的星星的发光之物安静地滑行而过，回到机器区。

某个更接近神的东西草草写下了笔记。没有任何更低级的生命能够把笔记翻译出来，或者推断出它们的全部含义。

以最简化的形式来说，一片玻璃片上大概写着：“两足，直立行走，粉色，P.739 型智人，植于索尔三号星，BDB 凝结臂——中度成功。”

类似地，另外一片玻璃片上大概记录着：“扑翼，大型，钩状喙，多种颜色，K.8 型金刚鹦鹉，植于索尔三号星，BDB 凝结臂——中度成功。”

但闪闪发光的收藏爱好者已经忘了这份临时笔记。他正在把他的生命精华吹进一只镶着宝石的飞蛾体内。

（赵佳铭　译）

流星及其它星辰

第二次世界大战结束后，《新世界》立刻复刊并出版了三期杂志。特德·卡内尔曾在 1939 年编辑发行了四期《新世界》，并在 1940 年计划出版另外三期，但出版商此时倒闭。1940 年，卡内尔加入英国皇家炮兵团并服役至 1946 年。他很快就找到另外一家出版商出版了三期杂志，两期出版于 1946 年，一期出版于 1947 年 10 月，而后此出版商也破产了。

问题部分来自销量不足。在英国，潜在读者群体更小，读者也更不熟悉科幻小说。麦克·阿什利在《科幻小说、奇幻小说与怪奇小说杂志》一书中提到，1946 年出版的第一期《新世界》共印刷 15 000 本，售出 3 000 本。第二期全数卖完，而且第一期杂志在用第二期的封面重新装订后卖得好多了。但与此同时，《惊奇故事》在美国售出 15 万到 18.5 万本（当时正是谢弗之谜事件[1]的论战期），《惊

1. 谢弗之谜是有关《惊奇故事》杂志的一系列事件，涉及到阴谋论和都市传说。1943 年，美国艺术家理查德·谢弗写信给《惊奇故事》杂志，声称他发现了一种叫做“Mantong”的远古语言，且此种语言是地球上所有语言的源头。谢弗之谜在美国风靡一时，甚至有主流媒体进行了报道，杂志社也收到了来自全美各地的关注以及批评，在许多地区还有人成立了“谢弗之谜俱乐部”，《惊奇故事》杂志的销量因此大增。

异科幻》售出约 10 万本。

1949 年,《新世界》终于又有两期杂志在新成立的新星出版社旗下出版。1950 年,《新世界》成为一份规律出版的季刊，后来又转为双月刊和月刊。它成为了英国科幻发展的核心，但是它并不孤单。1951 年,《真科幻》开始了它坎坷的发展之路，它有时是长篇小说的出版载体，有时又是一份杂志。1957 年,《真科幻》在出版了 85 期之后停刊。唯一一份在苏格兰出版的科幻杂志《星云》创刊于 1952 年。它吸引了许多知名作家，并培养了许多新人作家。《星云》在大不列颠的读者只占它所有读者的四分之一，其他读者来自美国、澳大利亚和南非。在 1959 年停刊之前，它共出版了 41 期。1950 年,《新世界》的伙伴杂志《科学幻想》创刊，沃尔特·吉林斯出任编辑。他在此之前曾经于 1937 年到 1941 年间编辑过 16 期《奇谭》并在 1946 年到 1947 年间编辑过 3 期《幻想》。《科学幻想》在不久后就由特德·卡内尔接手，此后该杂志接收了更多有着奇幻背景的故事，直到 1966 年停刊之前共出版了 81 期，并在此过程中收获了极高的声誉。1964 年，在该杂志停刊前，凯瑞尔·波费格里接任编辑。此时迈克尔·摩考克也接过了特德·卡内尔《新世界》杂志编辑的职务。卡内尔编辑的另一家杂志《科幻冒险》于 1958 年创刊，它在一开始只是作为同名美国杂志的重印版本，但是当该美国杂志停刊后，这家英国杂志选用新的内容继续出版到 1963 年。

然而，很多英国作家仍然瞄准美国市场，并用熟练的技巧和老到的经验给读者以惊喜。有些人有着很长的写作生涯，而另外一些只写了几年的科幻作品，或者只写了几部作品，比如 20 世纪 30 年代，命运悲惨的美国作家斯坦利·温鲍姆。彼得·菲利普斯（Peter Phillips）就是这样的作者。他的处女作《梦是神圣的》(“Dreams

Are Sacred"）发表于 1948 年 9 月的《惊异》杂志，这也一直是他最知名的作品。

菲利普斯不是一位多产作家。截至 1949 年底，他在《惊异》杂志发表了 3 篇短篇小说。截至 1958 年，他一共发表了 20 篇短篇小说，其中 4 篇发表于《银河》杂志，3 篇发表于《新世界》杂志，而后他就在科幻界销声匿迹。当然，他其实从未真正意义上在科幻界出现过。早期的科幻爱好者所著的索引中从未提到过他，包括塔克的《百科全书》。戴在他所著的《1926 年至 1950 年间的科幻杂志索引》中注释称，他没有找到任何关于菲利普斯的信息，并认为这个名字可能是齐夫-戴维斯公司——《惊奇故事》杂志的出版商——所使用的化名。尼古拉斯在 1978 年编纂的百科全书中简要地提到，菲利普斯生于 1921 年，是一位英国新闻工作者和作者。

在菲利普斯的小说出版后，出于各种目的（尤其是出于恢复理智的目的）而进入梦境之中的创意成为科幻小说常用点子库中的一个。尤其值得注意的是罗杰·泽拉兹尼（Roger Zelazny）获得 1965 年度星云奖的中篇小说《造梦之人》（"He Who Shapes"），该小说在 1966 年被扩写为长篇小说《造梦师》（*The Dream Master*）。1955 年，精神病学家罗伯特·林德纳以《五十分钟一小时》（*The Fifty-Minute Hour*）为题发表了他小说化后的病历。其中的一段病历叫作"喷气式沙发"（The Jet-Propelled Couch），其内容是关于一位科幻小说作家的。这位作家开始相信他自己想象出来的世界真实存在。林德纳成功的治疗方法中就包括这样的情节：自己进入作家的想象世界并差点陷入其中，最后打破幻境使自己和作家重获自由。

（赵佳铭　译）

梦是神圣的

彼得·菲利普斯

7 岁时，我读了一篇鬼故事，之后就做了噩梦，我絮絮叨叨地把噩梦讲给爸爸听。

“他们是冲我来的，爸爸。”我啜泣道，“我跑不了，也没办法阻止它们，那些长着尖牙和大爪子的大家伙，它们和书里面的画一模一样。我也没办法让自己醒过来，爸爸，我醒不过来。”

爸爸小声诅咒了几句把这种书放在孩子身边，让孩子能捡起来看的人。之后他用大大的手掌温柔地牵起我的手，把我领到一片六英亩的草场上去。

他是个睿智的人，对那些泥土所赋予人类的动机[1]有着精明的洞察力。他亲近大自然，同时也亲近人类的心灵和思想，因为所有人最终都要依靠美丽的大自然来获取食物，获取生命力。

他坐在一截树桩上，给我看一把大手枪。现在我知道那是一把很重的柯尔特点四五[2]手枪。在儿时的我眼中，那东西威力无边。我

1. 与中国神话中女娲用泥土造人类似，在西方基督教的观点之中，上帝也是用泥土创造了最早的人类亚当。此处“泥土所赋予人类的动机”也许典出于此。
2. 自动手枪型号，自 20 世纪初期起就是美军的代表性武器，直至 1986 年被取代。

之前也见过猎枪和运动步枪，但是这把枪是用单手握着开火的那种。天哪，它也太沉了。当爸爸教我怎么握住它的时候，它用不容置疑、冷酷无情的重量把我纤细的胳膊一直往下拽。

爸爸说："这是个杀手，皮特。整个世界上都没有任何东西，甚至世界之外都没有任何东西，能不被比利这家伙射出来的子弹所阻止。它能杀掉狮子、老虎和人。哎呀，要是你瞄得够准，它能搞定一头正冲过来的大象。相信我，儿子，你在梦里见到的那些东西，没有比利阻止不了的。从现在开始，比利会陪着你进入梦里，所以没什么可怕的。"

他把这一点深深植入了我那善于接受一切的潜意识之中。半小时之后，那把柯尔特的后坐力让我的手腕疼得厉害，但我看到，沉重的子弹穿透了两英寸的柚木木料和软钢板。我顺着枪管瞄准，扣动扳机，感觉到后坐力撕扯着我的胳膊，然后看到一个装小麦的袋子被射出拳头大小的窟窿。

在那天晚上，我睡觉时把比利放在了枕头下面。在我进入梦乡之前，我又感觉到了那冰冷而令人安心的枪柄。

当那些黑暗的怪物再一次出现时，我甚至还有点高兴。我已经准备好对付它们了，比利在那儿，比我醒着的时候要轻一些——或者在梦中我的手更大了——但是威力不减。比利怒吼着射出子弹，两头黑暗的怪物身体扭曲，倒在地上，其他怪物转身逃跑。

我大笑着追赶它们，在它们屁股后面开着火。

爸爸不是精神科医生，但是他找到了治疗恐惧的完美解药——将基于经验的常识性概念投射到潜意识之中。

20 年后，相同的原理被科学地用在对马舍姆・克拉斯威尔的治疗之中，为了拯救他的理智——也许还为了拯救他的生命。

"你一定听说过他吧？"史蒂芬・布莱基斯顿说。他是我大学时的一个朋友，主修精神医学。

“略微有那么点印象。”我说，“科幻小说、奇幻小说……我读过一点儿，疯疯癫癫的。”

“不是这样的，那是些好东西。”史蒂夫[1]的手挥过那些书架，我们正在他的私人办公室中，这间办公室位于纽约州新成立的盘特根精神治疗医院。“我是个科幻迷。”他直率地说，“你会说我疯疯癫癫的吗？”

我收回了那句话。我只是个体育专栏作者，但是我知道布莱基斯顿是两个领域的顶尖人物——精神疾病和电击疗法。

史蒂夫说：“当然了，有些小说里面的专业知识都过时了。但是总的来说，他的小说写作水准很高，而且其中的思想发人深省。十年来，马舍姆都是这个领域最为多产而且受欢迎的作者之一。

“两年前，他患上了重病，没等自己彻底痊愈就又全身心投入到写作之中。他想达到他先前的写作速度，而且他越来越倾向于创作纯粹的幻想小说。有些作品很出色，但有时他也会创作出纯粹的垃圾。

“他逼着自己的想象力不断运转，给自己规定了例行的写作字数。他的压力太大了，就突然崩溃了。现在他就在这儿。”

史蒂夫站起来，带着我离开他的办公室。“我会带你去见他。他不会看到你的，因为正是他对于想象力的自我控制崩溃了——他的想象力正在纵情驰骋，他现在并不是在写小说，而是活在了小说之中——对他来说，他已经字面意义上地活在了小说之中。

“遥远的世界、奇怪的生物、怪异的冒险——他聪慧的头脑想象出翔实的幻境，创造了极为复杂的世界，驱使着他进入癫狂状态。

1. 史蒂芬的昵称。

他从残酷而紧张的现实世界中逃离，进入了梦幻的世界。但是他可能把这个世界创造得太真实了，真实到足以杀了他。

“当然，他是梦中的英雄。”史蒂夫继续说着，打开了一扇私人病房的门，“但即便是英雄，有时候也会死的。我担心的是他潜意识中活跃的病态想象力不断运转，在他所处的梦幻世界引发一些情况，在这些情况中，英雄一定会死。

“你可能知道，巫术蛊惑人心的魔力很大程度上就是通过想象力来起作用的。一个人想象自己被足以致死的魔咒缠身——那他就会死。如果马舍姆·克拉斯威尔想象他所创造出来的某个奇异的东西杀了梦中的英雄，也就是他自己——那他就再也不会醒来了。

“药剂对他没有效果。听——”

史蒂夫在马舍姆床铺的另外一边看着我。我弯下腰来，去听作家那毫无血色的嘴唇中吐出的模糊不清的话语。

“……我们必须在伊斯塔克平原上努力搜索，找到无上宝钻。我，穆尔坦，现时掌控神剑之人，要领导汝等。因为我们必须杀死极恶巨蛇，而只有借助无上宝钻的力量，我们才能彻底将它永囚于死境。跟我来。”

克拉斯威尔那一直虚弱无力地平摊在床单上的右手扭动了一下。他正在召唤他的追随者。

“他说的还是巨蛇和宝钻？”史蒂夫问道，“他已经在那个梦里过了两天了。只有当他以英雄的身份说话时，我们才知道发生了什么。他的话通常莫名其妙，有时候会透露出一星半点的意识，然后挣扎着要醒过来。看着他在那里扭来扭去，试图把自己拽回现实之中，非常可怕。你有试图把自己从噩梦之中唤醒但却失败了的经历吗？”

此时我想起了比利，那把柯尔特点四五手枪。回到史蒂夫的办公室之后，我对他讲了手枪的事情。

他说："没错，你爸爸的想法是对的。实际上，我也正希望能借助一种采用相同原理的方法来挽救马舍姆。为了实现这种疗法，我需要一个人跟我合作，一个能把生动的想象力和严谨的实践能力结合起来的人，一个有着野兽般的直觉，以及幽默感的人。是的——我说的就是你。"

"啊？我怎么能帮得上忙呢？我甚至根本不了解这个人。"

"你会了解的。"史蒂夫说，他这句话说得意味深长，让我浑身一颤，就像有冰水顺着我的后背淋下来一样，"你要接近马舍尔·克拉斯威尔的内心，比任何两个人内心之间的距离都要近。

"我会把你——本质意义上的你，也就是说，你的思想和个性——投射到克拉斯威尔正在受折磨的大脑之中。"

我睁大眼睛，随后用拇指指了指一排排杂志组成的书墙。"太不着边际了，史蒂夫老兄。"我说，"你需要喝点什么。"

史蒂夫点上烟斗，两条长腿顺着椅子扶手垂下来。"我说的不是神迹或者巫术。你爸爸把手枪放到你的梦中，让你不再害怕，基本上来说，我打算做的事情并不比这更有超自然色彩。它只不过是在科学的角度更为复杂而已。

"你听说过脑电图仪吧？你知道的，它能获取大脑表面神经电流的信息，把它们放大并且记录下来，显示出精神活动的强度——或者精神活动的缺失。它没有办法显示出精神活动的种类或者质量，除非我们用非常泛泛的说法去描述。有时候，我们可以通过图像对比，结合一些其他统计学方法去分析数据，并做些事情，比如诊断早期精神病。但是这就是它能做的一切了——直到我们在盘特根这儿继续研究这种技术之前。

"我们改进了信息收集装置的穿透力和感应力，还细化了选择灵敏度，直到我们能够检测大脑中任何已知的区域。我们想要在组成思维图景的数以百万计的微小电流之中找到一个可以识别的波形，这样一来，如果实验对象想到什么东西——可能是一个数字——仪器就会做出相应的反应，给出一个波形，每次他想到这个数字，该波形都会再次出现。

“当然，我们失败了。大脑的主要部分是整体运作的，无论是简单还是复杂的思维图景，都不是由哪个单独的部分负责，而是一个区域的活动诱导出许多其他区域的活动——除了那些处理自发冲动的区域。所以如果我们想要得到某种波形，我们需要数千个信息收集装置——实际上这并不可能。这就好像我们把每一个微小的针脚放到显微镜下面，试图去推测一件彩色毛衣的图案一样。

“荒唐的是，我们的机器太精细了，只能探测大脑中的一个区域。我们需要的不仅仅是一根探针，而是一种能把一切都包括在内的探测场，能同时容纳组成思维波形的大量电流。

“我们找到了这样的场，但是没有进一步的进展了。从某种意义上说，我们回到了原点——因为要分析探测场探测到的数据，就必须要用到上千台复杂的仪器。我们得到了更多的数据，但是却没有办法分析它们。

“只有唯一的一种仪器，足够灵敏、足够复杂，能做到这一点——那就是另一个人类的大脑。”

我挥挥手打断了他。“我明白了。”我说，“你们搞了一个思想阅读器。”

“远远不止。有一次我们测试它的时候，一个工作人员偶然增加了探测场的极性反转，也就是频率。我是分析者，实验对象处于麻醉状态。

“我没有‘听到’他思维中那些阴沉模糊的片段，而是成了其中的一部分。我在那个人的大脑之中。这是一个噩梦的世界。他不是那种思维清晰的人。我有着很清楚的自我意识……他在苏醒过来后向我直冲过来，说我擅自闯进了他的脑袋里。

“而马舍姆就是完全另一种情况了。他在昏迷中所处的梦境世界是非常详尽的，和他过去经常给读者所构造的梦幻世界一样真实。”

“等等。”我说，“为什么你自己不去偷窥他的梦呢？”

史蒂芬·布莱基斯顿微笑了一下，大大的灰色眼睛冲我抛出一个激情洋溢的眼神：“有三个很好的理由。第一，我已经沉浸在他梦中的那些事物之中很深了，如果我和他走得太近，我有被他同化进梦境的风险。他需要的是有益剂量的常识。你就是那个可以给他常识的人，你这个玩世不恭的老酒鬼。

“第二，如果我的思维在他的想象之下屈服了，我就没办法在这儿救出我自己。第三，当他醒来时——如果他能醒来的话——他会想杀了那个曾经混进他梦中的人的。你可以赶紧溜走，但是我想留在这里看结果。”

“等一下，我猜，有没有可能我醒来之后发现隔壁病房就有张病床是给我准备的？”

“除非你让自己的思维败下阵来，否则就不会的。而且你也不会失败的。你有坚定如铁、不易受骗的复杂性格。就按照你一直不拘于世俗的方式随便干点什么。你自己的想象力就很棒了，这是我从你近来的一些拳击报道中判断出来的。”

我站起来，礼貌地鞠了一躬，说道：“谢谢你，我的朋友。这提醒了我——我还要报导明晚在大花园[1]举行的那场盛大的拳击比赛。我需要睡觉了，现在很晚了。再见。”

史蒂夫站起身来，在我前面跑到了门口。

1. 麦迪逊广场花园，又被称为“大花园”，位于美国纽约的著名体育馆。

“请帮帮忙。”他说道，并且开始说服我。他确实可以说服我，我也没有办法躲开他的那双大眼睛。他还是——或者曾经是——我的好哥们。他说这不会花太长时间的（和牙医的说辞一样），而且他反驳了我想出来的每一条“如果”。

十分钟后，在安静不语、脸色苍白的马舍姆·克拉斯威尔躺着的床旁边，摆上了一张相同的床，我躺在上面。史蒂夫弯下身子，在作家的脑袋上调整一个铬钢所制的碗状物，就像一台烘发机。一个工作人员也用同样的方式调整着我身上的仪器。

电线从碗状物上接出去，接到头顶一个可以移动的悬臂上，从那里又接入一台有轮子的机器，那台机器看起来就像来自2000年世界博览会上的古怪科学组。

我脑海中塞满了问题，但是问出来的唯一一个问题似乎相当无关紧要。

“我应该和那个人说什么？‘早上好，今天你的一切琐事是否进展顺利？’我需要做个自我介绍吗？”

“就说你叫皮特·帕内尔，之后你就可以即兴发挥了，”史蒂夫说，“等你到了那里就明白我的意思了。”

到了那里，我突然意识到，我这是要去某个疯子的脑壳里来一次旅行。我的胃收缩起来，缩成了垒球大小。

“这种拜访应该穿什么衣服比较合适啊？正装？”我问道。至少，我觉得我说了这句话。它听起来不像是我的声音。

“穿你喜欢的就行。”

“啊——嗯。那我怎么知道我什么时候该结束这趟行程呢？”

史蒂夫转向我这边。“如果你在一个小时之内没有让克拉斯威尔脱离梦境，我就切断电流。”

他退回到机器旁边。“做个好梦。”

我发出了一阵呻吟。

天气炎热。似乎两个炎热的夏季叠加在一起了。不对，真有两个太阳，血红色的太阳，在黄铜色的天空中明晃晃地挂着。脚下的地面本应该是凉爽的——软软的绿色草皮，如同台球桌上的绿色绒布一样平滑柔顺，直到天边。但那不是草，是灰尘，灼热的绿色灰尘。

角斗士站在 10 英尺之外，难以置信地瞪大眼睛。他至少有 6 英尺 4 英寸高，有着粗壮的、古铜色的四肢，肌肉虬结，右手握着一柄长长的闪着寒光的剑。

但我不会认错他的脸的。

我很好地控制住了自己想笑的冲动。

“天哪！”我说道，“你晒黑得也太快了！几分钟前你还和床单一样白。”

角斗士遮住眼睛，挡住空中两个太阳发出的强光。“这是不是魔法师伽罗尔派来的又一个傀儡，来让我发疯的——又一个来到伊斯塔克平原上的土元素精灵？或者我是不是已经——已经发疯了？”他的嗓音比现实中低沉，但是显得非常自然。

我的嗓音还相当正常。实际上，在做了一些初步的努力之后，我感觉一切正常，除了太热了。

我说：“在我来的那个地方，这种消息正在流传——你正在发疯。”

你知道那种半梦半醒的状态，就像是快要睡着的时候。在这种状态之中，你可以在某种程度上控制你自己想象出的场景。这就是我感觉到的。当史蒂夫说我可以即兴发挥时，我就凭直觉认识到了这一点。我朝下看去，我穿着花呢外套、粗革皮鞋——当然了，这就是我上次打量自己的穿着时穿的衣服。我没理由觉得我穿着其他任何衣服——因此就没有穿着其他衣服。但在这种由马舍姆·克拉斯威尔的想象所创造出的炎热之下，我暗暗想着似乎应该穿点更凉快的衣服。

也许应该穿上和他的角斗士制服一样的衣服吧。

凉鞋——这就很好。我的脚现在就穿上了凉鞋。

之后我大笑起来。我差点儿就犯了一个错误——接受他的想象。

“你介不介意我关掉那些太阳中的一个？”我礼貌地问道，“有点儿热。”

我狠狠地瞪了一个太阳一眼。它消失了。

角斗士举起他的剑。“你是——伽罗尔！”他大喊道，“但是你的巫术在神剑面前没用！”

他向前冲来。闪亮的剑锋划开空气，朝着我的脑壳劈过来。

我的大脑飞速运转着。

哨 的一声，那把剑猛地砍在我的军用头盔上，砍出了一道痕迹。上次我在阿尔贡[1]戴过这件看上去普普通通的坚硬装备，我知道它能挡住这么一把剑。我摘下了头盔。

“现在听我说，马舍姆·克拉斯威尔。”我说，“我叫皮特·帕内尔，是《周日星报》的，而且——”

克拉斯威尔顺着他的剑看过来，胸口起伏，受惊的眼神突然明亮起来，似乎认出了我。“等等！我知道你是谁了——奈尔培·雷特普，七月之境的勇者，来和我并肩战斗，击败极恶巨蛇和他那邪恶的门徒、魔法师和女巫伽罗尔。欢迎，我的朋友！”

他伸出一只巨大的古铜色的手。我握了握他的手。

很明显，他没有办法让我的存在变得合理——或者变得不合理，

1. 美国多地以及法国均有以此为名的地点。

他把我写到了他梦中的情节里了！好吧，截至目前，一切都还挺有意思的。我就这么跟着他的思路走一会儿，我的想象力还没输过呢——目前。

克拉斯威尔说："我的众多追随者，青之丘上有着坚强心灵的多克人刚刚在一场血腥的战役中被残忍杀害。在我们寻找无上宝钻的旅途之中，我们要勇敢面对伊斯塔克平原上数不尽的危机——但是当然，这些你都是知道的。"

"当然了。"我说，"现在我们做什么？"

克拉斯威尔突然转过身，指着一个地方。"那里，"他喃喃地说，"恐惧之景震慑心灵，即便是我的心灵——伽罗尔返回了战场，率领着可怕的拉克洛斯军团，那些来自外域的野兽与天外来客结合成邪恶的共生体——它们能防御人类的攻击，但是无法防御神剑，也无法防御七月之境的奈尔培的强大武器。我们应该凭借一己之力和它们战斗！"

有一群，呃，怪物，穿过绿色尘土铺成的广阔平原，向我们驰骋而来。我难以用词语来完全描述克拉斯威尔的想象力。庞大的、微微发光的东西，流着黏稠的脓状涎水，一半是飞着，一半是大步跑着。我有充足的理由说我要找一个脸盆来呕吐。我找到了一个脸盆，还齐全地配着毛巾和香皂。但是我推开了它，盯着一小片绿色的尘土，努力地想着。

在我做好修正之前，电话亭的轮廓还有点微微晃动。我冲进去，拨了号。"警察总署吗？派一拨防暴队来——快来！"

我走出电话亭。克拉斯威尔在脑袋周围挥舞着神剑，面对那些汹涌而来的怪物高喊着战吼。

警笛的尖啸声从另外一个方向传来，越来越大。6 辆质地优良、坚固结实的巡逻车停在电话亭外，卷起一阵尘土，发出尖锐的刹车声。纽约的警车已经在我的思维中扎了根，我不用很费力地思考就可以搞出一辆。警车就应该是这样的。从车里下来的第一个人跑到我旁边，扶稳警帽。他就应该是这样的。

迈克尔·奥法林，我认识的块头最大、最结实，人也最好的警察。

“迈克[1],”我说，指向那些怪物，“搞定它们。”

“没问题，对我带来的兄弟们来说，这简直小菜一碟。”迈克紧了紧他的皮带。

他开始部署他的下属。

克拉斯威尔看着这群警察扇形铺开，接过对付怪物的任务，之后摇摇晃晃地朝着我走回来，手挡在眼睛上。“疯了！”他喊道，“这是什么疯玩意儿？你这是在干吗？”

有那么一会儿，整个场景似乎都晃了晃。孤独的红色太阳闪烁着，绿色的沙漠变成了一种模模糊糊的透明体，一瞬间，我透过它瞥见了白色的床铺，有两个人躺在上面。之后克拉斯威尔拿下了挡在眼睛上的手。

怪物在距离防暴队 20 码左右的地方开始变小。等到它们冲到警察那里时，也就是普通人的大小了，而且还很服从纪律——这是敲在它们长着角的脑袋上的警棍的效果。警察把它们塞进警车里，警车重新发动，在平原上飞驰而去。

迈克尔·奥法林留了下来。我说：“谢谢，迈克。明天晚上有场盛大的拳击比赛，我可能有几张多余的票。回头见。”

“我正想要呢，皮特。我明儿休假。现在我要怎么回家呢？”

我打开电话亭的门。“回家的路就在里面。”他走进电话亭。我

1. 迈克尔的昵称。

转向克拉斯威尔。

“噢，奈尔培，真是强大的魔法啊！”他大喊道，“你派自己的怪物去对付伽罗尔的怪物！”

他已经把整件事都编到了他的情节之中。

“来自七月之境的奈尔培，我们现在必须向前进发——去极恶巨蛇之堡，要在灼热的伊斯塔克平原上跋涉 1 000 洛克斯盘[1]。”

“那无上宝钻呢？”

“宝钻？”

很明显，为了把我容纳进梦境之中，他已经偏离得太多了，偏离了自己之前的想象，以至于彻底忘记了能杀死极恶巨蛇的无上宝钻。我没有提醒他。

但是，在灼热的平原上走 1 000 洛克斯盘听起来有点远，不管洛克斯盘是什么。

我说：“克拉斯威尔，为什么你这么难为自己呢？”

“吾之姓名，”他用一种极为高贵的语气说，“乃穆尔坦。”

“穆尔坦、苏尔坦[2]、沙什里克[3]、迪基达姆[4]、哈姆安艾格[5]，或者你想用其他什么高贵冷艳的多音节名字来称呼自己——我还是想问，附近有这么多出租车，为什么你这么难为自己？吹声口哨就好了。”

我吹了声口哨。紫色的出租车开了过来，细枝末节都完美无瑕，包括一位虎背熊腰、胡子拉碴的司机，酷似那天晚上送我到盘特根的那位粗鲁无礼的大猩猩。

这样一位司机开着一辆纽约市紫色出租车，整个世界上都找不

1. 虚拟长度单位。
2. 信奉伊斯兰教地区的常见名，同时也有“苏丹”的意思。
3. 原意为俄罗斯羊肉串。
4. 疑为作者捏造的单词。
5. “火腿配鸡蛋”拼到一起的单词。

到这么平凡至极的事情了。这个场面搅得克拉斯威尔心烦意乱。当他努力把这辆出租车容纳进梦境之中时，绿色的平原又一次摇晃起来。

“多么新奇的魔法啊！你的确很厉害，奈尔培！”

他上了车。但他浑身颤抖，努力想要维持这个世界的框架——他藏身其中的世界。他对抗着我的行动——我故意在他眼前试图破坏这个世界，并且想让他恢复到无趣但却理智的正常状态。

此时，我对他产生了一种奇怪的歉意。但是我意识到，也许在给他泼冷水让他的思维冷静下来之前，我只能先允许他那创造性的想象力达到最高峰，这样我才能把他飘逸的自我意识拉出梦境。

这是个危险的想法。对我来说很危险。

克拉斯威尔的 1 000 洛克斯盘似乎等价于十个街区那么远。可能他想要掩盖乘坐出租车旅行的那种平凡到近乎真实的感觉。他指向前方，手伸过司机的肩头，说道：“这就是极恶巨蛇之堡！”

我觉得那东西看起来非常像达利[1]用红色塑料设计的结婚蛋糕：十层高，每一层都像是半英里厚的大盘子，每一个大盘子都比下面的大盘子尺寸小一些、位置偏一些，整栋建筑螺旋着伸向明亮的天空。

出租车驶入城堡的巨大阴影之中，在最底层的大盘子的外墙下停住，墙壁如同陡峭单调的悬崖一般。最底层的大盘子直径大概有 2 英里，或者 3 英里，或者 4 英里。对于梦中的人来说，一两英里的差距又算得上什么呢？

克拉斯威尔快速下了车。我在司机的那一侧下了车。

司机说：“1 美元 50 美分。”

看着司机没剃胡子的方下巴、低矮的额头和帽子下面脏兮兮乱

1. 西班牙画家，作品常常具有浓厚的超现实主义风格。

蓬蓬的红色头发，我说："路这么短，要的价也太高了。"

"看看这都几点了。"他吼道，扭着肩膀，"你是不是想让我下车去拿钱啊？"

我亲切地说："下地狱去吧。"

出租车和司机穿过绿色的沙子，以高速电梯的速度直线下坠。洞合上了。我已经很多次想做这事了——

克拉斯威尔张着嘴，吃惊地看着我。我说："对不起，现在我也开始逃避现实了。继续你的剧情吧。"

他喃喃地说着一些我没听清的话，大步走向红色的墙壁。墙上裂开一条缝隙，露出里面有着宏伟大门的集会厅。他举起剑。

"开门，伽罗尔！你的死期到了。穆尔坦和奈尔培在此，我们将直面这座城堡的恐惧之物，把世界从极恶巨蛇的暴政之中解放！"他用剑柄捶打着裂缝。

"别喊这么大声。"我小声说，"你会把邻居都吵醒的。为什么不按一下门铃呢？"我用大拇指按了门铃。高大的门摇摇晃晃地缓缓开启。

"你……你之前来过这里——"

"是的——就在上次我吃龙虾晚餐之后来过。"我鞠了一躬，"你先请。"

我跟着他走进一条隧道，隧道很宽阔，墙壁发着荧光，响着回声。大门在我们身后关上。他停下来，盯着我看，眼中闪着奇怪的光芒——一丝理智的光芒。他的嘴唇透露着愤怒，这是对我的怒气，而不是对伽罗尔或者巨蛇。

自我意识的方方面面都被人蹂躏，这可不是什么好事。自尊心是只猛虎——即便在梦中也是。史蒂夫给我讲解过，所谓的潜意识是大脑的一个功能或者说一种状态，而不是大脑中的一小部分。在阻挠克拉斯威尔的过程中，我所蔑视的不仅仅是他的梦，而是他的大脑，我在蔑视他智力上的完备性，嘲笑他作为一名想象力丰富的作家的能力。

我相信，在短暂的清醒时刻中，他已经相当清楚这些了。

他平静地说："你也有你的极限，奈尔培。你那双外斜眼对生灵的痛苦视而不见。对你来说，水晶一般的星辰如同淫妇裙子上的亮片。你嘲笑那些受到神灵祝福的非理性思想，而正是这些思想让生命超越了动物的本能，而不是从生到死都只在盲目乱爬。你撕碎神秘的面纱，但这不会摧毁神秘本身——因为有太多的神秘之物了。面纱数以百万计，在一个世界之中还有另一个世界，在一个世界之外也有另一个世界——你摧毁的是美。而在摧毁美的过程中，你也在摧毁你的灵魂。"

最后几个词尽管是轻声说出的，却被巨大隧道的弯曲墙壁所反射，一次又一次地重复回荡着，声音逐渐变大，又逐渐减弱；逐渐变得昂扬，又逐渐变得温和。声音汹涌而来，催眠一般地回荡着："摧毁你的灵魂，摧毁你的灵魂，灵魂——"

克拉斯威尔用剑指向我，声音中带着狂喜。"这里就有一层面纱，奈尔培——你必须撕碎它，免得它成为你的裹尸布！这层面纱就是迷雾——极恶巨蛇之堡中的意识之雾！"

我得承认，他让我头晕目眩了几秒钟。我感觉我被他制服了。我第一次了解到他作为文字艺术大师的能力。

我知道，我需要重新振作起来，这对我来说生死攸关。

一阵浓厚的灰色雾气旋转着，慢慢向我们包围过来。雾气充满了隧道，高及顶部。雾气中探出粗壮的、到处蠕动的触须。

"它会寻找生命，以此为食。"克拉斯威尔喊道，"它不会吃掉肉体，而是吃掉赋予肉体以生机的活力之源。我很安全，奈尔培，因为我拥有神剑。你的魔法能救你吗？”

“魔法！”我说，“能穿透 8 号面具的气体还没被发明出来呢。”

防毒气演习——先带上脸部面罩，然后在耳后把面罩绑好。不，我还没忘了这些老规矩。

我调了调面罩的位置，让它戴起来轻松舒适。“而如果那玩意不是气体的话，”我添了一句，“这家伙会搞定它的。”我在肩上摸到了那件东西，打开喷嘴，带着它摆好了“准备就绪”的姿势。

我只在训练时用过一次单人式火焰喷射器，但是那次经历深深铭刻在了我的记忆之中。

这只火焰喷射器还是豪华型的。第一轮油乎乎、火辣辣的喷射喷了足足 30 英尺远，迷雾蜷缩扭曲，又四散开来，正如同它聚集起来的方式一样，只是要更快一些。

我摘下面具。“你曾经在军队待过，克拉斯威尔。你还记得吗？”

闪烁着的半透明墙壁突然变得模糊了，透过墙壁，我瞥见史蒂芬·布莱基斯顿那张紧张的方脸，就好像在放电影时没有调好焦距的投影仪投射出来的特写镜头一样。

随后墙就重新成型了。克拉斯威尔仍然是他想象中的样子，身材高大，古铜色的手臂露在外面。他再一次盯着我，皱着眉头，一脸担忧。“噢，奈尔培，你说的话真奇怪，你似乎是神秘之物方面的大师，那些神秘之物甚至超出我的理解之外。”

我换了一副脸孔，体育栏目编辑质疑我的开销时，我就用这样的脸孔来应对——委屈和恳求的脸孔。“这是你的问题，克拉斯威尔，是你不想了解。你就是不想回忆起来。这就是为什么你在这里。但如果你对待生活稍微糊弄一点的话，你过得也并不差。为什么你不赶紧离开这里，来和我喝一杯呢？”

“我不明白。”他喃喃地说，“但是追随者，我们还有个任务要去完成呢。”之后他就大步走开了。

刚才说到“喝一杯”，这提醒了我。我的记忆可没什么问题。这个隧道和那片绿色沙漠一样热。我想起了一家很小的酒馆，就在苏格兰格拉斯哥市苏西豪尔大街尽头处，电车停车场后面。一位姜黄色胡须的老人，来自苏格兰高地的流亡者，听我热烈地评论某种苏格兰威士忌。“若汝情愿，贤友，汝可品尝吾窖藏佳酿。请啜饮此酒，小友——”之后他拿出一件古色古香的银制酒壶，往我的杯子里慷慨地倒了一大杯黄金威士忌。无论是之前还是之后，我都没喝过如此甘醇的美酒，直到此时，我正跟在克拉斯威尔的身后，走下隧道。

我几乎要把酒杯给想出来了，但我及时改变了想法，想出了那只古色古香的酒壶。我把它举到唇边。想象力真是个美妙的东西。

克拉斯威尔正在说话，我几乎要把他给忘了。

“……在疯魔之厅的附近，那里有扰人心智的奇怪音乐。那些诡异的和弦，先让人陶醉其中，之后就猛下杀手，次声波和超声波的混合会震碎你身体中的所有细胞。听！”

我们已到达隧道尽头，正站在一条斜坡的顶端。前面的路平缓地下降，并逐渐变得宽阔，一阵蓝色的烟雾笼罩其上，就像 5 000 万根香烟燃烧时释放的烟雾一样，充满了巨大的圆形大厅。烟雾随着肆意飘浮、粘滞迟缓的气流旋转、飘动。远处能看到一台复杂的设备，有一大堆管子和键盘，因为距离的缘故看起来很小，但是很明显这个设备硕大无朋。

即便把 12 台沃丽舍巨琴[1]合为一体，它在那台高大的乐器脚下也只会如同一架小钢琴那样渺小。

---

1. 美国鲁道夫·沃丽舍公司生产的巨型管风琴，包含 4 排键盘、1 000 多个管道发声器以及大量的打击乐器。

乐器上有许多键盘。即便是离得这么远，我也能看到每一排键盘都配有至少 6 个操控者，那些操控者是一些有着许多肢体的生物——像是蜘蛛、章鱼或者像许多棒棒糖合起来的东西——我没有问克拉斯威尔应该怎么称呼这些生物——我在聆听着。

揭幕曲相当古怪，但是并没什么危害。之后的多重奏与和声的音量开始升高。我辨认出了双簧管和巴松管奇异而甜美的粗糙音色、1 000 台小提琴合奏出可怕而不断升高的刺耳之音、100 支恶魔之笛吹奏出的锐利尖声、许多大提琴共鸣的呜咽之声。够了，我确实爱好音乐，但这支疯狂的交响曲几乎让我失去理智，我也不想在描述这件事的过程中失去理智。

但如果克拉斯威尔在读这篇文章，我想告诉他，他错过了本应该从事的行业。他应该成为一名音乐家。他的梦中之音表现出他在乐器搭配与和声方面令人惊讶的天才领悟力。如果有意识地去做相关工作的话，他能成为一名伟大的现代作曲家。

但我不怎么喜欢这首乐曲，因为它开始产生那些克拉斯威尔警告过的效果了。那些阴险狡诈的节奏和疯狂野蛮的旋律似乎在我的脑袋中抽动着，在大脑组织中产生了一阵震动和灼烧感。

想象一下普契尼[1]的《微妙的和谐》，把这首歌由斯特拉文斯基[2]重新编排，再由奥涅格[3]重新整理，之后在好莱坞露天剧场让 50 支交响乐团演奏，你大概就可以对这支曲子有个概念了。

我听够了。我是不是说过我爱好音乐？当然——但是我唯一会演奏的乐器是口琴。我能演奏得很好，再配上一个麦克风，我可以搞出大批量的超棒噪音。

---

1. 即贾科莫 · 普契尼，意大利作曲家。
2. 即伊戈尔 · 斯特拉文斯基，美籍俄罗斯人，活跃于俄罗斯、法国和美国，作曲家兼钢琴家，现代音乐的代表人物之一。
3. 即阿蒂尔 · 奥涅格，瑞世籍法国作曲家。

这就有了一个麦克风——以及许多扩音器。我从口袋里拿出口琴，深吸一口气，大声吹起《老虎之歌》[1]，这是我最喜欢在派对上表演的节目。

那支小小的口琴传出震耳欲聋的音波，包含着喜庆的爵士乐、即兴重复的乐章、老虎的咆哮和不协调的颤音，音波经由扩音器，猛地冲入广阔的大厅，完全盖住了克拉斯威尔的疯魔之音。

即便在喧嚣之中，我也听到了他痛苦的喊声。很明显，他的音乐品味并不像我这么广泛，他不喜欢爵士乐。

音乐机器颤动着，那些有着好些肢体的生物匆忙逃离这场想象中的大灾难，显得很滑稽。它们变小、萎缩，变成一些到处乱爬的黑色甲虫。灯光在控制台上洒下了浓郁的、奇幻的光辉，渐渐消失在柔和的、蓝色的黑暗中。随后，那台机器本身在不断增大的补充和弦的声浪中开始打旋，它机体内倾泻而出的碎片又加剧了这种旋转。机器抖动着，破碎成片，在大厅的地板上形成一条由乱七八糟的碎片组成的河流。

我又一次听到了克拉斯威尔的叫喊声，之后场面突然转变了。我猜测，他想将那首爵士风格的凯旋之歌完全清理出他的思维，也许他还在潜意识中试图让我感到迷惑，因此他跳过了一部分他所构造的情节。剧本作家喜欢用那种突然跳到过去的叙述手法，与此正相反，我们向前跳了一段。我们在——某个其他的地方。

也许是由我所诱发的自卑感，或者他在场景转换之中忘了自己应该有多高，他现在只有 6 英尺高，普普通通，和我本人的身高差不多。

他的声音如此嘶哑，我都想建议他去漱漱喉咙了。“我……我把

1. Dixieland Jass 乐队于 1917 年发表的爵士乐作品，一度风靡欧美。

你留在了疯魔之厅。你的魔法让屋顶塌下来了，我还以为你——被杀了。”

所以这阵突然跳到将来的叙述并不仅仅是为了迷惑我，他也在试着甩开我，完全把我甩出这个剧本。

我摇摇头。“别打如意算盘了，克拉斯威尔老头。”我略带责备地说，“你没办法在章节中间杀了我，你看，我根本不是你创造的角色。你现在还没理解这点吗？要摆脱我的唯一方法就是醒过来。”

“你又在说谜语了。”他说。但是声音中几乎没有任何自信。

我们身处一间巨大的、有着高高圆拱的密室。光照效果如我期待的一样，不同寻常又令人赞叹——许多彩色的光线，来自不可见的光源。它们缓慢移动着、交会着，融合在密室尽头的一团白亮的圆形光辉之中。那团光辉看上去悬浮在一件宝座一样的东西之上。

克拉斯威尔对于尺寸的概念令人惊讶。他要么研究过欧洲最大的大教堂，要么就是在中央火车站长大的。很明显，宝座起码在半英里之外，中间是光秃秃但柔软有弹性的地板。宝座离我们越来越近，但我们没有走路。我看向墙壁，意识到地板本身也是一条巨大的、望不到尽头的传送带，正带着我们一起走。

这种缓慢而持续不断的运动令人着迷。我很清楚，克拉斯威尔正在偷偷盯着我。他正急切地期待着我被这种运动吸引。我将传送带加速了一点点作为回应。他似乎没有注意到。

他说：“我们正靠近巨蛇之宝座，女巫兼魔法师伽罗尔正作为守护者和门徒，坚守在宝座前面。为了对付她，我们需要你的所有奇怪技能，奈尔培，因为她正站在由至纯之力所构筑的隐形护盾后面，防御一切伤害。

“你必须破坏那个屏障，这样我才能用神剑杀了她。极恶巨蛇虽然是她的主人，而且自称是整个世界的主人，但如果没有伽罗尔的话，极恶巨蛇也将毫无力量，它会任由我们摆布。”

传送带停下了。我们站在一段台阶的底端，台阶通向那个宝座。那是一座宏伟的金属台子，极恶巨蛇在上面安然盘坐。它的头顶上有一颗闪亮的光球。

极恶巨蛇就是——一条蛇，一条一圈一圈盘起来的、生长过度的巨蟒，足球大小的邪恶脑袋左右摇摆着。

我没花什么时间去打量它。我以前也见过蛇，而且还有更值得去花上时间好好研究一下的东西——就站在宝座下面，稍稍偏向一侧。

克拉斯威尔对于女性之美的品味无可挑剔。我之前以为我大概会看到一位苍老而且满脸皱纹的可怕女人，但是如果弗洛·齐格菲尔德[1]看到了这个小宝贝，他一定在你吹出挑逗口哨的第一个音符之前就爬上台阶，挥舞着合同，管他什么护盾不护盾的。

她有着高挑的身材、鹅蛋脸、绿色的眼眸和深褐色的秀发。她的穿着恰到好处，没有过多的衣装：一件暴露的金属胸甲和一条薄薄的齐膝绿色短裙。她的左脸颊有一颗小小的、可爱的美人痣。

克拉斯威尔的声音中带着一种奇特的骄傲之感。他多此一举地说道：“我们来了，伽罗尔。”之后充满期待地看着我。

女孩说：“傲慢的傻瓜——你们来就是找死。”

嗯——嗯——那个声音，如同毕亚第高斯基[2]奏出的大提琴音符一样优雅而圆润。我愿意给克拉斯威尔的想象力打一个相当高的分数，但是我不相信他就这么简简单单地想象出了这样的小宝贝。我猜测她的形象是以生活中的某个人为原型的——某个他认识的人，某个我想去认识的人。克拉斯威尔从他记忆的口袋中把这个人拽了

1. 美国演艺界人物，百老汇经纪人，发掘了许多知名女星。
2. 美籍俄罗斯人，大提琴演奏家。

出来，就像我创造迈克·奥法林和那个有着肮脏下巴的出租车司机一样。

"真是秀色可餐啊。"我说，"克拉斯威尔，提醒我之后向你要她的原型的电话号码。"

之后我说了一些话，做了一些事，我此后一直在后悔。这些行为一点儿都不绅士。我说："但是你不知道吗？在这个季节，她们穿的裙子要更长一些。"

我看着那条裙子。裙子的下摆立刻垂到了脚踝，达到了晚礼服的长度。

克拉斯威尔大怒，盯着他的女朋友。裙子变回了齐膝的长度。我又把它变成了应季流行款。

裙子的下摆在她的脚踝和膝盖之间上下翻腾着，就像一扇发了疯的百叶窗。这是一场意志和想象力的竞赛，而战场是一双相当美丽的玉腿。伽罗尔美丽的大眼睛冒着怒火，这个景象真迷人。她看起来相当清楚这场竞赛背后不太得体的本质。

出于怒气和挫败感，克拉斯威尔突然发出了一阵响亮而狂暴的怒吼——20个中气十足的婴儿在拨浪鼓被同时抢走时也不可能发出比这还大的声音——在一阵猛然喷出的黑烟之中，这个有趣的场面从视野中消失了。

烟雾散去。相对于我的位置而言，克拉斯威尔仍然在原有的位置上站着，但是他的剑消失了，那身角斗士的装备变得破烂焦糊，一道道鲜血从他肌肉强健的胳膊上流淌下来。

我不喜欢他看着我的样子。我也许把他的超自我意识伤得不轻。

我说："所以你不接受刚才的事，你又一次跳了一章。你会告诉我我错过了什么情节的，是吧？"奇怪的是，这话听起来并没有我想表现得那么无礼。

他激动地说："我们被抓住了，死定了，奈尔培。我们在巨兽腹中，没有任何办法能把我们救出去，因为我已经失去了神剑，你也失去了魔法。

"巨兽的贪婪巨口是停不住的。这就是我们的末日了，奈尔培，末日——"

他那双发出微光的大眼睛看着我的双眼。我想把目光移开，但是失败了。

我纠缠不休的插科打诨冒犯了他，激怒了他，超出了他所能忍受的极限。于是他的自我意识正运用大脑的全部力量来实现他想要控制我的愿望，以此来维护自己。

这种意志可能在潜意识中——他可能也不知道为什么恨我——但是它的效果真该死。

自从我仓促闯进他最为私密的意识深处以来，我第一次开始怀疑整件事的正当性。

没错，我是想要帮这家伙，但是……但是梦是神圣的。

怀疑会让人丧失信心。当信心消失，心灵之门就会向恐惧敞开。

另外一个声音在我的耳边嗞嗞作响，是史蒂芬·布莱基斯顿的声音。"……除非你让自己的思维败下阵来。"接着是我自己的声音，"……我醒来之后发现隔壁病房就有张病床是给我准备的——""不，不要——""……除非你让自己的思维败下阵来——"史蒂夫不敢自己来做这件事，是吧？等我脱离这个梦境，我就要和那家伙说道说道。如果我能脱离……如果——

就这样，整件事情完全不再有趣了。

"停下来吧，克拉斯威尔。"我严厉地说，"别再挤眉弄眼的了，否则我就给你一下子——你会感觉到这一下的，不管你是不是在昏迷中。"

他说："我们俩现在都快死了，你还说什么傻话呢？"

史蒂夫的声音："……蛊惑人心的魔力……想象力。如果他所创造出来的某个奇异的东西杀了他梦中的英雄——也就是他自己——那他就再也不会醒来了。"

现在就是这个情况。现在我们正身处英雄一定会死的情况之中。而且他也想要设想出我的死亡。但是他杀不了我，或者，他可以杀了我？布莱基斯顿怎么可能知道，在这种超乎寻常的思维交流之中，死亡的意愿可能会释放出什么样的力量？

精神病学专家不是说过吗？死亡渴求，也就是想要死的意愿，在人类的潜意识之中被深深埋藏，但却强大有力。此时，这种意愿并没有被埋得很深，它在马舍姆·克拉斯威尔的双眼中闪耀着、跃动着，毫无掩饰地昭示着自己的存在。

他从现实躲进了梦境，但是这远远不够。死亡才是唯一而彻底的躲藏之处——

我思绪混乱，这导致我的脑海对躁动、激烈、打算去死的想法敞开大门。克拉斯威尔也许感觉到了这一点。他挥舞着一只胳膊，姿态浮夸，如同出演莎士比亚戏剧的歌舞团要引出最后一幕时一样，引出了他想象出的怪物。

从细节以及生动程度的角度来说，这个怪物超过了他之前想象出的所有东西。这是他创造的奇幻生物的绝唱。他精雕细琢，把这个怪物打造得异常出色。

眨眼间，我们已经身处一座巨大的、四壁陡峭的竞技场之中。没有观众，克拉斯威尔没有去想象那些群体场面。他喜欢奇异的、脱离于时间之外的空虚场景，他用尽量少塑造角色的方法来实现这种场景。

炽热的天空中悬挂着许多巨大的红色太阳，我数不清它们的数量。我们，只有我们两个人，站在这些太阳耀眼的光芒之下。

我的视野之中只有那只巨兽。

如果有一只在洗脸盆盆底的蚂蚁，旁边还有一只狗在嗅着它，这只蚂蚁可能会有和我一样的感觉。如果那只巨兽长得像只狗的话。如果它长得像任何我能想象出来的东西的话。

这只庞然大物有几只大象堆在一起那么大，看起来就像一块令人作呕、庞大笨重的有生命的半透明紫色肉块，有着一张咧开的圆形大嘴，或者应该叫窟窿，里面环状排列着尖利肮脏的长牙，外面环绕着许多眼睛。

如果它静止不动，那它只会是一种肮脏丑陋、浑身是毒的恐怖之物，如同它至为恐怖的外形一样，是一个非同寻常的可怕家伙。但最令人恐惧的是它不断挪动的样子，如同梦魇。

它没有四肢，庞大的一团身体在一连串的起伏之中向前痉挛一般地抽动——并一路留下蓝绿色的黏液，每次抽一下，这种液体就会从它口中流出来。

它以惊人的速度朝我们冲过来。离我们只有30码了——20码了——

彻骨的恐惧让我的四肢僵住了。这是真正的噩梦。我拼尽全力试图想出一些东西来……火焰喷射器……该怎么去想……我记不起来了……面对着正朝着我挪过来的、如同一团原生质一般的破坏者，我的思维能力似乎从我的身体中溜走了……那些黏液首先流了过来，之后是那张大嘴，越靠越近……我的思想中只有一片尖叫着的混乱——

另外一个声音，一个深沉、和缓而温柔的声音，从我童年里一段难忘的时光中浮现——“整个世界上都没有任何东西，甚至世界之外都没有任何东西，能不被比利这家伙射出来的子弹所阻止。你在梦里见到的那些东西，没有比利阻止不了的。从现在开始，比利会陪着你进入梦里，所以没什么可怕的。”之后那冰凉而坚硬的枪柄，那种后坐力，那尖啸着的、不可抵挡的金属块，灼热而沉重的金属块——从我的潜意识深处浮现。

“爸爸！”我喘息道，“谢谢你，爸爸。”

那只巨兽已经耸立在我面前了。但是比利现在在我手里，指向巨兽的大嘴。我开了火。

巨兽猛地朝后弹了回去，弹到了黏糊糊的痕迹上，开始变小，蜷缩起来。我开了一枪又一枪。

我又一次意识到克拉斯威尔站在我身旁，他正看着那只垂死的巨兽。巨兽仍然很大，但正在迅速缩小。之后克拉斯威尔又看了看我手中的那块灰暗的金属物，那把老柯尔特。向上倾斜着的枪管正冒出一缕蓝色的烟。

之后他开始大笑。

这是一阵突然爆发的猛烈大笑，但带着一点儿歇斯底里的感觉。

大笑的同时，他也开始从视野中逐渐消失。那些红色的太阳在天空中急速远去，变成了针尖一样的小点。天空又白又干净，一片空白——就像天花板。

实际上——“实际上”，这是多么美妙的词汇啊——实际上，在甜蜜的现实世界中，那里就是天花板。

之后我看到史蒂芬·布莱基斯顿朝下看着我，把那个铬钢碗从我脑袋上贴了一圈的橡胶垫上解下来。

“谢谢，皮特。”他说，“恰好半个小时。你的帮助对他起效很快，比胰岛素休克[1]还快。”

我坐起来，调整着自己的精神状态。他架住我的胳膊，说道：

---

1. 一种治疗精神疾病的方法。

"没错——你已经醒过来了。我很愿意告诉你你刚才都做了什么——但不是现在。我会去办公室找你的。"

我看到一位工作人员从克拉斯威尔的脑袋上取下钢碗。

克拉斯威尔眨眨眼，转了转头，看到了我，脸上的表情很复杂，但是一丝高兴的表情都没有。

他猛地坐起来，坐得笔直，把工作人员推到一旁。

"你这个混蛋无赖！"他喊道，"我要杀了你！"

在史蒂夫和另外一名工作人员拽住他的双臂之前，我刚刚搞清楚怎么回事。

"让我收拾他——我要把他撕碎！"

"我警告过你的，"史蒂夫喘着气说，"出去，快。"

我已经在跑出去的路上了。穿着长睡衣的马舍姆·克拉斯威尔可能不像他梦中的那个古铜色皮肤角斗士那样，有令人刮目相看的身体素质，但是他也还算肌肉发达。

这是昨天晚上的事情了。今天早上，史蒂夫按响了我办公室的门铃。

"治好了。"他炫耀一般地说，"现在他和你一样神志正常。他说他意识到自己之前工作过度了，他会放松一点的——让自己从幻想中脱身休息一下，写点别的东西。他一点儿都记不住他昏睡时候的事情——但是他有种奇怪的感觉，他想要对醒过来时躺在旁边床上的家伙做点不愉快的事情，他也不知道为什么，我也没和他说。但还是避开他比较好。"

"这种感觉是相互的。"我说，"我也不喜欢他想出来的那些怪兽。他要写点什么——爱情小说？"

史蒂夫大笑道："不，他突然迷上西部小说了。今天早上他开始大谈柯尔特左轮手枪在社会学和历史学上的重要性。他草草写下了第一个故事的标题——《转轮枪的规则》，嘿——这是不是基于你加到他梦里面的什么东西？”

我告诉了他。

马舍姆·克拉斯威尔和我一样神志正常？我可不会为此下赌注。

3 个小时之前，我正在去麦迪逊广场花园的路上，去报导最新的重量级拳击比赛，这时我被一名没有在执勤的警察给拽住了。

迈克尔·奥法林，我认识的块头最大、最结实、人也最好的警察。

“皮特，好哥们儿，”他说，“我昨晚做了个奇怪至极的梦。我帮兄弟你搞定了一点小麻烦，等事儿都解决了，大概是要谢谢我吧，你说你可能有几张今儿晚上那场拳击比赛的余票，我不知道这有没有可能是什么心灵感应之类的，而且——”

我抓住角落里的一间酒吧的门，让自己站稳。我摸索着自己的票，这时候迈克还在那儿叽叽喳喳地说着，我说：“我感觉不太舒服，迈克，你去吧。我在其他报纸上找点东西写报道。梦的事别去想了，迈克，就当这是个巧合，忘了它吧。”

我回到酒吧，盯着一大杯威士忌努力思考着。在帮助我集中注意力这方面，威士忌是第二好的东西，仅次于水晶球。

“心灵感应，嗯？”

不，威士忌对我说，巧合而已，忘了它吧。

但的确有一些类似心灵感应的事情。潜意识中的心灵感应——两个头脑做的梦契合在一起。但是我没有做梦，我只是在其他人的梦里面紧跟着他逛了一圈。人的思维在睡觉的时候尤其擅长接受其他事物，比如预感什么的。但是我根本没有做梦。六加四等于负十，三振[1]——你出局了。你是个疯子，威士忌对我说。

我决定给自己找一个质量更好的水晶球。去塞瓦利夜店点一杯水晶杯装的苏格兰威士忌吧。

我招呼了一辆紫色出租车。司机的后脑勺似乎勾起了我的回忆。我拒绝思考这件事情，直到我付款的时候。

“1 美元 50 美分。”他咆哮着说，接着探出身体，“嘿——我之前是不是在什么地方见过你？”

“我住在附近。”我说，从喉咙里不情愿地挤出一些声音，“昨天不是你送我去盘特根的吗？”

“是，这就对了。”他说。没剃胡子的方下巴、低矮的额头、帽子下面脏兮兮乱蓬蓬的红色头发。“是的——但是关于你的车费，我还要说道说道。我昨晚在两单活儿之间睡了一觉，做了个疯狂的梦。你好像也在梦里面。而且我有个疯狂的想法，你已经欠了我 1 美元 50 美分了。”

有那么一刹那，我有种不是很认真的想法，想对他说让他下地狱吧。但是公路不是绿色的沙子，它看起来太结实了，没办法裂开口子。所以我说：“给你 5 美元。”然后摇摇晃晃地走进了塞瓦利夜店。

我凝视着一杯威士忌，直到头脑清晰起来，之后我给史蒂芬·布莱基斯顿打了个电话，讲了我的经历。“这事情到底意味着什么。”我最后说，“我试着想要想清楚，要是我在梦里召唤出几十个熟人的话，会发生什么，这都快把我搞疯了。当他们醒过来时，他们所有人都会做同样的梦吗？”

“这么多人的话，信号就散得太开了。”史蒂夫说，很明显嘴里塞满了三明治，“这就像试图用一台发射器同时广播好几十种波

1. 棒球术语，击球手被判定三振后即出局。

长的波。你的大脑是整台机器必不可少的一部分，作为一台复杂的记录仪，在发射电路中占据着发射器的位置，与克拉斯威尔的大脑相连——直到频率提高到了接收频率。我想，之后发生的事情就单纯是一种感应的过程了。就和克拉斯威尔的连接而言，是这样的，但是——”

我再也受不了他吧唧吧唧的咀嚼声了，说道：“在你噎死之前赶紧把嘴里的东西咽了。”那家伙就靠着吃三明治活着了。

他的声音清楚了。“你没明白我们得到了什么结论吗？在对脑电波的放大过程中，有个回弹波会通过电子管，机器就变成了发射器。那两个人正在睡觉，他们的潜意识敞开大门，充当了接收器。你白天见过他们，活生生地、当面见过他们——之后你就接入了他们的潜意识，扰乱了他们的思维，把自己的梦境强加给了他们。你听说过共鸣梦吗？你梦到过某个你好几年没见的人，第二天他就来拜访你了吗？现在我们可以有意地实现这一点——用一些物理手段辅助梦境中的心灵感应，那些脑电波会以电磁波的形式增强并传输出去。到我这儿来吧，我们还要再做一些实验。”

“有时间再说吧，”我说，“我要去睡觉。这就是我现在想做的——不要什么物理手段的辅助。再见。”

我想喝杯睡前小酒。我逛回了夜店的酒吧，我真应该回家的。

她扭着屁股，走到乐队前面的麦克风那里，5 英尺 10 英寸的梦幻身材，裹在一件白色的紧身舞会礼服中。鹅蛋脸、绿色的眼眸和深褐色的秀发，左脸颊有一颗小小的、可爱的美人痣。礼服的上身部分也许有点儿暴露，但是没有暴露到像克拉斯威尔在梦中给她穿的那身装备一样值得吹个口哨挑逗一下的程度。

在后台，那双绿色的眼眸向我投来两道冰冷的目光。是的，她和克拉斯威尔先生有浅交。不，昨晚午夜前后她没在睡觉。我能不能告诉她这些事情和我有什么关系？大学生类型的，很好。她们是怎么陷入这种娱乐行业的。不，我不是在关注这个事情。

当我问她为什么对我这么冷淡的时候，她说："我只不过没有特别的兴趣去认识你，帕内尔先生。"

"为什么？"[1]

（赵佳铭　译）

1. 冈恩只收录到这里，原因未知。但为了保证故事的完整性，我们将后面一部分的梗概总结如下：皮特·帕内尔在梦中见过的这位女士对他并没有感觉，并说她不知道为什么，但是就是不喜欢他，希望结束对话。帕内尔想要和女士解释一下昨晚在梦中的经历，但却意识到这些经历在旁人听起来十分难以置信。他决定去找史蒂芬·布莱基斯顿，打算参加后续的实验。最后帕内尔对女士说："我会再见到你的，祝你做个好梦。"

高产的50年代

20世纪50年代是美国科幻小说的繁荣期，也是英国的。20世纪50年代早期，美国约有50本不同的杂志刊行，一段时间内大概有40本杂志同时存在。图书不仅在重新出版，而且每年出版的数量达到了70种甚或更多。作品选集不仅重印短篇小说，其中有那么两三本还收录了首发故事。

在英国，由于《新世界》大获成功——该杂志在1954年成为月刊，并且直到1964年始终保持按月刊行——新杂志的数量有限。但单行本市场产生的图书数量与美国相当，直至1955年开始走下坡路为止。

不过，美国蓬勃发展的杂志市场意味着新晋作家的作品得以出版的机会又多了几分，而更有名气的作家则可以为其新作以及之前编辑不喜欢的旧作找到市场。1949年创办的《奇幻与科幻杂志》和1950年创办的《银河》这两本主要的新杂志不仅提供了每月一次的出版机会，而且还提供了可读的、不同于《惊异》上约翰·坎贝尔以科学为导向的另类作品。《奇幻与科幻杂志》想要的是文学类小说，《银河》要的则是圆滑的世情小说。它们吸引来了新的作家，扩大了出版作品的范围。

詹姆斯·默多克·麦格雷戈（James Murdock MacGregor）便是被它们吸引而来的作家之一，他以 J. T. 麦金托什（J. T. McIntosh，早期多作 M'Intosh）的笔名出版科幻小说。麦金托什于 1925 年出生在苏格兰，是一名作家兼记者。他曾谈到，当他准备在 20 世纪 40 年代末发表作品时，“纸张供应不足，出版商倾向于将其用于出版知名作家的书籍。美国是个显而易见的市场，但我对美国的情况并不具备确切的了解；所以我就写科幻小说，这样就不必准确了解美国的景象了”。

从 1950 年到 1965 年间，他在杂志上发表了近百篇短篇小说，从《惊异》（1950 年出版了他的第一部短篇）到《银河》《奇幻与科幻杂志》以及六七本其他杂志，包括英国杂志《新世界》《真科幻》和《星云》，这足以证明他在这一领域取得的成功。他也创作长篇小说，其中有许多作品在以图书形式出版之前，都曾在杂志上连载过，在英美两国都是如此。正如他自己所言：“后来，当我尝试创作非科幻题材小说时，对于科幻题材的国际性便有了清晰的认识。在英国之外的其他国家，人们对于我的主流题材小说几乎没什么兴趣，而科幻小说则往往在其他众多国家也有各种版本。”及至 20 世纪 70 年代末，他已经出版了近 20 部科幻小说，两三部侦探小说，又以詹姆斯·麦格雷戈的笔名出了 3 部非科幻类小说。

他最著名的长篇小说都是早期的作品：《疯狂的世界》（*World Out of Mind*, 1953）、《天生领袖》（*Born Leader*, 1954）、《三百分之一》（*One in Three Hundred*, 1954）和《适者生存》（*The Fittest*, 1955）。然而，他最好的作品或许见于他那些没有被收入选集内的短篇小说中。1953 年刊载在《银河》杂志上的中篇小说《美国制造》

（“Made in U. S. A.”）并不能说明他不熟悉美国的情况，文中对婚姻、机器人及美国的法院系统进行了具有喜感的审视。这正是《银河》杂志编辑戈尔德想要的那种“《星期六晚邮报》式”的伶俐圆滑的浪漫想象。

到了 20 世纪 50 年代末，英美两国的科幻小说热潮都已消退。哈里·哈里森（Harry Harrison）将这十年称作科幻小说的虚假繁荣期；而巴里·马尔兹伯格在其文集《夏日终结：50 年代的科幻小说》（*The End of Summer: Science Fiction of the Fifties*）一书中则将美国科幻的衰落归咎于美国新闻服务公司分销系统的解体、读者群体的萎缩（这一群体始终不曾庞大到足以支持这类杂志的大幅扩张），以及作家和编辑们的才思枯竭。杂志数量又回落到了战前水平，《奇幻与科幻杂志》的安东尼·鲍彻和《银河》杂志的 H. L. 戈尔德都离开了自己创办的杂志，那些重要的图书出版商仅余下王牌图书公司和双日图书公司，还有巴兰坦图书公司也不定期有作品出版。

在英国倒从未出现过杂志的衰落，因为原先也从未繁荣过；但图书市场一落千丈，那些从美国市场获得大量收入和读者的英国作家也必定和美国同行感到一样的灰心。许多人的创作生涯都中断了。然而，倘若科幻界具备他们在作品中所写的那种先见之明的话，就不会感到那么气馁了。因为伟大的未来就在前方。

（罗妍莉　译）

美国制造

J. T. 麦金托什

一

罗德里克·里夫科姆抱着他的新娘跨过门槛时，连一个旁观的人也没有。他们还只是一对漂亮可爱的孩子而已——心理学家罗德里克和前广告撰稿人艾丽森。他们暂且还不是新闻人物。没有任何迹象表明，几天之后，里夫科姆这个名字会变得差不多人尽皆知，成为一个人人都感兴趣的案件的标签。谋杀案、贪污案或间谍案不是每个人都会关注；但里夫科姆案每个人都会关注。

趁着他们还没有被人团团围住，趁着我们还有机会，让我们来好好看看他们吧。罗德里克高大健壮，对妻子115磅的体重毫不在乎，但他抱着她的姿势却没有半点不在乎。他把她抱在怀里的样子，就仿佛她是价值百万美元的一堆零钞，而外面正刮着大风似的。他低头看着她，两眼含情脉脉。他一头乌发，一双棕色的眼睛，一眼就可以看出，他可以把任何一个他爱的姑娘抱过门槛。

艾丽森像小猫一样依偎在他怀里，心醉神迷地半闭着眼，双臂搂住他的脖子。她一头金发，眼睛美得令人难以置信，更不用说其余五官了。但即便是一眼望去，也看得出艾丽森不仅拥有美貌，也许还拥有头脑，也许还有勇气，要么就是艰难困苦的经历将她锤炼得锐利如钢。一眼就可以看出，她可以被任何一个她爱的男人抱过门槛。

当他们进门的时候，一个故事就结束了。但不妨标新立异一下，将其称为一个故事的开始。

早晨，他们在阳台上吃早餐时，情况尚未发生根本性的变化。也就是说，罗德里克很不一样，青着下巴，睡眼惺忪，穿着一件棕色法兰绒浴袍；而艾丽森的不同之处更为引人注目，她穿着一件淡绿色的睡衣，与其说是穿在身上，不如说是飘拂在她身旁。但是，他们互相注视对方的样子并没有丝毫改变——就此时此刻而言。

“有件事，”艾丽森漫不经心地说，一边用纤细的手指在锦缎桌布上描绘着图案，“也许我应该告诉你。”

两分钟后，他们开始抢电话。

“我想给我的律师打个电话。”罗德里克吼道。

“我想给我的律师打个电话。”艾丽森回敬道。

他停顿了一下，号码拨了一半，“你不能打，”他粗暴地对她说，“反正是同一个律师。”

像往常一样，她首先恢复了镇静。她灿烂地笑着建议道：“我们抛硬币来决定谁给他打，行吗？”

“不行。”罗德里克粗暴地说。噢，此时他那令人盲目的伟大爱情何在呢？“他是我的律师。我付给他的钱你永远都付不起！”

“没错，”艾丽森表示同意，“那我要自己来打这场官司。”

“我也要自己打！”罗德里克大叫着，砰的一声摔掉了听筒，接着立刻又把它捡起来，“不行，我们需要他来促进案件审理。”

“串通一气吗？”艾丽森温柔地问道。

“这是一种下贱、卑鄙、讨厌、肮脏、轻浮、猥琐、恶心、龌龊的行为，要一直等到……”

“等到什么？”艾丽森的问话带着超乎想象的天真。

“人造人！”他恶狠狠地朝她啐了一口。

她不由自主地两眼冒着怒火。

二

报纸不仅提到了这一点，还大张旗鼓地大肆宣扬：人类起诉人造人要求离婚。这算不上什么头条新闻，人们对此习以为常，反而会疑惑为什么人类起诉人造人要求离婚这种事能拿来当成头版新闻。毕竟，全世界的人口有一半都是人造人。人类跟人类离婚、人类跟人造人离婚、人造人跟人类离婚、人造人跟人造人离婚，这种事情每一天都在上演。面对这样一个标题，人们自然而然的反应是：“那又如何？谁在乎呢？”

但并不需要聪明过人就能发觉，这个案子必定有什么特殊之处。

报道是这样写的：“埃弗顿，周二。自最近赋予人造人彻底的法律平等权以来，人类与人造人的首例离婚案开了历史先河。这也是首例由于一方缔约人不知晓另一方为人造人而要求离婚的案件。这种情况之所以有出现的可能，纯粹是因为平等法不再强制要求在任何一种契约中披露人造人的出身。

“《二十四小时》认识到了这起判例案件的重要性，鉴于其肯定会在将来对数百万人产生影响，我们将对周五开始的判例案件进行深入细致的报导。王牌记者阿诺娜·格里尔和沃特·哈尔史密斯将为我们的读者原原本本呈现这一历史性审判的经过。格里尔是人类，哈尔史密斯则是人造人……”

该报道接着披露了这一重要判例案件中当事人的姓名等细节，并附带指出，尽管里夫科姆夫妇的婚姻在提出离婚请求之前只持续了 10 小时零 13 分钟，但此前记录在案的甚至还有过持续时间更短的婚姻。

《二十四小时》就这样巧妙地避开了成千上万封匆忙写来的询问信：“这是不是创纪录了？”

三

艾丽森回到了单身公寓，舒展身形躺在长沙发椅上，目光穿过天花板，聚焦于无限，她想了又想。

她并不算特别不开心。对于艾丽森来说，没有悲惨、怨恨和不可能实现的疯狂希望。面对人生的悲剧，她平静而顺从，甚至带着几分幽默感。

“咱们还是面对现实吧，”她坚定地告诉自己，“我受伤了。我本来希望他会说：‘没关系，那又有什么区别呢？我爱的是你’——男人们在言情小说里说的那种话。可他是怎么说的？肮脏的人造人。”

哦，好吧。生活并不像言情小说，不然小说就不只是小说了。

她一开始不妨先承认自己仍然爱着他，这样可以厘清她的感受。

她原本应该早点告诉他，她是个人造人。也许他有理由相信，她就是等到尚未完婚不再成其为离婚缘由以后，才得意扬扬地把她是个人造人的事实抛给他的。（但这对她又能有什么好处呢？）

当然了，情况根本不是那样的。她之所以没有告诉他，是因为在提出这样的问题之前，他们必须先对彼此有所了解。谁也不会在刚被介绍给别人的时候就说“我结婚了”，或者“我曾经因为盗窃服过五年刑”，或者“我是个人造人。你呢？”。

如果在她认识罗德里克的头几个星期里，他们就曾在言语间提及过人造人的话，她会说她自己就是个人造人的。可是他们从来没有提到过。

当他向她求婚时，她真的并未想到要说自己是个人造人。有时这一点很重要，有时又不重要；这种时候似乎是不重要的时刻之一。罗德里克那么聪慧，那么开明，那么随和（除了发脾气的时候），她还以为他不会在乎呢。

她从来没想过他兴许会在乎这个。她只是提了一句这件事，就像有人会说：“我希望你不介意我每天早上喝冰咖啡。”嗯，差不多吧。她就只是提了一句……

快乐便戛然而止了。

此时，有一个想法从荡漾在她脑海里的悲伤思绪中冒了出来。罗德里克到底是真的想打这场离婚官司，还是只想证明点什么？因为如果他是想证明什么的话，她乐意兴高采烈地承认这件事确凿无疑。

她想要罗德里克。她不太明白发生了什么事——或许让他踩一踩她的脸他就愿意让她回去呢。如果是这样，可以呀。她准备任凭他对她破口大骂，对人造人大发雷霆，以便消除他兴许是在不知什么地方、以某种方式积累起来的偏见和仇恨——只要他让她回去。

她把手伸到背后，拿起电话，拨通了罗德里克的号码。

“你好，罗德里克，”她兴致勃勃地说，“我是艾丽森。不，别挂电话。告诉我，你为什么痛恨人造人？”

电话那头沉默了许久，于是她知道，他是在考虑一切，包括一言不发就挂电话是否明智。可以这样评价罗德里克：他在半途而废之前会先考虑得相当周全。

“我不恨人造人！”他终于吼道。

“那么，你是对人造人姑娘有什么不满吗？”

“不！”他喊道，“我是个心理学家，我的思考方式比较直接。我并没有被种族仇恨、偏见和狂妄自大所污染，还有——”

“那么，”艾丽森十分平静地说，“你讨厌的只是我这一个人造人姑娘。”

罗德里克的声音也突然平静下来：“不，艾丽森，这和讨厌无关。只是因为……孩子。”

原来是这么回事。艾丽森的眼里充满了泪水。这件事她无能为力，这件事她甚至连想都不愿意去想。

“你是认真的吗？”她问道，“不是只为了赢这场官司而准备的说辞吗？”

“这就是我的说辞——”他回答，“但它是真的。问题在于，艾丽森，你撞上了一件你没料到的事情。大多数人都想要孩子，但又不得不屈服于他们不太可能生得出孩子这一事实。我出生于一个八口之家，是最小的孩子。你肯定会以为，这样的家庭状况很稳妥，对吧？

“好吧，其他人都结婚了，有些已经成婚多年，其中一个哥哥和两个姐姐结过两次婚。除了我，我们家一共有 17 口人。在生儿育女方面，取得的净成就为零。

“这是传宗接代的问题，你不明白吗？我觉得，我们这么多人但凡有一个孩子——成为未来的延续——我们就不会介意。但现在一个都没有，只剩下我这一次机会了。”

艾丽森落到了生平最接近于悲惨的境地。她能听懂罗德里克说的每一个字，以及每个字背后的含义。如果她有生儿育女的机会，她也不会为了一个人或对一个人的爱而放弃。

不过当然了，她从来没有过这样的机会。

罗德里克在沉默中挂断了电话。艾丽森低头看着自己美丽的身体，生平头一次无法从中产生半点自鸣得意或心满意足。相反，这具躯体激怒了她，因为它永远无法生儿育女。所有的外表、所有的性机制，如果不具备真正的性功能，又有什么用处呢？

但她从来没想过放弃，从来没想过不去为这场官司辩护。必定有什么她能做的事，有什么她能采取的行动。打赢这场官司不值一提，不过，也许这能为她赢回罗德里克发挥一点儿微不足道的作用呢。

四

法官有点爱摆架子，从一开始就很明显，他在合同法院制度下拥有相当大的权力，故而打算以自己的方式来处理这个案件，并享受这一过程。

他双手紧紧抓住法官席，愉快地扫视了一眼挤得水泄不通的法庭。作介绍性的发言时，他显然非常满意，因为至少有 50 名记者把他说的话一字不漏地记了下来。

“本案被称为重要案件，”他说，“事实也的确如此。我可以告诉你们本案为什么重要，但那样做不符合司法正义。我们的出发点必定是这一点，”他向陪审团庄严而欣喜地摇了摇头，“我们一无所知。”

他很喜欢这句话，又重复了一遍：“我们一无所知。我们不了解其中牵涉的要素，我们从未听说过人造人。这一切以及更多的信息，我们只能由他人告知。我们可以向任何地点的任何人索取证据。而我们必须在此时此地做出决定，必须依据在此时此地告知我们的信息，必须依据本案的是非曲直——而非其余。”

他阐明了自己的主题，并加以陈述。他俯冲而下，又扶摇直上；从人们的视线中消失，又像一只迅捷的乌鸦那样飞回来，把珍珠抛撒在猪的面前[1]。因为当然了，他的听众都是猪。他并没有这么说，也没有做出任何这样的暗示，但这没有必要。唯有对罗德里克和艾丽森，他才会投去慈祥友善的目光。是他们给予了他这荣耀的一刻，他们不是猪。

但科利尔法官并不傻。在把他挑起的兴趣耗尽之前，他又回到了法庭，开始进行案件审理。

“我明白，”他的目光在艾丽森与罗德里克之间游移，然后又回头盯着艾丽森，这可以理解，“你是在自行为本案辩护。这个因素会让本案趋于非正式，这很有利。首先，你能看向陪审团吗？”

法庭上的每个人都看向陪审团，陪审团成员们则面面相觑。按照合同法庭的既定程序，罗德里克和艾丽森面对面地站在房间两边，陪审团在艾丽森身后，这样他们就能看见罗德里克的正面和艾丽森的侧面，当他们说谎的时候便能分辨出来。

“艾丽森・里夫科姆，”法官说，“你对陪审团的任何成员有异议吗？”

艾丽森端详着他们。他们都是人[2]，没什么特别之处。在警方的审慎调查之下，找来的是尽可能接近真实的随机群体的陪审团。

“没有。”她说。

“罗德里克・里夫科姆，你有任何异议……”

“是的。”罗德里克挑衅地说，“我想知道其中有多少是人造人。”

---

1. 出自《圣经・马太福音》：“不要把圣物给狗，不要把珍珠丢在猪前，恐怕它践踏了珍珠，恐怕它转过来咬你们。”
2. 人类和人造人都是人。

法庭上一阵骚动。

所以这真的会是一场人类与人造人之间的大战。

科利尔法官的表情毫无变化。“有违规则，”他说，“人类和人造人在法律上是平等的，你不能因为陪审员是人造人就提出反对。”

“但是本案涉及人类和人造人的权利。”罗德里克抗议道。

“这与此完全无关，”法官严厉地说，“如果你的诉讼请求是按照这样的原则提出来的话，那我们还是把这件事统统忘掉，回家算了。你不能因为你妻子是人造人就和她离婚。”

“可是她没有告诉过我——”

“因为她没有告诉过你也不行。如今无论何时，都没有哪个人造人有义务披露——”

“这些我都知道，”罗德里克恼怒地说，“我必须陈述显而易见的事实吗？我从来没跟法律打过多少交道，但这一点我还是知道的——A 等于 B 可能什么用也没有，而 B 等于 A 却有可能让整个案件严丝合缝。好吧，我来陈述一项显而易见的事实。我提出离婚的理由是，艾丽森在我们婚前始终向我隐瞒她没有生育能力的事实。”

这是个显而易见的请求，但某些人仍然感到意外。众人饶有兴趣地一阵窃窃私语。现在审理可以往前推进了，有了个值得争论的问题。

艾丽森观察着罗德里克，想到自己比法庭上的任何人对他都要了解得多，她不禁笑了。冷静，他很危险，他在努力保持冷静。她从容不迫地看着他，一面在想怎么才能让他心烦意乱、犹豫动摇，一面又在祈祷他能够克制自己、好好表现。

她被要求站在证人席上做证，她心不在焉地站着，心里还想着罗德里克。是的，她反对离婚。不，她并不否认事实如上所述。那么，她凭什么在本案中提出反对呢？

她把注意力收回到手头的事情上来：“哦，那很简单。我用——”

她用手指数了一下，“——9个字就能说清楚：怎么知道我不能生育？”

记者们写下了“感觉”这个词。这种情况持续不了太久，但艾丽森知道这一点。她又进一步添油加醋。

“我没有说明我的全部情况，”她说，“目前我想说的只有……”她脸红了。她感觉到脸上的红晕，对自己非常满意。她本来不确定自己能不能脸红的，“我并不喜欢讲这种事，但我想，我必须得说出来。当我嫁给罗德里克时，我还是个处女。当时我怎么可能知道我不能生孩子呢？”

五

此言一出，很长时间之后法庭秩序才恢复正常。法官不得不使出浑身解数——用小槌敲打，还威胁说要清场。艾丽森与罗德里克的目光相遇了，他咧嘴一笑，慢慢摇了摇头。罗德里克身上至少有两种人格。他既是个急性子，易怒、冲动、情绪化；但同时也是位心理学家——虽然这有时让人难以置信——能够对事物进行筛选、权衡和分类，并确定其含义。

她明白他对她摇头是什么意思。她提出了一个纯属武断的论点，只能管用一时。她知道自己是个人造人，而人造人都没有孩子。其余的事无关紧要。

“我们现在已经确定了，”法官由于方才边喊边敲小木槌，有些上气不接下气地说，“本案是怎么回事，以及若干事实。艾丽森·里夫科姆承认，她隐瞒了自己是人造人这一事实，而她完全有权这么做——”他皱眉俯视着站起身来的罗德里克，“怎么？”

此时此刻，罗德里克是心理学家：“法官大人，你提到了‘人造人’这个词。你忘了吗，我们都不知道人造人是什么？我记得你刚才说过：‘我们从未听说过人造人。’”

科利尔法官显然更喜欢另一个罗德里克，只要自己乐意，就可以令他无言以对。“正是，”他冷淡地说，“你是打算告诉我们吗？”

“我建议请人来告诉你。”罗德里克说。

盖勒博士出庭做证。罗德里克面向他，显得沉着而有才干。大部分听众都是女性。他知道如何充分利用自身优势，而且他也办到了。盖勒博士满头银发，一脸凝重，沉着得犹如一座雕像。

“博士，你是谁？”罗德里克冷静地问。

“我是埃弗顿育婴堂的主管，全州的人造人都是在此制造的。”

“你对人造人相当了解啰？”

“我确实很了解。”

“顺便问一句，如果有人想知道的话，你介意告诉我们你是人类还是人造人吗？”

“完全不介意，我是人造人。”

“我明白了。现在，或许你可以告诉我们，什么是人造人，它们最初是什么时候发明的，又是为什么发明的。”

“人造人也是人，和人类没什么不同，只不过是制造出来的，而不是生育出来的。我看，你并不想让我告诉你整个过程的所有细节吧。基本上，首先是从几个活体细胞开始——每次都必须如此——逐渐形成一具完整的人体。并不存在什么区别，我必须强调这一点。人造人就是男人或女人，而不是机械人或自动机器。”

法庭上又是一阵骚动，法官微微一笑。罗德里克请来的这位证人对他来说似乎倒像是个拖累。但罗德里克只是点了点头，显然，一切都在掌握之中。

“大约两百年前，”博士继续说道，“有迹象显示，人类很快即将走向灭绝，这不仅仅是一种合理的怀疑。每一代人口的数量都比上一代减半，即使人类的生命仍能存续下去，文明也难以为继……”

这些话人人听着都很乏味，就连盖勒博士自己也对这些话似乎不感兴趣。这部分内容已经人尽皆知。但法官没有干涉，这些信息都非常具有相关性。

起初，人造人只是一项实验，让人觉得有趣，因为他们产生于第一次获得了惊人成功的实验，几乎谈不上失败，却取得了许多惊人的成功。一旦这个秘密得以揭示，人们就可以通过人为手段造出男女生物，精确到最后一位小数点。只有一个小小的瑕疵：他们无法生育，无论是在他们自己之间，还是在他们与人类伴侣之间。一切都很正常，就是从来不会怀孕。

但随着人口数量减少，公共服务趋缓，变得效率低下，某些甚至彻底停摆，自然就有人想到了一个聪明的主意：为什么不让人造人来干活呢?

所以人造人就被人为制造出来，并训练成公务员。起初他们的地位比兽类还低。但是，说句对人类公道的话，等人们清楚地认识到人造人也是人，这种情况就告一段落了。然后，人造人的社会地位提升到了相当于奴隶的较高水平。然而，奇怪的是，要造出人造人只有一种方法，就是先造出人造人婴儿，再让他们自行长大；而不可能只造出不完美的愚蠢成年人造人。结果他们就像人类一样，有的善良，有的邪恶，有的冷漠。

然后转变来临了，人类的出生率激增，这是一次复兴！甚至还有一段时间出现了失业。当然，消灭人造人是不人道的，但另一方面，如果有人要挨饿的话，他们也可以挨饿。

他们确实挨饿了。

人们不再制造人造人，人类生育水平下降。再次制造出人造人，人类生育水平上升。

情况终于变得显而易见。人类并非在用节育来自我毁灭，实际上是缺乏生育能力。现如今大多数人都不能生育，无论男女。但这种不孕不育症在一定程度上是出于心理原因。人造人带来了挑战，他们激发了人类内心深处的一种顽固情绪。

这样就达到了一种平衡。制造人造人只是出于两个原因：一是要发挥挑战作用，让人类坚守阵地，使损失的人口几乎足以得到更替；二是要承担所有脏活，让主宰世界的经济体系得以平稳运行，造福于大幅下降的人口。

即使是在早期，人造人也有拥趸。奇怪的是，并非是人造人本身为平等而战，并赢得了平等地位；而是人类之间互相斗争，并逐渐赋予了人造人平等的地位。

斗得最卖力的是那些生不出孩子的人。如果这些人想要拥有家庭，就只能收养人造人宝宝。自然而然地，他们把原本应该给予自己孩子的所有关爱都慷慨地倾注到了人造人宝宝身上，逐渐将其当作自己的孩子。因此，他们强烈支持任何取消对人造人限制的举措，自己的儿女不应被视为低人一等的存在。

正如盖勒博士所概述的，这是情况的一部分。法庭上的众人很不耐烦，法官望着天花板，陪审团看着艾丽森，只有罗德里克还在礼貌地倾听着盖勒博士的话。

六

等到这段暂时的平静一结束，大家立刻便知道了。即便有人错过了罗德里克的提问，也没人错过博士的回答：“——合理地证明了人造人无法生育。起初，其实还有些担心他们或许可以生育，人们认为人造人和人类生出的后代会是某种怪胎。但是他们并没有生育过。”

“还有一点，博士，”罗德里克轻松地说，“据我所知，有某种识别方法——某种可以将人类和人造人区分开来的方法，反之亦然？”

“有两种方法。”博士回答。法庭上的一些人感兴趣地抬起头来；其他人则摆出一副明显的漠然态度，表明他们知道他要说什么，“首先是指纹系统。这不仅像适用于人类那样适用于人造人，而且每所育婴堂的每个人造人都取过指纹。如果出于某种原因，有必要确定一个人是否为人造人的话，就可以取指纹。一旦这些信息被发送到世界上的每一处主要人造人中心——这一过程只需要两周时间——这个人要么被确认为人造人，要么被排除为人类。”

“不可能出错吧？”

“总是会有出错的可能。系统固然完美，但犯错却是人之常情——如果允许我开个玩笑的话——也是人造人之常情。”

“完全可以，”罗德里克说，“但我们是否可以认为，在本案中出错的可能性很小？”

“可以。至于另一种识别方法，这是早期人造人制造的遗留产物，我们有许多人觉得——但这与本案没有密切关系——”然而，他继续说下去的时候，第一次显得有些不自在，“人造人当然不是生育出来的，他们没有脐带。他们的肚脐很小，均匀而对称，隐约可见里面标着几个清晰的字——至少在我国是这样标的——‘美国制造’。”

一阵窃笑声传遍了整个法庭。博士微微有些脸红。关于所有人造人身上都带有的这个小标记，曾经有过一些笑话，一度有过以这个标记为主题的政治漫画。有个据说很有趣的故事的重点在于，人们发现原以为是“美国制造”的刻印文字其实却是“法国制造”。

这个印记一直是人类嘲弄的对象，每个人造人都会把它带在身上，直到带进坟墓。20年前，所有对人造人的迫害照理说都应当已经结束了，人造人获得了自由与接纳，跟人类几乎拥有同样的权利。然而，20年前，女人的晚礼服总是必定会露出肚脐——哪怕身上的其他所有部位都被清纯地遮住。人类姑娘借此夸耀自己是人类这一事实。人造人姑娘们要么乖乖地亮出佐证自己是人造人的证据，要么就用隐匿证据的方式间接承认自己是人造人。

“有一项提案目前正在进行审查，”博士说，“提案建议中止某些人认为定会永远表明其从属性的标记——”

“该事项尚未裁决，”法官打断了他的话，“与本案无关。我们关心的是事情的本来面目。”他探询地望向罗德里克，“你的证人说完了吗？”

“不仅证人说完了，”罗德里克说，“我的案情申述也完了。”他一副得意扬扬的模样，以至于连很难发火的艾丽森都想打他一顿，“你已经听到盖勒博士的证词了。我要求艾丽森接受他提到的两项测试。当人们认定她是人造人时，也就认定了她不能生育。因此，她既然对我隐瞒了人造人的身份，也就隐瞒了她不能生育的事实。”

法官有些勉强地点了点头。他从眼镜上方望着艾丽森，眼神中没抱多少希望。如果让这样一个大有可为的案子这么匆忙又这么平淡地草草收场，会是一件憾事。但他个人看不出艾丽森能提出什么重要的反证。

“有请你的证人。”罗德里克说，他做了个手势，让人恨不得照着他的牙齿踢上一脚，或者说艾丽森是这么觉得的。

“谢谢你。”她甜甜地说，从座位上站起来，穿过地板。她身穿一套朴素的灰色套装，搭配一件鲜艳的黄色上衣，只略微露出一点，以起到必要的提亮作用。她这辈子从来没像现在这么漂亮过，这一点她很清楚。

看罗德里克的表情，似乎那种持续时间出乎她意料的钢铁般的自制力正在丧失，她又火上浇油地扭动着把裙子抻直，他一直觉得她那样颇有吸引力。

“别那样！”他对她嘶声道，“这事很严肃。”

而她只是向他展示了一下28颗完美无瑕的贝齿，然后转向盖勒博士。

七

“博士，我最感兴趣的是你的一处措辞，”艾丽森说，“你说‘合理地认定’人造人不能生育。现在我认为我对事实的理解正确无误。你是埃弗顿育婴堂的主管？”

“是的。”

“因此，你的专业经验仅限于不超过10岁的人造人？”

“是的。”

“即便是人类，”艾丽森问，“在10岁之前生育是否常见呢？”

众人先是一阵目瞪口呆的沉默，然后是笑声，接着是掌声。“这可不是广播节目，”法官喊道，“里夫科姆太太，请你接着说。”

艾丽森果真又往下说了。她带着歉意说道，凡是与幼年人造人有关的事宜，盖勒博士确实是与之探讨的合适人选，但涉及成年人造人的相关问题（当然，她无意冒犯盖勒博士），她建议有请史密斯医生。

罗德里克打断了她的话。他完全准备好了聆听艾丽森的申述，但他们是不是最好先给他的申述下个结论？艾丽森准备接受方才提及的两项测试了吗？

“没有这个必要，”艾丽森说，“我是人造人，我并不否认这一点。”

“即便如此——”罗德里克说。

“我不太明白，里夫科姆先生，”法官插嘴说，“如果存在任何疑问，那可以。但里夫科姆太太并没有声称自己不是人造人。”

“我想知道。”

“你认为存在什么疑问吗？”

“我倒是希望有疑问。”

这又是“感觉”了。

“可是，只要你考虑一下，这一切都是自然而然的，”罗德里克说，这时他的声音总算又可以听见了，“我想离婚，是因为艾丽森是个人造人，不能生育。万一她自己搞错了，或者在玩什么把戏，或者有别的什么情况，那我就不想离婚了。我想要艾丽森，我娶的那位姑娘。这肯定很容易理解吧？”

“好吧，”艾丽森漠然地说，“要检查我的指纹需要一些时间，但是另一项检查现在就可以进行。法官大人，我该怎么做？当着大家的面把衣服脱了？”

“天哪，别！”

5 分钟后，在陪审团休息室里，法官、陪审团和罗德里克查验了证据。艾丽森在向他们展示证据的同时，丝毫没有丧失自己的尊严和身段。

这一点毫无疑问，人造人的标志清晰无比。

罗德里克是最后一个查验的。等他验完印记以后，他的目光与艾丽森的目光相遇了，她不得不强忍住泪水。因为他既没满意，也没生气，只是有些歉然。

回到法庭上，罗德里克声称放弃进行指纹测试的要求。艾丽森请出了史密斯医生。他比盖勒博士的年纪要大些，但眼神明亮，神色机警。他身上有一种说不清的气质——当他走上证人席时，人们都向前倾着身子，不知怎的，他们都知道他要说的话值得一听。

“遵照我那位博学朋友的先例，”艾丽森说，“史密斯医生，我可以请问你是人类还是人造人吗？”

“可以，我是人类。不过我的大多数病人都是人造人。”

“为什么呢？”

“因为我很早以前就意识到，人造人代表着未来。人类在这场战斗中正在落败。既然如此，我就想找出人类和人造人之间的区别，或者二者究竟有没有任何区别。如果根本没有区别，那就更好了——毕竟那样人类就不会灭绝了。”

“不过当然了，”艾丽森漫不经心地说，但不知怎么回事，人人都全神贯注地倾听着她的话，“还是有一个基本区别的：人类正在变得不育，而人造人没有能力生育。”

“这没有区别。”史密斯医生说。

有时，一句意想不到的证词会带来沉默，有时则会引发混乱。而史密斯医生先后引发了沉默和混乱。当他详细阐述并把自己的意思表达得无可置疑时，全场是一片震惊的寂静。

“人造人可以生儿育女，并且曾经生育过。”

接着，他剩下的话便被一阵喘气声、耳语声和惊叹声淹没了，几秒钟后，这些声音扩大成了一片喧哗。法官又敲又喊，却毫无作用。

众人的叫喊声中充满愤怒，也有兴奋、焦虑、怀疑和恐惧。医生要么是在撒谎，要么说的是实话。要是他在撒谎，那他会因此吃苦头的，被这样的骗局欺骗的人会生气地想要报复。

要是他说的是实话，那每一个人都必须重估自己的人生观。每一个人——包括人类和人造人。古老的宗教问题又会再次冒出来。这个问题的答案左右着一件事：人类究竟是在自身行将灭绝的情况下真正征服了生命，还是仅仅与生命达成了一种妥协。这样一来，不管一个人是生育出来的还是制造而成的，都将不再重要。

那就再也没有人造人了，只有人。而且人类将成为造物主。

八

短暂休庭后，法庭重新开庭。法官盯着艾丽森和史密斯医生，史密斯医生又站到了证人席上。

“里夫科姆太太，”他说，“你可以从同一点开始查问吗？”

“当然可以。”艾丽森说。她对史密斯医生道，“你说人造人可以生儿育女？”

这一回，众人鸦雀无声，只能听见医生平静的声音：“是的。完全可以想象，在这一点上存在着与此矛盾的证据，我提出的证据频频遭到质疑。我第一次如此声明时遭遇的反应说明了为什么会这样。这是个重要的问题，对此每个人肯定都得出了某种结论。可能人们只相信自己听说的是事实。”

他继续往下说的时候，艾丽森瞥了罗德里克一眼。起初他无动于衷，并不相信。然后他对医生的话表现出了轻微的兴趣。最后，他兴奋得几乎快要坐不住了。

艾丽森心中又生起了希望。

“法庭上有位心理学家，”医生温和地说，“他可能很快就要向我提问了。跟其他任何一位全科医生一样，我也算不上心理学家，但在我提到具体案例之前，我必须先说明这一点。每个人造人长大成人时都知道自己不能生育，这在我们的文明中被广为接受。

“我认为这一点不该为世人所接受。我会告诉你们为什么的。”

没有人打断他的话。

他提到了 178 年前贝蒂·戈登·霍尔拜因的案例。谁也没听说过贝蒂·戈登·霍尔拜因其人。医生说，她是人类。她做证说，自己曾经被一名人造人强奸，她由于震惊而无力抵抗。涉案人造人被私刑处死。到了胎儿足月的时候，贝蒂·霍尔拜因生下了一个正常的孩子。

“这些记录每个人都可以查到，”医生说，“当这位姑娘遭到强奸时，引起了很多人的兴趣和气愤；但等到她生下孩子时，人们却几乎没有表现出多少兴趣或气愤。她在强奸事件后怀孕的说法遭到了否认，没有得到多少宣传，也没什么人相信，因为即便在那个时候，大家也都知道，人造人不能生育。”

罗德里克站了起来，望向法官，法官点了点头。

“听着，你是在为了打官司而歪曲事实，”他问道，“还是这姑娘——”

“你不能询问证人是否在做伪证。”法官责备地说。

“我他妈才不管什么伪证呢！”罗德里克喊道，“我只想知道这是不是真的！”

这话很不守规矩；但艾丽森知道，他随时都有可能爆发，辱骂医生和法官。她可不希望那样。于是她直视着他的目光，平静地说：“是真的，罗德里克。”

罗德里克坐了下来。

“现在，要想了解真实的情况，”医生继续说，“我们就必须记住，数以百万计的人造人接受了测试，彼此进行交配，甚至还与人类不定期地发生关系——却没有出现过受孕现象。或者曾经受孕过？”

一个多世纪以前，人们曾经在树林里发现了一个人造人姑娘，她虽然还活着，却生命垂危。她周围有许多脚印。她被人肢解了。虽然她还活着，但从此以后就再也没有完全清醒过。

但她也生了一个孩子。

罗德里克又站了起来，皱着眉头，“我不明白，”他说，“如果这是真的，那怎么会不为人知呢？”

法官正要干涉，但罗德里克马上又说：“医生和我都是专业人士，毫无疑问，我可以向他请教专业意见。对吧，医生？”

“因为人们总是有可能不相信自己决意不信的事。在本案中，那个无名女子被人肢解，以便去掉肚脐上的标记。有记录显示，她的指纹与人造人的指纹相符。但有权威声称，这肯定是弄错了，因为既然生下了孩子，就证明该女子是人类。”

150 年前，温妮——这一时期的人造人至少开始有名字了——生了一个孩子，人们再次认定，这个当过洗衣女仆的姑娘一定是在襁褓中跟哪个人造人婴儿弄混了，实际上她是人类。

人们发现，有个花园里埋了一具小小的婴儿尸体，一对人造人夫妇为此被告上了法庭。但既然他们是人造人，很明显，那不可能是他们的孩子，所以他们就被释放了。

罗德里克又跳了起来，“既然你知道此事，”他问史密斯医生，“那为什么要保密到现在？”

“5 年前，”医生说，“我写过一篇关于该主题的文章，把文章寄给了所有的医学期刊。最终，有家规模较小的出版社出版了那篇文章，我收到了 6 封感兴趣的人的来信，仅此而已。”

“必须承认，”他又道，“在我提到的这些案例中——正如当时所报道的那样——没有一个案例会被采纳为证明人造人能够生育的确切科学证据，被那些不相信这些事实的人将其记录下来，传之后世。

但是……”

“但是，”几分钟后，等医生做证完毕，艾丽森说，“有鉴于此，我很难说我知道我不能生孩子。也许我生孩子的可能性很低——需不需要我拿出更多的医学证据来证明，一般的人类妇女怀孕概率有多低？”

科利尔法官什么也没说，于是她继续说道：“目前的情况是，正如任何关心生育问题的人都会告诉你的那样，能够生育的夫妇寥寥无几，但那些能生育的夫妇却会生下许多儿女。如今，但凡能够生孩子的人就会继续生下去。

“现在我想引入一个新的观点。就人类夫妇而言，如果女方不能生育，而她并没有意识到这一点，这就不构成离婚理由；另一方面，如果她做过手术，导致她不可能生育，而她隐瞒了这一事实，这就构成了离婚理由。”

“我明白你的意思了，”法官说，“相当巧妙。请你说完。”

“既然我没有做过这样的手术，”艾丽森说，“而且我能够证明这一点，那按照我的理解，在法律意义上，就不能认为我早已知晓自己永远无法生孩子。”

“为了省去参考判例，”法官满意地说，“此时此地，我就可以表示，这位女士的说法正确无误。现在由陪审团来决定这个案件的是非曲直，不过可以说，里夫科姆太太已经确定了——”

“我要求休庭。”罗德里克说。

众人发出的低语声渐渐消失了。罗德里克和艾丽森都站着，隔着十码的距离凝视着对方。法庭上的每一个人都能感受到他们激烈的情绪。

“休庭到明天。”法官急忙说。

九

几乎所有提及里夫科姆案的报纸都犯了藐视法庭罪，也许大家都觉得法不责众吧。所有的报纸都对该案的是非曲直进行了报导，就仿佛他们也在提供证据似的。几乎没有什么素材是支持人造人或反对人造人的，它们更像是支持或反对庭上的证词。

一家报纸坦率地评论说，任何人都能看出，谁也别想把艾丽森·里夫科姆当成傻瓜。像这样的女人，不管她决意为什么诉讼案辩护，都必定会从中挖掘出正面因素，并将其发挥到极致。这并不是在中伤里夫科姆太太的道德心或正直观念，报纸反而对她赞赏有加。她所要做的就是令人对“人造人无法生育”这一老生常谈产生哪怕极为微弱的怀疑，而她办到了。

不过当然了，报纸断然表示，这并不意味着人造人就能够生育。

另一家报纸由此开始发挥，它评论道，也可以用同样不错的理由来证明唯心论、心灵感应、妖怪附体、狼人的存在……史密斯医生无疑是真诚的，但他被几次错误所误导了。显然，当人造人除了某一方面之外，在其他所有方面都与人类无异时，某些人就会与人造人发生混淆、被误认为人造人，反之亦然。同样明显的是，这个错误只有在怀孕时才会被人发现，正如史密斯医生所引用的那些案例一样。

第三家报纸甚至替艾丽森提出了一个可以在法庭上抛出的观点——如果她愿意这么做的话。千真万确，史密斯医生已经证明，这种混淆有可能会出现。艾丽森只需引用这些案例，并强调同样的情况也有可能发生在她本人身上就行了。如果人造人出身的证据不能算作证据，这个案子就会败诉。

不过，其他一些报纸则认为，人造人生育的可能性或许值得探讨。为什么不行呢？随便问什么人好了。人造人又不是不会流血的低等生物。人们可以通过把东西靠在人身上或者生火的方式来为其保暖。同样的，孩子既可以在人体中孕育，也可以在培养箱中培养，产生的结果是一模一样的。既然在40年后把他们放在一起，进行若干严格的测试，也仅能依靠人造人身上印着“美国制造”、指纹有档案记录，才能把他们区分开来，那他们就必定是一模一样的。

人们一直相信人造人不可能生育，因为别人告诉他们人造人从未生育过。现在有人告诉他们，人造人曾经生育过。这有何难呢？你以为你已经把烟抽完了，直到拿出烟盒，发现里面还剩下一支。接下来你会怎么做呢——说你已经抽完了，所以这个看起来像烟的东西并不是烟，然后把它扔掉吗？

几乎所有的报纸，不管总体观点如何，都提出了那个真正的基本问题：

从理论上来讲，人工制造的人可以受孕是可信的；从理论上来讲，他们无法受孕也是可信的。

但概率为什么是百万分之一、五百万分之一、一千万分之一呢？即使是在目前，人类夫妇平均也有六分之一能够生儿育女。

十

“如果你不反对的话，”罗德里克彬彬有礼地说——艾丽森认为，他这是决心要表现出自己最好的一面，“就让我们把这里变成调查法庭吧。如果你愿意的话，可以说艾丽森成功地为本案进行了辩护，理由是在法律上不能说她明知自己不能生育。忘掉离婚的事吧，这不是重点。”

“我还以为这是重点呢。”法官茫然地反驳道。

“谁都看得出来，”罗德里克不耐烦地说，“现在要紧的是史密斯医生提出的问题。让我们来认真探讨一下艾丽森是否有可能生育的问题。”

“法庭可不是解决这个问题的地方。”艾丽森低声说。但她感觉到了幸福之光的第一缕温暖气息，她原以为这再也不会有了呢。

“女人总是会把泛泛的话题扯到具体事物上，”罗德里克回嘴，“我说的不是你会不会有孩子的问题，我的问题是你是否确有这种可能。”

法官果断地敲了敲小木槌：“我实在太宽容了。我坚决认为，在我自己的法庭上应当维持一定的秩序。罗德里克·里夫科姆，你撤诉了吗？”

“这有什么关系呢？不管怎么样，如果你非得要往那个方向说的话，我们就必须拿出一些直截了当的问题和答案，比如艾丽森是否还爱我。”

法官倒抽了一口冷气。

“你爱我吗？”罗德里克瞪着艾丽森问。

艾丽森觉得她的心仿佛要炸开了，“如果你想要直截了当的答案的话，”她说，“爱。”

“很好。”罗德里克满意地说，“现在我们可以从这里继续往下讲了。”

他转过身来怒视着科利尔法官，法官正想打断他的话。

“听着，”罗德里克问道，“你有兴趣了解真相吗？”

“当然，可是——”

“我也是。那你就别作声。我本来不想对你发脾气的，但你老让我觉得烦死了。艾丽森，你介意站在证人席上做证吗？”

毫无疑问，罗德里克很有个性。

艾丽森站到了证人席上，他转向陪审团道：“我要把我的想法告诉你们。”他友好地对他们说：“我们都想知道，这样的事情如果存在可能的话，为什么会极为罕见。不幸的是，到目前为止，还没有人真正承认过这确有可能，所以我不知道。我从来没有过深入了解的机会。现在我有机会了。我想知道的是，如果人造人可以生育的话，是什么妨碍了她们生育。”

他心不在焉地伸出手，没有左顾右盼，捏了捏艾丽森的肩膀，“我们请到了艾丽森。”罗德里克接着说，“如果可以的话，那我们就来瞧一瞧，是什么会妨碍她生育？”

艾丽森很庆幸自己坐了下来。她的膝盖如此虚弱无力，她知道，它们支撑不住她的身体。她究竟是不是让罗德里克回心转意了？她真能有孩子吗？罗德里克的孩子？法庭在她眼前天旋地转地晃动着。

她渐渐地意识到，罗德里克正在焦急地问她是否没事，罗德里克在她上方俯下身来，罗德里克的手臂在她背后支撑着她。

“我没事，”她有气无力地说，“我很抱歉。罗德里克，我会尽我所能帮助你的，但你认为真的有很大可能吗？”

“我是个心理学家，”他平静地提醒她，“既然你从来没见过我工作时的样子，那不妨告诉你，我很出色。也许我们在这个地方无法在半小时内解决这个问题，但我们在未来的60年里会解决的。”

艾丽森没有忘记自己身在何处，但这一切都太疯狂了，再多疯狂一点点也不会有什么害处。她伸出手去，把他拉过来，让他的嘴唇贴到她唇上。

十一

“我在寻找的东西必定存在于每一个人造人的生命中，无论男女。”罗德里克说，“我不指望马上就能找到。艾丽森，告诉我们，你意识到自己有所区别是在哪些时候——别人让你意识到自己是人造人而非人类是在哪些时候。你愿意从多早开始讲起都行。”

“还有，”他突然出乎意料地咧嘴一笑，又说，“请向法官陈述你的意见。让我们尽量保持客观。”

艾丽森让自己镇定下来，好完成这项任务。她真不想回顾过去，只想展望全新的美好未来，但她还是逼着自己开始讲。

“我在纽约的人造人育婴堂长大，”她说，“在那里是没有区别的。有些孩子认为有区别。有时候，我听到大一点的孩子们在说，如果他们是人类的话，他们的日子就会好过得多。不过有两次，育婴堂人满为患，而孤儿院有充分的空间供人类儿童使用，当时我被转移到了孤儿院。完全没有任何区别。

“在育婴堂，进行自我推销的能力比以后任何时候都重要得多。如果你足够有吸引力，足以引起别人的兴趣，想要领养孩子的人就会注意到你，你就会有个家，获得安全和关爱。我既没有吸引力，也引不起别人的兴趣。我在育婴堂一直待到 9 岁。我看到那么多夫妇在寻找孩子领养，他们总是会带走某个孩子，却从来没有人来带走我，所以我确信自己会一直待在那里，直到年纪大到不能再被人领养为止，然后就不得不自食其力，永远孤身一人。

“后来有一天，育婴堂的一个修女发现我在哭——我忘了自己当时在哭什么了——她告诉我，没有必要为任何事情掉眼泪，因为我有头脑，而且眼看就要长成一个美人，除此之外，一个女孩子还有什么想要的呢？我照了照镜子，但我看起来还是和从前一样。不过她一定知道自己在说什么，就在一周后，一对夫妇来到育婴堂，看了一圈之后选中了我。”

艾丽森深吸了一口气，眼里涌出的泪水没有任何演戏的成分。

“凡是没有亲身经历过的人，永远也无法体会到 9 岁时第一次拥有自己的家是什么感觉。”她说，“说我肯为我的新父母去死都还远远不够。也许正是这一点误导了罗德里克。他知道，我每个月至少要去看望家人两次。他必定以为他们是我的亲生父母，所以没有问过我是不是人造人。”

从她开始讲述这段故事以来，她第一次看了一眼罗德里克。他点了点头。

“说下去吧，艾丽森，”他平静地说，“你讲得挺好的。”

“对人造人来说，活在这个世界上并不艰难，”艾丽森坚持说，“只是偶尔……”

她停了下来，罗德里克不得不提醒她：“只是偶尔才会怎么样？”

但艾丽森的心思不在他这里，她回到了 11 年前。

十二

对于自己即将不再是个孩子、而要成为一个女人的那段尴尬时期，艾丽森心知肚明。但她从来没有充分意识到它会来得有多快，以及感觉上似乎比实际还要快，所以她还没来得及做好开始的准备，那段时期就已经结束了。

她睡得不好，但她相当健康，体力极为充沛，所以这并没有表现出来，这一回，她的养父母让她失望了。虽然艾丽森永远不会承认这一点，但假如当时苏珊和她谈谈的话，情况就会轻松得多，而罗杰虽然一句话也没说，却用态度表示，他明白是怎么回事。

有一天，她出门散步，想把自己折腾累了，过会儿好睡得着。在树林里，她撞见了一群与她同龄的年轻人。鲍勃·汤姆森也在其中，这个人她算是认识的，她也知道，这群人里明显的首领是哈里·休伊特，他有15岁少年那么高。她不知道他们当中有没有人造人——这个问题她从未想过。而她自己是个人造人这点似乎既不涉及任何直接利益，也不具备什么重要性，当她从他们中间经过时，有人吹起了口哨，她完全清楚他们正盯着她看，便不由自主地脸红了。

她看见鲍勃·汤姆森附耳对哈里·休伊特说了句什么，休伊特蹦出一句："人造人，嗯？人造人啊！那就没事！"他走到她面前，挡住了她的去路，"多漂亮的人造人啊！"他哗众取宠地大声嚷道，"我以前见过你，但我还以为你只是个女孩子呢。人造人，把衬衫脱了。"那帮人吓了一跳，动了动，有人用胳膊肘捅了一下休伊特，"没关系，"他说，"她是个人造人。没有真正的父母，只有领养她的人，好假装他们能生孩子。"

艾丽森像走投无路的动物一样左右张望。

"人类可以对人造人为所欲为，"休伊特告诉那些比他胆怯的同伴，"这事你们不知道吗？"他转向艾丽森，"但我们必须确定她是个人造人。布奇，抱住她。"

艾丽森的臀部被人紧紧地抓住了，她的臀部最近才不再像个男孩子，而且以惊人的速度鼓胀起来。她踢腾着、挣扎着，心都要炸裂了，但布奇很有力气。另外两个男孩抓住了她的胳膊。众人异口同声，发出一阵紧张而兴奋的窃笑，休伊特在窃笑声中小心翼翼地把上衣和裙子分开一条窄缝，盯着她的肚脐瞧了瞧。

"美国制造，"他满意地说，"那就没关系了。"

他一把将她的上衣从腰带里拽出来剥掉了，与刚才小心谨慎、彬彬有礼的态度形成了鲜明的对比。她背后有人开始笨手笨脚地解起了她的胸罩，艾丽森的膝盖都吓软了。

"不，不！"休伊特模仿着惊恐的语气喊道，"除非她说可以，否则千万别干。就连人造人也是有权利的。或者就算他们没有的话，我们至少也该礼貌一点，假装他们有。人造人，说我们可以对你为所欲为。"

"不！"艾丽森叫道。

"那可太糟了。布奇，把你的手稍微转一转。"

粗糙的双手向上环住了她的肋骨，摩擦着她柔软的肌肤。

艾丽森发疯似的挣扎扭动着。

"别动。"休伊特说。他说话的声音很轻，但脸上却流露出一种野蛮的喜悦。他小心翼翼地慢慢解开艾丽森的腰带，轻轻解开她的裙子和裙子下面的白色短裤，褪到她凹陷的腹部。然后他掏出一把沉甸甸的折刀，打开它，灵巧地把刀尖抵在她肚子正中。艾丽森瘪起肚子；刀尖紧跟着往里，压在她的皮肉上。

"人造人，说我们可以对你为所欲为。"

刀子扎得更深了。一小滴深红色的血从刀下渗出，慢慢地滑到艾丽森的裙子上。她的神经崩溃了。

"你们可以对我为所欲为！"她尖叫道。

她的胸罩松开了，飘落在地。休伊特的刀割断了她的腰带，裙子开始滑过臀部。布奇的手又再次落到她腰间，狠狠地掐紧了。从背后伸来的一只手试探地摸了摸她的胸部，另一只手抓住了她的肩膀。她的双脚被人一只一只地抬起来，脱掉了鞋子，扔进了灌木丛。

但有人听见了艾丽森的尖叫，在她以为谁也不会来之后过了很久，有人来了。

“见鬼，”休伊特说，此时他的一个同伴正大喊大叫、指指点点，“总是有什么来坏我们的好事。伙计们，快跑！”

他们跑得无影无踪。艾丽森抓着裙子，感激涕零地回头望去。在离她只有几码远的地方有一男一女，女人年纪轻轻、身怀六甲，他们俩都是人类。她张嘴说着感谢的话，解释着，哭泣着。

但他们看着她的那副模样，就仿佛她是一只被压扁了的甲虫。

“人造人，难怪，”那男人厌恶地说，“肮脏的小畜牲。”

“不过是个孩子，”女人说，“而且已经都这样了。”

“我想，我要好好把她痛打一顿，”那男人接着说，“我估计这不会有什么好处，但是……”

艾丽森突然泪流满面，冲进了灌木丛。她没有停下来看那男人有没有跟在她后面冲过来。树枝和荆棘划破了她的皮肤。她的裙子掉了下来，绊了她一跤。她头朝下飞了出去，躲开了一丛带刺的灌木，重重地撞到树干上，在地上难受得喘不过气来，等着那男人过来打她。

她腿上、胳膊上和肩膀上都布满了长长的划痕，有根结实的树枝像鞭子一样抽过她的肋骨，留下了一道长长的鞭痕，但这并不重要。一根扭曲的树根正戳着她的体侧——这也无关紧要。什么都不重要。为什么从来没人告诉过她，她低人一等？不知怎么回事，她以前就知道；她一直都知道。但是从来没有人向她证明过这一点。

后来她才明白，这对男女——他们肯定看到或者猜到了事情的真相——为什么会那样说。他们有孩子了，或者就快有孩子了。他们痛恨所有的人造人。人造人没有存在的必要，是他们的敌人，是他们孩子的敌人。

但当时，她只是无可奈何地等待着，无法思考。那个男人会来打她一顿，苏珊和罗杰会把她赶走，她就再也不知道什么是幸福了。

十三

“我父母一直不知道这件事，”艾丽森说，“我躲在灌木丛里，直到天黑，然后就直接回家了。我从户外厕所爬进了卧室，后来又假装已经在那里待了好几个小时。”

“你为什么谁也没告诉？”罗德里克问道。

艾丽森耸了耸肩：“这只是件小事，只牵扯到我一个人。一旦我有时间去思考，我就明白了，我的养父母会不安、会生气，但不是对我生气。我想最好是不要告诉别人。反正我又没受伤，当你回首往事时，一切就都无关紧要了，不是吗？”

“那个要把你好好痛打一顿的人呢？”

“我再也没见过他。两年后，我才第一次受到了体罚。”

“等一下，”罗德里克说，“你刚才说，即便是在那个时候，你也知道自己低人一等——你一直都知道，但这是第一次有人证明给你看。那你是怎么知道的？是什么人或者什么事让你明白的？什么时候？在哪里？”

艾丽森尝试着回答，他们可以看得出她在尝试。但她只是说：“我不知道。”

“好吧，”罗德里克说，似乎这并不重要，“两年后又发生了什么事？”

“或许是我把这些事看得太重了，”艾丽森抱歉地说，“当然，这些事是发生过的。不过，我说两年过去了的时候，也许我没说清楚，在这两年间几乎什么也没发生过，几乎没人说过什么话或做过什么事来提醒我，我是个人造人，而不是人。

“当我十六七岁的时候，我突然展露出了网球天赋。我从很小的时候就开始打网球了，但就在一线球员的竞技状态时好时坏的时候，我却相当出乎意料地取得了进步。我加入了一个新俱乐部，获选参加一场重要的比赛。我参加了单打、混双和女双比赛。我表现得很好，但那并不是重点。

“比赛结束后，我的女双搭档告诉我，有人让我去更衣室。她告诉我的方式有些奇怪，但我想不起来了。我还心想，我是不是违反了某条规则，或者没有跟某人核对，进错了比赛，或者忘了面向东方三鞠躬——你们知道这些俱乐部什么样。”

“不，我们不知道，”科利尔法官说，“还记得吗，我们一无所知？告诉我们吧。”

出乎意料的是，行事难以捉摸的罗德里克赞许地向他点了点头。

十四

艾丽森跟在维罗妮卡身后，犹疑地微笑着。她一般都不会紧张，也并不敏感；她很少感到忧虑。她觉得好奇，这是自然的，她甚至还想到了一些更疯狂的可能性。她是不是被误认作别的什么人了？是不是有人偷了什么东西，而他们以为是她干的？是不是有人检查过她的球拍，发现宽了一英寸？

全队的人都在更衣室里等着。事态似乎很严重，尤其是当她看到他们的表情时。她仍然没有想到，她是个人造人这件事可能与此有关。在她的一生中，只有一次真正有迹象表明，人造人在某些方面低人一等。

但事实就是如此。队长鲍勃·沃尔顿严肃地说，他们的对手被打得很惨，指责他们招募了明星人造人来当帮手。

艾丽森笑道：“这是个新借口啊。我听到过一些稀奇古怪的借口，我自己也找过这样的借口——光线不好，裁判糊涂，我鞋里有石子儿，人们在走动，网太高了。但从来没听过‘你们派人造人来对付我们’。人造人也只是普通人——网球运动员的水平也有好有坏。公开赛上的单打冠军是个人造人，但排名第一的女运动员是人类。你们跟我一样对此一清二楚。那你们也可以因为被高个子、矮个子或者胳膊长的人打败而抱怨吗？”

每个人都放松下来。

“对不起，艾丽森，”沃尔顿说，“只是我们谁也不知道你不是人造人。”

艾丽森皱起了眉头：“这都是什么话？我当然是人造人了，我没这么说，只是因为没人问过我。”

“是我们想当然了，”沃尔顿生硬地说，“我们以为你知道……当然了，你也确实知道。雅典联赛中没有人造人参赛。我们试着至少让一组队员干干净净的，不要有人造人。”

他看了看队里的另外两名男队员，低下了头。他们三个人一句话也没说，就离开了房间。

屋里只剩下艾丽森和另外三个姑娘，其中一个姑娘因为她而无缘加入队伍，她一脸气愤。

“这是无稽之谈，”她说，“如果想打一场只有人类参加的联赛，我觉得这也没关系，但你们应该张贴告示，避免引起误会。我不知道你们——”

“你知不知道无关紧要，”维罗妮卡冷冰冰地说——就在几分钟之前，这个维罗妮卡还有说有笑，跟艾丽森一起打赢了一场比赛，“我们要确保你永生难忘。”

她们逼近了她，显然，她们是要打一架。艾丽森并不介意。她照着维罗妮卡的肋骨上狠狠一记，打得她喘着粗气飞到了房间那一头。她以为她们会撕烂她的衣服，因为这是对付人造人姑娘的传统惯例。但这与灌木丛中的那一幕大不相同，这一幕很干净，颇具运动风范。男队员们走得很对，不是六个年轻人拿刀指着一个吓坏了的孩子，而只是三个姑娘打一个。

艾丽森打得很拼命，但也光明正大，她猜想，如果她打架的时候手脚不干净，痛恨人造人的人就会更振振有词了。说句公道话，其他女孩的打法也很干净。她们不介意弄伤她，但没有打她的脸，用指甲挠她，或者扯她的头发。

艾丽森表现得很好，但在其他条件相同的情况下，以三敌一总归能赢。她脸朝下倒在了地板上。其中一个女孩坐在她腿上，另一个坐在她肩膀上，而第三个女孩稳稳挥着球拍，敲打着她短裤上臀部的位置。

这可不是闹着玩。就算情况比这要惨得多，艾丽森也不会发出半点声音，但当她们放她走的时候，她为自己感到难过。她们把她一个人丢在了屋里。

她爬起来，掸掉了身上的灰尘。地板很干净，从角落里的镜子来看，她没什么事。事实上，她可比那三个刚才揍了她一顿的女孩好看多了。

她仍然很生气，但一想到自己能在选美比赛和网球比赛中把她们统统击败，她还是可以达观地咧嘴一笑。如果她乐意的话，她可以告诉自己，她们这是在嫉妒她。这话很可能至少说对了一部分。

她在感情上受到了伤害，但并没有遭受其他伤害。她甚至能明白他们的观点。

十五

“他们的观点是什么？”罗德里克问道。

“呃，他们是人，也自以为高人一等。如果你的问法恰当的话，他们甚至还会承认自己就是自觉高人一等。这是个私人俱乐部——”

“而且这很合理，”罗德里克温和地说，“他们就是应该把人造人排除在外，因为人造人低人一等。”

“不，不完全是那样。”艾丽森笑着抗议道，“我并不是真的相信……”她住了口。

“只是有时候吗？”罗德里克不依不饶地问，“或者只是你身上的一部分这么想，而其余部分非常清楚，人造人和人类几乎一样？”

艾丽森突然打了个哆嗦：“要知道，我有种奇怪的感觉，就仿佛我被困在什么东西里面似的。”

“在人们下定决心不必害怕蜘蛛或者任何自己害怕的东西之前，”罗德里克说，“他们都是这种感觉。”

法庭上鸦雀无声。罗德里克卓越的专业能力加上艾丽森予以配合的决心，似乎使得任何形式的干扰都不可能出现。

“关于这一点，我能说的基本都说得差不多了，”艾丽森说，“我找了份工作，不是因为我必须工作，而是因为我想要工作。那是在一家广告公司。他们知道我是个人造人，付给我的薪水和付给别人的一样多。我表现好的时候，他们还给我加薪。

“可是后来，我注意到了一件事——我从来没有因为任何事情获得过半分功劳。每当我有个主意的时候，不知怎么回事，这份功劳总是会归到别人身上去。不久就出现了一种非常奇怪的情况：我职位很低，几乎或者说压根没什么地位；但我干的却是需要担责的工作，也为此获得了丰厚的报酬。

“我去了另一家广告公司，情况大不相同。同样的，他们也知道我是个人造人，但似乎没人对此有丝毫兴趣。当我表现好的时候，我就升了职。当我有什么工作做得很差劲时，我的上司就会辱骂我，管我叫傻瓜、窝囊废、头脑空空的迷人女孩，还有很多我不想在这里重复的话。

“但他似乎从来没想过叫我肮脏的人造人。我认为他本身也并非人造人。

“我加入了一个戏剧社团，但我又一次选错了社团。他们根本不介意我是个人造人，没有把我关在小屋子里。但在演员阵容里，有三个人类姑娘不像我跟另一个人造人姑娘那样，愿意共用同一间化妆室，这是很自然的。当我们在小地方演出的时候，我和她就只好在舞台侧面换衣服。

“还有许多诸如此类的琐事。随着我年龄渐长，这样的事也成倍地增加——不是因为区别越来越厉害了，而是因为我爬到了社会的更上层。况且，在那些因为你没上过哈佛或者耶鲁就会对你有意见的地方，如果你是个人造人，这自然是一项劣势。

“后来通过了一项法律，不再需要承认自己是人造人。我不知道雅典网球联赛对此有何作为。当时我才刚来埃弗顿，几乎没人知道我是人造人。尽管我刚才说了这么多，但事实上几乎没人在意这个。世上有那么多人造人、那么多人类。你可能会发现自己是团队里唯一的人造人——或者是唯一的人类。

“然后我就遇见了罗德里克。”

“好了，”罗德里克说，“我想我们可以打住了。”他转向法官，

"我当然要撤诉，我想我好一阵子之前就说得很清楚了。"

他伸出手臂搀扶艾丽森："来吧，宝贝，咱们走吧。"

法庭上再次爆发出一阵喧哗声。这必定是有史以来最嘈杂也最安静的审判之一。法官站了起来，把尊严抛到了脑后，又是不耐又是恼怒，单脚轮流蹦跶着。

"你不能就这么走了！"他大叫道，"我们还没审完呢……我们还不知道……"

"我在此已经竭尽全力了。"罗德里克说。但随着喧闹声越来越响，他犹豫起来。"好吧，"他提高了声音继续说，"但你没法把人们自身的事解释给他们听。任何会让他们干出好玩的事情或不走寻常路的小小怪癖，你都得让他们循序渐进地解释给你和他们自个儿听。"

他在口袋里搜寻了一番，掏出一个钥匙圈："亲爱的，去车里等着吧。"他把停车的位置告诉了艾丽森，她一脸茫然地去了。

"我得把这些文件再瞒她一两天，"罗德里克几乎是自言自语地说下去，"等到那以后，就无关紧要了。"他把注意力转向法庭，"那好吧，听着。如果我没弄错的话，那我发现了一件大家在200年间视而不见的东西。我不能说我不出5分钟就发现了。在过去的24小时里，借着相当多的人造人患者病历的帮助，我一直在设法解决这个问题。"

"你们要不要听？"随着众人兴奋的叽叽喳喳声越来越响，他喊道，"我不想跟你们说这个，我想跟艾丽森一起回家，你们见过她了，难道你们不想吗？"

法庭上逐渐安静下来。

"让我们暂且来考虑一下人类的不孕不育问题吧，"罗德里克说，"正如你们所想象的那样，这部分是医学问题，部分是心理问题。作为一名心理学家，我曾经治愈过所谓的不孕不育症患者——当然了，我所治愈的根本不是不孕不育，而是神经衰弱。这些人过去没有孩子，现在也没有，原因要归咎于他们无意识地得出了某种结论，即认为自己不想要孩子、不该要孩子，或者确信自己没法要孩子。

“但这只是其中的一部分人。也有其他人来找过我，在咨询了这方面的专家后，我发现其中没有半点与心理相关的成分。

“我现在有个想法：所有人造人都是心理上的不孕不育患者。不孕不育症已经侵蚀了人类的生殖循环，但它怎么又会影响到人造人呢？如果有一个人造人能生育，那他们就都能生育。除非他们像我治愈过的这些人类一样，无意识地得出了结论，大概就是认为人造人不能、不该也必定没法生孩子。

“我们知道，他们几乎都这样。”

他突然压低了声音。当罗德里克平静地说话时，他是在强调要点，大家都在倾听，现在没人悄悄嘀咕了。

“我认为，假如你们进行一项调查，看看如今是谁仍然在否认人造人能够生育——激烈、诚恳、真挚地否认——你们就会发现，否认得最激烈、最诚恳、最真挚的正是人造人。如果你们回顾一下过去，我想你们也会有同样的发现。公开宣称人造人并非不能生育的竟然是一名人类医生，这难道不能说明问题吗？

“这条心理学公理在每个人造人身上都根深蒂固：人造人要生存，就必须低人一等。这就是答案。人造人不会来找我治疗这种病，因为他们不想被治愈。他们知道，这对他们是必不可少的。他们大脑中更为清醒的部分可能会知道，事实恰恰相反，但当涉及像这样的事情时，那就不算数了。

“很久以前，不知不觉中，人造人就利用了这一点。如果人造人不能生育，就不会构成威胁；如果人造人不能生育，就会恰如其分地处于劣势；如果人造人不能生育，就会获准存在下去；如果人造人不能生育，就可以在其他方面与人类竞争。”

他扫视了一眼法庭上的众人，知道自己说得没错。这一回，几乎一眼就能分辨出人类和人造人。法庭上有一半人的表情饶有兴味、觉得无聊、感到好笑、无动于衷、若有所思——这些都是人类；另一半人则愤怒、恐惧、羞愧、冷漠、怨恨、兴奋至极或是泪流满面……因为罗德里克正在撕裂他们世界的根基。

“我对艾丽森抱着真切的希望，”他温和地说，“因为她请来了史密斯医生。明白这意味着什么吗？1 000 名人造人中，没有一个能做到这一点。她肯定非常爱我……但那不关你们的事。”

他沿着艾丽森刚才走过的路走去，这次没有人企图阻拦他。他走到门口，停了下来。

“当第一批举世公认的人造人孩子出生时，”他说，“这将会意味着，不管人类仍然不得不面对怎样的考验或灾难，人这一物种都不会灭绝。因为……我看，我们都应该仔细琢磨下这一点。人造人的孩子不可能是人造人，对吧？”

十六

罗德里克开着车。他们一起坐车出门的时候，开车的一般是艾丽森，但他们有个不言而喻的约定，那就是在一段时间内，几乎所有的事情都得由罗德里克来负责。

“我们都赢了，”她高兴地说，“至少，等小罗德里克出生的时候，我们都算是赢了。”

“你相信他会出生吗？”罗德里克用职业化的语调不带任何情绪

地问。

“不怎么信。我很好奇你在法庭上都说了些什么。我猜我不该想弄明白这个吧？”

“如果你愿意的话，就去弄明白吧。但要从你自己身上做起，从你内心做起。我会帮你的。”

“我想，”艾丽森若有所思地说，“肯定跟史密斯医生有关。”

“哦？为什么呢？”

“因为我还记得，当我听说他这个人和人造人可以生儿育女的观念时，我有一种特别奇怪的感觉。就好像休伊特把刀捅进我肚子里的那种感觉，只不过像是……”

她紧张不安地笑了笑：“像是我正自己拿着那把刀，不得不割掉什么东西，但又没法在不让自己送命的前提下把它割掉。不过，我有种想法，只要我付出足够的努力，尝试足够长的时间，我就既能把它割掉，又不会让自己送命。”

罗德里克拐过街角，来到他们住的那条街上。“这有点儿不专业，”他的声音里带着掩饰不住的兴奋，“可是艾丽森，我认为这不会对你造成任何伤害。小罗德里克会出生的。这不是由我决定的，而是由你决定的，而且你也不会因此而送命。还有——天哪，快看！”

罗德里克·里夫科姆抱着新娘跨过门槛时，照相机像蚱蜢一样咔哒咔哒直响。摄影师们根本不必尾随，因为他们知道里夫科姆夫妇要去哪里。几十份整版插图作了曝光，里夫科姆夫妇成了新闻人物，里夫科姆这个姓氏几乎人尽皆知。

罗德里克高大健壮，对妻子 115 磅的体重毫不在乎，但他抱着她的姿势却没有半点儿不在乎。他把她抱在怀里的样子，就仿佛她是价值百万美元的一堆零钞，而外面正刮着大风似的。他低头看着她，两眼含情脉脉。他一头乌发，一双棕色的眼睛，一眼就可以看出，他可以把任何一个他爱的姑娘抱过门槛。

艾丽森像小猫一样依偎在他怀里，心醉神迷地半闭着眼，双臂搂住他的脖子。一眼就可以看出，她可以被任何一个她爱的男人抱过门槛。

当他们进门的时候，一个故事就开始了。但咱们不妨标新立异一下，将其称为一个故事的结束。

（罗妍莉　译）

克拉克的转型

1950 年到 1960 年的十年间，是阿瑟·C. 克拉克的转型时期，也是科幻小说的转型时期。在这段时期，科幻小说艰难地从隔绝于大众之外的小团体的爱好，转向面对更为广阔的文学世界和更多读者。对于克拉克来说，这段时期代表了他从一位雄心勃勃的科幻爱好者到一位成功的科幻作家的转型趋于成熟，他正逐渐成为一位国际知名的文学人物和关于空间与科学的权威专家。克拉克在 20 世纪 60 年代后期成为畅销书作家，1968 年，克拉克的小说《2001：太空奥德赛》（*2001: A Space Odyssey*）被斯坦利·库布里克改编为同名电影，20 世纪 70 年代到 80 年代，克拉克继续引领畅销书的发展。然而，在很多方面，克拉克最好的文学作品都是在 20 世纪 50 年代完成的。

1917 年，克拉克生于英格兰萨默塞特地区的迈恩黑德。19 岁时，克拉克来到伦敦，在政府部门从事审计工作。1941 年至 1946 年间，他服役于英国皇家空军，担任雷达技师。1948 年，克拉克在伦敦国王学院获得了学士学位。克拉克的科幻事业始于少年时代，当时他加入了英国星际协会[1]和英国科幻协会。自英国科幻协会 1937 年成立起，克拉克就是该协会会员。

1937 年至 1942 年，克拉克为英国的爱好者杂志撰写短篇小说和文章，但他正式发表的第一篇文章是 1938 年和 1939 年撰写的科普文章，以及他 1945 年发表在《无线世界》（*Wireless World*）上富有预见性的文章《地外接力》（"Extraterrestrial Relays"），后来他在一篇题为《通讯卫星简史，又名：我如何在我的空闲时间错过十亿美元》（"A Short History of Comsats, Or: How I Lost a Billion Dollars in My Spare Time"）的文章中引述了《地外接力》。他首度正式发表的短篇小说是 1946 年发表在《惊异》杂志上的《漏洞》（"Loophole", 1946）和《救援队》（"Rescue Party", 1946），后者为克拉克带来了早期的名望，常常被重印。

后来克拉克开始发表长篇小说，他创作了适合成年人阅读的小说，也短暂地创作过青少年小说。1951 年，他创作了《太空序曲》（*Prelude to Space*）和《火星之沙》（*The Sands of Mars*），1952 年，他创作了《空中岛屿》（*Islands in the Sky*）。但是克拉克的第一次事业突破来源于 1951 年的一本非小说书籍《探索太空》（*The Exploration of Space*, 1951），这本书成了每月好书书友会[2]的推荐书籍。埃里克·拉布金[3]（Eric Rabkin）指出："克拉克在创作冒险题材的长篇小说时，热爱技术细节，努力地正确使用科学元素，可能是他这一代作家中最有希望继承凡尔纳的写作事业和坎贝尔的编辑风格的人。"但克拉克从《夜幕未落》（*Against the Fall of Night*, 1953,

1. 一个英国民间爱好者组成的社团组织，成员致力于研究外太空和宇航技术，促进人类更关注宇宙航行。
2. 1926 年成立于美国的读书爱好者组成的民间组织，至今仍在运作。目前，每月好书书友会为会员每个月提供 5 本值得阅读的书籍。
3. 美国大学教授、科幻文学研究者。

1956 年再版时更名为《城市与群星》，即 *The City and the Stars*）和《童年的终结》(*Chlidhood's End*, 1953）开始，同样“持续关注社会学与哲学”，并成为“最可能继承威尔斯和斯台普顿的人”。

在 1956 年移居斯里兰卡后，克拉克依然持续创作杰出的长篇科幻小说和科普书。他和艾萨克·阿西莫夫游戏式地竞争着“最佳科幻小说作家”和“最佳科普作家”的称号（克拉克和阿西莫夫在纽约一次乘坐出租车的旅途中订了一个约定，克拉克称呼阿西莫夫为最佳科普作家，阿西莫夫称呼克拉克为最佳科幻小说作家）。然而克拉克可能赢得了和阿西莫夫一样多的科普写作奖项，包括羯陵伽普及科学奖[1]。

他和斯坦利·库布里克的合作也开启了一段新的创作活跃期，这段时期的代表作包括获得了三大科幻奖项和若干其他奖项的《与罗摩相会》(*Rendezvous with Rama*, 1973)、《地球帝国》(*Imperial Earth*, 1975)、《天堂之泉》(*The Fountains of Paradise*, 1979)、《2001：太空奥德赛》和《与罗摩相会》的一系列续集以及若干其他作品，有些作品是克拉克和他人共同完成的。

克拉克至今仍然在影响着英国科幻界，甚至几乎在影响着世界科幻界。他是英国科幻基金会的赞助人和阿瑟·C. 克拉克奖的创建人，该奖项颁发给在英国出版的最佳长篇科幻小说。

虽然《与罗摩相会》及克拉克几乎所有的长篇小说都有众多粉丝，但《童年的终结》是许多评论家最喜欢的长篇小说。《岗哨》(“The Sentinel”，1951）是《2001：太空奥德赛》的开篇小说，《神的九十亿个名字》(“The Nine Billion Names of God”，1953）是许多克拉克的读者最喜欢的作品，但是克拉克认为自己最好的短篇小

1. 由联合国教科文组织颁发的奖项，奖励给为科学普及事业做出突出贡献的人。

说是《地球凌日》(“Transit of Earth”，1951)。在这篇小说中，一位在火星上陷入困境的宇航员带着喜乐安然离世，因为他见证了从没有人见过的科学奇迹：地球和月球挡在了太阳前面，此时宇航员正聆听着巴赫的音乐，回想起了关于迷人景象的精彩文学之梦，而这种迷人景象此刻正从他眼前掠过。然而，《那颗星》(“The Star”，1955)无疑是克拉克最好的短篇小说之一。在这篇小说中，一位耶稣会的科学家做出了震撼性的发现，小说也展示出了克拉克的科学观和他对于意义的探寻。

（赵佳铭 译）

那颗星

阿瑟·C. 克拉克

这里距梵蒂冈 3 000 光年。曾经我以为，信仰的力量不会被宇宙打败，就像我相信诸天也不过是在彰显神亲造的荣耀。现在我看到了神的亲造，我的信仰却受到了极大的震动。我凝视着挂在马克 6 号计算机上方舱室壁上的十字架，有生以来第一次，怀疑它是否只是一个空洞的符号。

我还没有告诉任何人，但真相是无法隐瞒的。事实就记录在无数英里长的磁带和成千上万张照片里，即将被我们带回地球，可供所有人查阅。其他科学家都可以像我一样轻易地理解并阐释它们，而我也不是会容忍篡改真相的人——那样的行径在过去常常给我的修道会带来坏名声。

船员们已经够忧郁了：我思量着他们将如何接受这个终极的讽刺。他们中没几个人有宗教信仰，但他们不会乐意将这最后的武器用在与我的论战中——那场从我们还在地球上时就已经私下间开展的论战，论战双方保持着友好和善，但从根本上讲态度都是非常严肃的。在他们看来，让耶稣会士担任首席天体物理学家是很搞笑的，比如，钱德勒医生就一直没能坦然接受。（为什么医生都是这种臭名昭著的无神论者？）有时他会在观景台与我会面，那里的灯光总是很暗，星星的光辉才不至于被掩盖。他会在昏暗中向我走来，站在那里透过巨大的椭圆形舷窗向外凝视。飞船随着我们懒得去纠正的残余惯性翻滚，群星在我们周围缓慢游移。

“那么，神父，”他最后会说，“宇宙漫无止境，也许是有什么东西创造了它。但是您怎么就确信，那个东西对我们和我们那个渺小的世界有什么特殊的偏爱呢——我就是想不通。”然后争论就开始了，在观测口那面通透无瑕的塑料外面，星星和星云围绕着我们无声无息地滑动着。

我认为，是我这个职位的明显不协调让船员们觉得滑稽。我提到过我在《天体物理学杂志》上的 3 篇论文，以及在《皇家天文学会月刊》上的 5 篇论文，但无济于事。我会提醒他们，我的修道会长期以来以其科学著作而闻名。现在我们的成员也许不多了，但自 18 世纪以来，我们对天文学和地球物理学做出的贡献与我们的人数远远不成比例。我这篇关于凤凰星云的报告会终结我千年的历史吗？它将要终结的，我担心，恐怕远不止于此。

我不知道是谁给这个星云命名的，在我看来，这是一个非常糟糕的名字。如果它带有预言的意味，那也是几十亿年内都无法得到验证的预言。甚至“星云”这个词也有误导性，这个天体远小于散布在银河系中的那些庞大云雾——将有新的恒星从中诞生的物质。在宇宙尺度上，凤凰星云确实是一个很小的存在——围绕着一颗恒星的一层薄薄的气体外壳。

或者说，是一颗恒星的残骸……

挂在分光光度计描线上方的罗耀拉[1]的鲁本斯版画[2]似乎在嘲笑

1. 西班牙人，耶稣会创始人，罗马公教圣人之一。
2. 弗兰德画家，巴洛克画派早期的代表人物。

我。神父，您会如何看待，在这距离对您来说就是整个宇宙的那个小世界如此遥远的地方，我所掌握的这些信息？您的信仰足够应对这个我通不过的试炼吗？

您凝视着远方，神父，但我走过的路程已经超出了 1 000 年前建立我们修道会时您所有的想象。不曾有过调查船走出地球这么远：我们就在整个已探索宇宙的最前端。我们出发前往凤凰星云，我们成功了，现在正背负着沉重的新知回地球。我希望我能从自己肩膀上卸下这个负担，但我只能越过许多世纪的岁月、许多光年的距离，徒劳地向您呼唤。

在您手中的书上，字迹清晰易读。“为了主至高的荣耀[1]”，这依然历历在目的词句我已无法相信。如果您亲眼看见了我们的发现，您还会相信它吗？

我们当然知道凤凰星云是什么。仅在我们的银河系中，每年就有一百多颗恒星爆炸，以数百倍于平时的亮度燃烧数小时或数天，直到归于死亡和黑暗。这就是普通的新星——宇宙中司空见惯的灾难。自从我开始在月球天文台工作以来，我已经记录了几十个新星的光谱图和光变曲线。

但是每 1 000 年间总有那么三四次，宇宙间会发生一种使新星都显得微不足道的真正奇观。

当一颗恒星变成超新星时，它可能在一段时间内比银河系所有恒星加起来都更耀眼。中国的天文学家们在公元 1054 年就观测到了这种现象，但他们不知道自己看到的是什么。五个世纪后的 1572 年，一颗超新星在仙后座中闪耀，在白昼的天空中清晰可见。在那之后的 1 000 年里同样的事又发生了三次。

1. 原文为拉丁文。

我们的任务是探访这样一场灾难的遗址，推测导致它发生的事件，并在可能的情况下了解其原因。6 000 年前爆发出的气体外壳至今仍在膨胀，我们慢慢进入。它非常热，即使现在也在放射着灼灼的紫色光芒，但是因为它太稀薄了，并不会对我们造成任何伤害。这颗恒星爆炸时，它的外层被以相当快的速度向外推动，以至于它们完全脱离了它的引力场。现在它们形成了一个大到足以吞没 1 000 个太阳系的空心壳，在它的中心燃烧着一个纤小而奇妙的天体——由那颗恒星化作的白矮星，比地球小，却比地球重 100 万倍。

熠熠生辉的气体外壳围裹着我们，遮蔽了寻常的星际暗夜。我们飞到了几千年前爆炸的宇宙炸弹的中心，它炽热的碎片仍在飞散。爆炸的巨大规模，以及碎片已经散布于数百万英里宽的空间这一事实，使得我们觉察不到任何运动。肉眼需要几十年的时间才能在这些奇形怪状的气体条缕和旋涡中感知到些许运动，但那种汹涌扩张的感觉还是摄人心魄。

几个小时前我们关闭了主驱动器，然后朝着前方这颗凶险的白矮星慢慢飘移。它曾经是一颗和我们的太阳一样的恒星，但它在几个小时内就浪费了本来可以让它持续发光 100 万年的能量。现在它变成了一个萎缩的吝啬鬼，囤积着自己的资源，仿佛是为了弥补它挥霍无度的年轻时代。

没有人认真地期望能找到行星。即便爆炸之前有过行星，它们也应该已经蒸腾为一团烟气，构成它们的物质消融在恒星本身更加宏大的残骸中。但是我们仍然进行了自动搜索，一如惯常接近未知恒星时的做法，目前我们已经发现了一个小世界，在很远的距离上环绕着那颗恒星。它肯定相当于这个消失的太阳系的冥王星，运行在黑夜的边界上。它离中央恒星太远了，根本不会有智慧生物存在，而遥远的距离使它逃脱了它那些已然消逝的同伴的命运。

途经的烈焰烤焦了它的岩石，烧光了灾难之前肯定曾经覆盖在星球表面的冰冻气体。着陆后，我们发现了“穹洞”。

它的建造者肯定曾尽力确保我们会发现它。入口上方的单体标记物现在只剩下一段熔断的残根，但即便只看第一批远距离拍下的照片，我们也能确定这是智慧种族的手笔。我们很快又探测到，埋藏在岩石中的辐射构成了横亘大陆的图案。即便穹洞外的能量塔已经被毁，但辐射依然存在，像一座不可移动而且几近永恒的灯塔，向着群星呼唤。我们的飞船有如一根飞矢般落向这个巨大的靶心。

在建造时，塔定然高达一英里，但它现在看起来像是熔成了一摊蜡的蜡烛。我们花了一周的时间才钻通凝固的熔岩，因为我们没有合适的工具来完成这样的任务。我们是天文学家，不是考古学家，但我们也会即兴变通。我们的初衷被遗忘了：这座孤独的纪念碑，在距离注定要灭亡的太阳尽可能远的地方用这种方式竖立起来，只可能有一种意义——一个知道自己即将消亡的文明为不朽做出了最后的努力。

我们需要几代人的时间才足以探索放置在穹洞中的所有宝藏。他们有足够的时间准备，因为他们的太阳一定在最终爆炸之前很多年就发出了第一次警告。他们想要保留的一切，他们才智的所有成果，都在末日之前的日子里，带着能被其他种族发现而不致被完全遗忘的希冀，被带到了这个遥远的世界。我们是否也会这样做，还是会沉浸在自己的痛苦中而无暇顾及一个我们永远无法看到或分享的未来？

如果他们有更多的时间就好了！他们可以在自己太阳所辖的行星之间自由穿梭，但他们还没有学会穿越恒星之间的鸿沟，最近的太阳系距离他们有 100 光年远。然而就算他们掌握了超限驱动的秘密，也只能救出几百万人。也许现在这样更好。

哪怕他们没有如同他们的雕像所表现得那样，与我们人类相像得那么令人痛心，我们也不禁钦佩他们，为他们的命运悲恸。他们留下了数以千计的录像及放映这些录像的机器，还有精心制作的图画说明，从中学习他们的书面语言并不困难。我们查看了其中的许多录像，6 000 年来第一次复现一个文明的温暖和美好。这个文明一定在许多方面都优于我们的。也许他们只向我们展示了最好的面貌，这也无可厚非。但是他们的世界真的非常可爱，他们建造的城市带着不亚于任何人类造物的优雅。我们观看他们工作和玩耍，聆听他们乐音般动听的话语响彻许多个世纪的时光。有一幕场景至今在我眼前挥之不去——沙滩呈现奇怪的蓝色，孩子们在海浪里玩耍，就和地球上的孩子一样。奇特的鞭状树木排列在岸边，一些大型动物在浅滩中涉水，人们却丝毫不在意。

而那轮即将没入海平线，却仍在提供着温暖、友善和生机的，是很快就会背信弃义，将这些无辜的幸福全部抹杀的太阳。

或许，如果不是离家那么远，那么容易孤独，我们就不会受到如此深的触动。我们很多人都见过其他世界的古代文明遗迹，但它们从未如此深切地影响过我们。这场悲剧是独一无二的。种族的失败和消亡司空见惯，一如地球上的国家和文化。然而正值成就斐然的年代却被彻底摧毁，没有留下任何幸存者——说神充满怜悯还怎么说得通呢？

我的同事问过我这个问题，我已经给出了我能给出的答案。或许您能给出更好的回答，罗耀拉神父，但我在《灵性练习》中找不到任何对我有帮助的内容。他们不是邪恶的民族：我不知道他们崇拜什么神，如果他们确实崇拜过神。但是我曾越过许多个世纪回望他们，看着他们用最后的力量保留下的美好重现于他们枯萎的阳光里。他们本可以教会我们很多东西：他们为什么被摧毁？

我知道我的同事们回到地球后会给出什么答案。他们会说宇宙没有目的，也没有计划，因为每年有100颗恒星在我们的银河系中爆炸，此时此刻，一些种族正在太空深处死亡。那个种族在其存在的岁月里做过好事还是做过坏事，最终都没有区别：没有神授的正义，因为没有神。

当然，我们所看到的并不能证明这样的观点。任何这样争论的人都受制于情感，而不是逻辑。神不需要向人证明祂的行为是正当的。创造了宇宙的，可以随时摧毁它。妄断祂可以或不可以做什么，是傲慢的表现，是近乎亵渎神明的危险行为。

我可以接受这一点，尽管很难设想整个世界和所有人民都被扔进了熔炉。但是，最虔诚的信仰也有动摇的时刻，现在，看着摆在我面前的算式和数据，我终于也动摇了。

尚未抵达星云之时，我们无法判断爆炸发生在多久之前。现在，根据天文数据和那颗幸存行星的岩石记录，我已经能够非常准确地确定它的年代。我知道这场巨大火灾的光芒是在哪一年到达地球的。这颗超新星的残骸此刻在我们飞驰的飞船后面逐渐缩小，而我知道它曾经在地球的天空中何等灿烂。我知道在日出之前，它曾怎样熠熠生辉地低垂在东方，就像黎明天光中的灯塔。

毫无疑问，那个古老的谜团终于解开了。然而，神啊，有那么多星星可供您差遣，有什么必要将这些人置于火中——仅仅为了用他们的消逝来照亮伯利恒的夜空[1]？

（东方木　译）

1. 伯利恒之星，也被称作圣诞之星或者耶稣之星，是耶稣降生时，天上一颗特别的光体，在耶稣降生后指引来自东方的“博士”找到耶稣。

温德姆时代

在 H. G. 威尔斯的《空中战争》(1908)和《获得自由的世界》(*The World Set Free*, 1914)出版后，在“对灾难的渴望”中提到过的那种灾难小说失去了部分活力后，它没有被彻底放弃——姑且举几个例子：J. J. 康宁顿(J. J. Connington)的《诺丁霍特的百万之众》(*Nordenholt's Million*, 1923)，S. 福勒·赖特的《大洪水》(1928)和《黎明》(1929)，约翰·科利尔的《汤姆冷着呢》，艾伦·卢埃林(Alun Llewellyn)的《陌生侵略者》(*The Strange Invaders*, 1934)和 R. C. 谢里夫(R. C. Sherriff)的《霍普金斯手稿》(*The Hopkins Manuscript*, 1939)——但灾难小说重返辉煌是 1951 年，约翰·温德姆发表了《三尖树时代》。

1903 年，约翰·温德姆在沃里克郡索利哈尔附近的诺尔村出生，受洗时取名为约翰·温德姆·帕克斯·卢卡斯·贝依·哈里斯，他拥有科幻小说历史上第二长的名字；第一属于拉蒙·菲利佩·圣胡安·马里奥·西尔维奥·恩里科·史密斯·希斯考特-布雷斯·塞拉·阿尔瓦雷斯·德尔雷·德洛斯·乌尔德斯——莱斯特·德尔·雷伊。然而，温德姆在他 37 年的职业生涯里，一直是从自己的真实姓名中挑选笔名的。

受他阅读的威尔斯作品的影响和他 1929 年发现的《惊奇故事》的启发，1931 年，温德姆以约翰·贝农·哈里斯（John Beynon Harris）的名字在《惊奇故事》上发表了《交易世界》（“Worlds to Barter”）。整个 20 世纪 30 年代，他都一直使用这个名字在杂志上发表短篇小说。不过 1934 年后，他主要选用一个较短的版本约翰·贝农（John Beynon），这个名字也用在了他的长篇小说《隐秘之民》（*The Secret People*, 1934）和《行星飞机》（*Planet Plane*, 1936）中。

二战时期，温德姆在皇家通讯兵团服役。那之后，他转向创作另一种短篇小说，也换了个新笔名——他正是以这个名字闻名于世的。1950 年，他在《惊奇故事》上发表了一篇《永恒的前夜》（“The Eternal Eve”），这个故事虽然很短，却拉开了一部由五部分组成的小说的大幕，那就是从 1951 年 1 月 6 日开始在《科利尔》杂志上连载的《三尖树时代》，同年由双日出版社发行了硬壳精装版。这本书在 1952 年出版平装版，出版商将名字改为《三叶草在行动》，它在 1963 年被翻拍成电影《三尖树时代》，后来也出现了更忠实于原著的英国电视剧。

温德姆的《三尖树时代》与杰克·芬尼于 1954 年在《科利尔》上连载的《夺体者》（*The Body Snatchers*）、约翰·克里斯托弗于 1957 年在《星期六晚邮报》上连载的《寸草无生》（*No Blade of Grass*），以及雷·布拉德伯里（Ray Bradbury）和罗伯特·海因莱因（Robert A. Heinlein）发表的很多精妙的杂志小故事一起，帮助打破了一般读者以及为其服务的杂志对科幻小说的抵触情绪。温德姆的系列小说具有可以满足更多广泛读者需求的典型特质：它是当代的，恐怖的，并关注人类的日常反应。

《三尖树时代》是由两件同时发生的事件引发的：一场使所有人（除了一些没能出门看它的人）失明的流星雨和移动食肉植物（如三尖树）的出笼。社会秩序土崩瓦解，但幸存者们重新集结，以恢复人类的统治地位，尽管其已被大大削弱。约翰·克鲁特（John Clute）在《科幻小说百科全书》中称温德姆的作品为“中产阶级对灾难主题的善辩回应”。也许是因为二战期间的轰炸和英国差点受到入侵所表现出来的“岛屿脆弱性”，这部灾难小说重新流行起来。

温德姆的下一个重要作品是另一部灾难小说《克拉肯苏醒》[1]（*The Kraken Wakes*，该小说在美国以《出自深海》为名于1953年出版）。在此之后，他创作了《蛹》（*The Chrysalids*，该小说在美国以《重生》为名于1955年出版）和《米德威杜鹃》（*The Midwish Cuckoos*, 1957），后者在1960年被翻拍为一部名为《遭诅咒的村庄》的电影名作。《向外的冲动》（*The Outward Urge*）涉及特隆一家四代对邻近宇宙空间的征服，此书于1959年署名“约翰·温德姆和卢卡斯·帕克斯”出版。随后，他为第一百期《新世界》写的《广漠的太空》（*The Emptiness of Space*）在1961年被收录到图书俱乐部特别版里。

温德姆对科幻小说的主要贡献在那时已经完成了，虽然他之后还出版了3部小说《地衣问题》（*Trouble with Lichen*, 1960）、《巧基》（*Chocky*, 1968）和去世后出版的《蛛网》（*Web*, 1979），还有9本短篇小说集和2部非科幻长篇小说。他于1963年第一次结婚，六年后去世。克鲁特这样评价他的职业生涯：“（温德姆）在一个特定的时间点——第二次世界大战后十年——有效地为特殊的英国市场写作……他会被记住，主要归功于他向认可同类精神的读者群表达出英国人的希望、恐惧和自满的那些短暂时刻……”

（筌婳　译）

1. 来自丁尼生的短诗《克拉肯》。

广漠的太空

约翰·温德姆

我第一次去新加里东是在 2199 年夏天，其时，一个探测队在吉尔伯特·特龙率领下，正小心翼翼在意大利放射性较小的地区向前推进，就开垦前景进行调查。我公司觉得采访这次行动可能会写出一本畅销书来，因此指定我去向吉尔伯特提出这一建议。可是，在我到达的时候，却发现他受到耽搁，要到一星期之后才能见到。我一点也没有不高兴。在一个太平洋岛屿上舒舒服服、无所事事地过上几天，一切开支均作为工作费用由公司支付，这正是我所喜欢的一种特权。

新加里东是一个令人心醉神迷的所在，费点周折去搞一张上岛许可证是非常值得的——要是你能够搞到的话。在这个岛上，可以看到的属于过去的东西——同样还有属于未来的东西——要比任何其他地方都多，而且，不知怎么那地方设法将这两类东西几乎保持在各自分离的状态之下。

尽管名为新加里东，该岛，以及该群岛，一度却是法国殖民地。但是，2044 年欧洲在北半球大战中消灭之后，这个岛像散布于全世界的其他前殖民地一样，发觉自己突然被置于只能依靠自身资源为生的境地。在大多数大陆殖民地匆忙和它们最近的强大邻国缔结条约之际，许多像新加里东那样的岛屿没什么可以提供的，也没什么可以害怕的，于是它们就采取了一种听之任之的态度。

在两代人时间里，那些劫后幸存的国家忙于给一半遭受毁灭的世界建立平衡，根本无暇顾及散置于各地的岛屿。直到巴西人开始将澳大利亚视为自己霸权的可能挑战者，因而采取一种不大引人注目的、老谋深算的重商主义政策，向太平洋扩张。随后，澳大利亚人也自然而然地想到，此时该开始将他们的经济影响伸展到各个群岛上去了。

新加里东抗拒渗透。他们觉得以独立为宜，对双方的诱惑都加以坚决的拒斥。在太空国宣布独立的2144年，他们还在进行抵抗，但这时压力已相当大了。他们看到一批又一批岛屿向贸易优先权屈服，此后实质上重新沦为殖民地。现在他们察觉到，用不了多久，同样的命运就会落到他们自己身上，对此表示怀疑已很困难。不管用什么话来说，他们会被吞并——很可能是被澳大利亚人，因为澳大利亚人想先发制人，不让巴西人在离海岸不到1 000英里的地方建立基地。

太空国发言人杰米·岗维亚就是在这种形势下带着他自己的一项建议步入2150年的。他给新加里东人提供有保证的独立，使之不受两大国中任何一方的控制，提供一大笔现款，以及一个繁荣的未来，条件是他们允许太空国租用一块领土，建立其地球指挥部和终点站。

这个提议并不完全符合新加里东人的口味，但比之别的选择要稍胜一筹。他们接受了提议，太空场的建造于是就破土动工了。

从那时开始，该岛就处在一种奇特的共生状态之中。在岛的北部是火箭降落场和调度台，仓库与机械车间，其生活方式是用所有的现代技术装备起来的，而该岛其余的五分之四区域，则对现代技术完全视而不见，心满意足地过着与两个半世纪前极为相似的生活。在这个世界上，保持这样一种事态不可能是偶然事件使然。那是双方精心设计的结果，新加里东人喜欢以那种方式生活，而太空国则不喜欢外界的人对其事务进行过分密切的关注。因此，为了取得在该群岛任何地方上岸的许可，需要花费大力气得到双方当局的签证。结果便是没有旅游者或商人问津，绝少看到外地人。

不过，我可到了那儿，意想不到地享有一个星期闲暇时间，而且没有理由非在太空国租界地度过这个星期不可。一位秘书建议去岛南的拉华，那儿离首都诺米亚并不太远，是个宁静悠闲的地方，于是我就去了那个地方。

拉华景色如画，十分迷人。那是个小小的渔镇，半是热带风光，半是法国风味。辽阔的白色海滩上除了现代船只，还有一条条泊着、划着的独木舟。在弯弯曲曲的海岸线的一端，一道防波堤庇护着一小块锚泊地，棕榈树给海岸的其余部分镶了边，为一座城镇划出了地盘。

拉华的许多房屋是经过改进的传统式样，仍然用棕榈叶盖顶。但镇中心是一个用大鹅卵石铺就的长方形广场，四面围着完全是非热带模样的房子，这广场被称作大场。这儿有商店、人行道咖啡座，设在色彩鲜艳的条纹遮篷下，由具有高更画风的女人们看守的水果摊、一片叶子花地、东侧有一座非常难看的教堂、一个小便处，甚至一座镇公所。整个这些东西可能完全是从 20 世纪早期的法国进口的，除居民以外——但即使是居民，有的穿着艳丽的纱笼，有的穿着欧洲服装，看上去必定跟法国统治该地的时候极为相像。

我觉得难于相信他们是过着真正生活的真正的人。因为第一天这样一种感觉始终伴随着我：一个看不见的导演突然喝一声“停”，这一切就会全都停下来。

第二天早上，我对岛上的生活较为习惯了。我洗了澡，然后怀着一种正在开始找到感觉的意识，信步走向大场，寻觅开胃酒。我选中南侧一家酒吧，那儿有几棵树，桌子就放在树荫下。我想我该要什么酒呢，我通常所喝的酒好像不对劲。一个皮肤黝黑，身穿艳丽纱笼的姑娘向我走来。凭着冲动和像是从一本非常古老的小说里出来的一个人物的感觉，我要了一杯佩诺酒。她将此视为理所当然。

“一杯佩诺酒？好的，先生。”她对我说。

我坐在那儿眺望广场，此时早餐时间将过，广场上已不是那么繁忙杂沓了，我心里在想自打悉尼和里约热内卢、阿德莱德和圣保罗形成了像拉华一般大小的规模以来，它们究竟得到和失去了什么呢，我怀疑它们所得的价值……

佩诺酒来了。我看着掺了水的酒泛起混浊，十分小心地啜了一口。怪酒，我觉得那可根本不是用来增进胃口的。正在我盯着酒看时，我右肩后面响起了说话声。

“这是岛上的产品，可那是按原配方酿制的，”那声音说，“非常安全，酒力温和，你放心好了。”

我在椅子里转过身来。说话人坐在邻桌；此人是一个身体健壮结实、头发呈沙色的男人，他身穿一件点尘不染的白色西装，戴着一顶巴拿马有边帽，上面镶着一条彩带，尖尖的胡子修整得整整齐齐。我猜测他的年龄应当在 34 岁左右，尽管迎着我目光的那双灰色眼睛看上去显得老些，经历过更多的沧桑和忧患。

“我从来没有喝过这种味道的酒。”我对他说。他点点头。

“外面找不到这种酒。就某些方面而言，我们这儿是座博物馆，以酒而论，我想，可绝不是最差的。”

“晚近时期的缪斯之一，”我发论道。“近代缪斯，也是十分吸引人的。”

我察觉到在听得见我们谈话的几张桌子边有一两个男人正在注意我们——抑或说是在注意我；他们的表情并非不友好，但是他们显出似乎有点儿担心的神情。

“那是——”我的邻座开始回答，却随即停了下来，天上的隆隆声打断了他的话。

我转身看到一个修长的白色锥形体直刺头顶的蓝天而上。当我们听到声音的时候，飞得极高的火箭已经小得看不大分明了。那人侧着一只眼睛看着它。

“月球飞船。”他说。

“对我而言，这些玩意儿的声音和模样全都一个样。”我承认道。

“要是你乘在里面，那就不一样了。月球飞船的加速度会使你全身趴在地板上——成为薄片，”他说，而后他又继续说，“我们在拉华不大看到外地人。也许你愿意赏光和我一起进午餐吧？自我介绍一下，我叫乔治。”

我犹豫了一下，这时我注意到在他的肩头上方一个长者稍稍努了努嘴唇，好像他毫无疑问地给了我一个鼓励性的颔首。我决定抓住这个机会。

“那太好啦。我叫戴维——戴维·迈福特，从悉尼来。”我对他说。可是他没有进一步介绍自己，因此我只能独自纳罕，不知道乔治究竟是他的名还是姓。

我走向他的桌子，他举起一只手招呼那姑娘。

“除非你不爱吃鱼，否则你就得尝尝这儿的浓味蒸鱼——家庭特色菜。”他对我说。

我知道我和乔治坐到一起已经得到那位长者的同意，显然还得到另外几个人的同意。女侍者也显出一种赞同的神情。我在心里琢磨这究竟是怎么回事，我是否是被引过来对付这个镇上的害群之马，以保护其他的人的。

“从悉尼来，”他沉思着说，“我已经好久没去悉尼了。我想我现在会不认识那个地方啦。”

“它在不断扩大，”我承认道，“可是造物主永远不会让你将它跟任何别的地方搞混的。”我们继续聊着。浓味蒸鱼来了，味道好极了。还有大块大块的头等面包，那是从你在古老的欧洲书籍的插图里所看到的那些长长的大面包上切下来的。借助于当地所产的酒，我开始感觉可以为20世纪的生活方式说上许多辩护的话。

在交谈过程中，我获悉乔治曾经当过火箭驾驶员，可现在已经停飞了——可以断言，不是因为健康，所以我没有作进一步询问……

第二道食物是我从来没有听说过的一盘十分好吃的水果，说穿了，就是结成冰的西番莲果汁。到上咖啡时，他说了下面一番话，我认为他在说话时是颇有点愁苦的。

“迈福特先生，我原希望你有可能帮助我，可现在我好像觉得你并不是一个有信念的人。”

“毫无疑义，人人都得做具有坚定信念的人，”我发出了抗议，“一个人无法为自己做每一件事，为此他得相信别人。”

“千真万确，”他口气软了下来，“我该说‘精神信念’。听你所说的话，我恐怕你不是一个对自己的灵魂——或者任何其他人的灵魂的性质与命运感兴趣的人吧？”

我觉得我已经觉察到接下去他要说些什么话了。不过，要是他对拯救我的灵魂有兴趣的话，他至少已经慷慨大方地让我好好吃了一顿，用照顾我的身体需要来开始这项工作了。

“年轻的时候，”我对他说，“我经常为自己的灵魂忧心忡忡，可后来我认定那样做是完全没有意义的。”

“自以为什么不缺也毫无意义。”他说。

“完全正确，”我赞同道，“主要是由于抱着灵魂是一个独立存在的观念，我才发现自己缺乏同情心。对我而言，这是一种心灵现象，而这种现象又是大脑的产物，它受到外部环境的改变，而且更加直接地受到各种腺体的影响。”

他显出伤心的样子，不以为然地摇摇头。

“你大错了——大错特错了。有些人总意识到自己的灵魂，而有些像你那样的人则对灵魂浑然不觉，在具有灵魂的时候，没有一个人懂得自己灵魂的价值，一直要到失去了自己的灵魂，才会明白灵魂的价值。”

他所说的话不是轻而易举能加以反驳的，所以我让我们之间的沉默继续下去。此时他抬头望着北部天空，那儿，那条飞向月球的飞船所留下来的航迹早已被风吹散了。我窘困地看到，两颗大泪珠从他的眼角内流出，打他鼻子边上滴落下去。可是，他却没有显出发窘的样子；他只是掏出一块白色的、洗烫得挺挺刮刮的大手绢将泪擦去。

“我希望你永远不会明白没有灵魂是一件多么可怕的事，”他摇了摇头对我说，“一个人心里盛着广漠的太空；却坐在巴比伦海边以度余生。”

我无精打采地说：“你说的话恐怕超出了我的知识范围。我听不懂。”

“你当然听不懂。没人听得懂啊。可我总是抱着希望，希望有朝一日会来那么个人，他听得懂我的话，并能给予帮助。”

“可灵魂是自我的表现，”我说，“我不明白灵魂怎么会丢失——也许灵魂能够改变，但不是丢失。”

“我的灵魂就丢失了，”他说，仍然仰望着辽阔湛蓝的天空，“丢失了——飘游到天外的什么地方去了。没有了灵魂我成了一个虚假的人。一个失去一条腿或一条胳膊的人仍然是个人，可一个失去了灵魂的人却是虚无——虚无——虚无……”

“也许精神病医生——”我没有把握地提议。我的话使他受到刺激，眼泪也突然停止了。

“精神病医生！”他鄙夷不屑地喊叫起来，“该死的骗人把戏！即使从字面上看：他们可能稍稍懂得精神方面的事；可对灵魂一窍不通！——他们连灵魂的存在都不承认呢……！”

停顿。

“希望我能帮得上忙……”我颇为含糊地说。

“帮忙的机会是有的。你可能帮得上忙。机会总是有的……”他以抚慰的口吻说，虽然我好像并不清楚他是在抚慰自己还是在抚慰我。此时教堂的钟敲了两下。我的东道主情绪起了变化。他十分爽然地站起来。

“我现在得走了，”他对我说，“我原来希望你能帮忙，不过我们相遇仍然令人高兴。我希望你喜欢拉华。”

我看着他沿着大场走去。他在一个水果摊前停了下来，挑了一个像桃子的水果，咬了一口。女摊主和颜悦色地冲他微笑，显然对付不付钱毫不放在心上。

那个肤色黝黑的女侍来到我的桌边，站在那儿看着他。

“呵，可怜的乔治先生。”她伤心地说。我们看他登上教堂台阶，掷掉吃剩的水果，摘下帽子走进教堂。“他去祈祷，”她解说道，“他整天为自己的灵魂祈祷，从早上到下午。多让人难受啊。”

我注意到拿在她手里的账单。恐怕一时之间我是错看了乔治了，不过那一餐吃得不错。我伸手去拿皮夹。姑娘看到了，她摇摇头。

“不，不，先生，不，你是客人。行了，乔治先生明天会付账的。就这样吧，行了。”她坚持不让我付钱，而且非这样不可。

我先前看到的那个长者插进来说：

“行了行了——理当如此，”他让我放心，而后他又说，“你也许没什么事吧，愿意和我一起喝一杯法国白兰地吗？”

看来拉华的人出手都很大方。我接受了邀请，和他坐到一起。

“关于可怜的乔治，恐怕没人给你介绍过吧。”他说。

我承认事情确实如此。他摇着头，好像在责备那些我所不认识的人，接着又说：

“别放在心上。什么事都没有。乔治总抱有一个外地人所有的希望，你知道，有时候让人看了好笑。我们不喜欢那样。”

“听你这么说我很难受，”我对他说，“他的状态给我的印象是根本没什么好笑的。”

“千真万确，”他同意我的说法，“可他好多啦。我不明白他自己是否知道这一点，可是他好多了。一年前他常常整个早餐时间都在不出声地哭泣。不熟悉他的人看了很不好受。”

“那时他就住在拉华？”我问。

“是的。他大部分时间都是在教堂里度过的。其余时间就到处转悠。他睡在山上一所白色大房子里。那是他孙女的地方。她管保他生活过得好好的，而且为他在山下这儿的随便什么花销付账。”

我想我准是听错了。

“他的孙女？”我大声说，“可他是个年轻人，30 岁过不了多少……”

他看看我。

“你很可能会再遇上他。你会明白这究竟是怎么回事的。当然这种事情家里人不喜欢公开，可是，那事已人人皆知，无秘密可言了。”

法国白兰地来了。他给自己的加了奶油，开始了他的讲述。

大约五年前（他说），嗯，是 2194 年，年轻的杰拉尔德·特龙驾驶一条飞船飞到了火星和木星轨道间一颗较大的行星上——加斯派里斯在 1852 年发现这颗行星时，将其称作“灵魂”。那条船是太空国建造的一条货船，名叫塞莱斯蒂斯号，是从月球基地启航的。她有 5 名船员，船体前部设有舒适的船员舱。除了船员舱和机舱间外，这些船就只剩下一个大货舱，出外航行时货舱往往是空的，除非装载着为进行新作业所需的船具。这次货舱是空的，因为指定的任务只是装载铀矿石——“灵魂”一半是由高含量矿石构成的，要做的工作只是开动挖掘机，将东西装进去就是了。这事好像易如反掌。

不过，你知道，火星和木星轨道间的行星带却是一个险情四伏的区域。当然，主要的星体和星群是标示在图上的——可是，那只是帮助你寻找它们。行星带充斥各种大小的飞行物，你根本无法进行图示，但是不得不避开。你所能采取的最好办法是尽可能近地对行星带进行观测，将飞行速度降到比当地轨道速度略高，然后非常机警地像楔子那样穿插进去。问题是沿着那条航路穿行数万——也许数十万——英里要花很多时间。飞行员们变得厌烦并集中不起注意力，抑或难受得要命并开始冒险。我不知道会产生什么结果。你可以用雷达探测到大块的飞行物，并依靠导航装置不断避开它们。可是小块飞行物对飞船照样是致命的，而且一路上小块飞行物数不胜数，假如你要使导航装置敏感到能够对此作出反应，那么你在整个航程中就会使飞船躲避遇上的每一件东西，那样就什么地方也到不了啦。我们想要的是有人发明一种只有有限效程——比如说，100 英里——的阻击装置——但是没人发明这东西。因此，我说这条航路险情四伏。自打他们从 2150 年开始飞这条航路以来，他们已经在这条行星带丧失了6条飞船，还有十几条受到这样那样的损坏。压根儿不是一个吉祥之地啊……话说回来，铀可毕竟是铀……

杰拉尔德是一个勇敢的好小伙子。他具有真正的特龙家人的太空瘾，可并不是一个不顾一切的冒险家。此外，“灵魂”离那儿的轨道内缘并不太远——例如，不像塞里人那样难于接近那个地方——再说他以前飞过几次。

就这样，他飞进了行星带，他驾着飞船七绕八拐小心翼翼地飞到离“灵魂”大约300公里外的地方，准备进去了。也许那时候他略为有点大意；他可绝没有料到在那颗行星周围的轨道里会出现什么东西。然而他偏偏遇上了东西——交上了厄运……

撞击使整条飞船发出巨响，他和船员们只觉得四周都是嗡嗡声，就像处身于一口大钟里面。这声音跟一名太空人在丢掉性命之前所能听到的那种最险恶的声音差不多。可是，这次他们在不幸之中还算有幸。事情并不太糟。那是他们挤在一起看显示器仪表盘时发现的。事实很快表明飞船的重要部位没有一处被击中，他们可以松口气了。

杰拉尔德将操纵装置交给副驾驶，他和机械师斯蒂夫取出箱子里的太空服。当气门打开时，他们将安全缆索拴在弹簧钩上，穿着带磁性鞋底的鞋子沿飞船外壳滑向船尾。情况很快就清楚了：受损坏部位不在气门一侧，他们使劲爬到弯曲的船体外壳的另一侧。

谁也说不准他们会看到什么——也许是一大块嵌入船体的岩石，也许只是在货舱一侧出现了一道裂口——总之肯定不是他们实际上所看到的东西，那是一艘小型太空船的半个船身，正戳在他们自己那条船的船体外壳上。

有一个情况是一目了然的——小太空船的撞击力不大。要是撞击力大的话，它就会穿透他们的船体，从另一侧飞出去，因为一艘货船的货舱比一个以单层钢板为壁的圆筒坚固不了多少；货舱不需要更大的牢度，它不必保暖，不必容纳空气，不必抵抗大气摩擦力，也不必与任何大于月球引力的重力相抗衡；只有生活舱才必须配备那些为维持生命所必需的复杂玩意儿。

马上显示出来的另一个情况是，这次相撞不是落到小飞船上的惟一灾难。不知什么时候，某个东西削去了它的大部分船尾，不仅带走了推进管，还带走了混合室，使它无望地失去了动力。

在小飞船残骸四周绕行进行检查时，杰拉尔德没有找到入口。小飞船一古脑儿嵌进了它所撞击出来的洞里，其气门必定位于前部，搞到货船里面不知什么地方去了。他派斯蒂夫回去拿切割器和货舱门的钥匙。在他等待时，他通过装在他头盔上的无线电向塞莱斯蒂斯号生活舱话务员通话，说明情况。然后他又说：

“杰克，现在你能接通月球站吗？我最好作个汇报。”

“信号强而清晰，船长。”杰克告诉他。

“好。请他们为我接值班室。”

他听见杰克开机并呼叫。出现了一个停顿，其时电波在他们之间数百万英里的空间来回穿梭，然后声音来了：

“喂，塞莱斯蒂斯号！喂，塞莱斯蒂斯号！我是月球站。说吧，杰克。完毕！”

杰拉尔德耐心地等待交换。无线电这东西性急不来的。不一会儿，另一个声音传来了。

“喂，塞莱斯蒂斯号！我是月球站值班军官。请报告方位，说吧。”

“喂，查尔斯。我是杰拉尔德·特龙，我在塞莱斯蒂斯号上和你通话，我们此时在‘灵魂’外围轨道。高度近320英里。我向你报告，我船因撞击受损坏。没有人员伤亡。无危险，再说一遍，无危险。损坏看来限于空舱部位。损坏原因……”他继续汇报详细情况，结束时说，“我将要进行查看。将作进一步报告。请保持线路畅通。完毕！”

机械师回来了，飘飘浮浮地带来一把拴在一条短安全索上的自动力切割器，手里拿着那枚能打开货舱进口舱门的钥匙。杰拉尔德接过钥匙，将它插进门边的孔内，并把两条腿伸进两个锁环，这样他就可以旋转钥匙开门了。

月球人的声音又来了。

“喂，蒂克尔。我知道眼下没有危险。可别冒险，伙计。你能识别出那条失事船吗？”

“再说一遍，我没有危险，”特龙告诉他，“天大的运气。要是它的撞击位置再向前移 6 英尺，我们就真正成问题了。现在我已经打开货舱小门，准备进去看看那条失事船的头部。我会想办法将它识别出来的。”

船舱里黑咕隆咚的，他们不得不打开头盔灯。此时他们能够看到失事飞船的前部了；船头占了货舱大约一半的空间。那条飞船击穿了舱壁，将坚牢的合金板翻卷成卷曲的花瓣状，就像那是些镀锡铁皮似的。到它的鼻子尖离对面舱壁不足 2 英尺的地方它停了下来。他们俩将它察看了些时间。斯蒂夫指了指一个五六英寸大、边缘参差不齐的洞，这个洞大约处于那条失事飞船嵌入部分的中间位置。这个发现意义重大，致使杰拉尔德阴沉着脸点了点头。

他移步靠近那条船，然后攀上其弯曲的船体外壁。他在顶端发现了气门，其位置与塞莱斯蒂斯号的气门位置一样，他用那把旋转钥匙试了试。他又把钥匙拔出。

“查尔斯，我与你通话，”他说，“在失事飞船上没有识别标记。那艘船不是太空国建造的——看来，它可以在大气层使用。式样有点陈旧——可以肯定——它建造于旋转钥匙标准化之前，所以我们一时进不去。最大外径，大约 12 英尺。长度不清楚——在被击脱落之前船尾部分究竟有多长不得而知。它的前部还留有洞穿孔。看来像是一块 5 英寸左右的小陨石所击。我看，速度很大。请等一下……好，干净利落地穿透出去，只留下一个很小的穿孔。不做一把新钥匙无法将气门打开。还是切割进去较快。完毕！”

他退回身子，将灯从小陨石孔里照进去。他的头盔妨碍了他，使他的脸无法靠近，他除了看见留有一个对应孔的对面舱壁一小块地方外，其他什么都看不出来。

“最容易的办法是加大这个孔，斯蒂夫。”他提议道。

机械师点点头。他提起切割器对准陨石孔，打开开关，从孔缘开始切割。

“蒂克尔，事情不妙，”声音从月球传来。“你所提供的那点情况可以适用于四艘飞船中的任何一艘。”

“耐心点儿，亲爱的查尔斯，现在斯蒂夫正用切割器在切割呢。”特龙告诉他。

将双层船体外壳割穿花了 20 分钟。斯蒂夫关了机，用左手一扳，连在一起的内外两个金属圆片飘走了。

“塞莱斯蒂斯号呼叫月球。我准备进入失事飞船，查尔斯。保持线路畅通。”特龙说。

他俯下身子，双手抓住切割边，踢去磁性鞋底，使人脱离接触，然后轻轻一拉，就像潜泳者那样头部朝前穿过陨石孔飘游了进去。现在又听到他的声音了，但声调变了样。

“查尔斯，你听着，这儿发现三个人。都穿着太空服——老式太空服。其中两人被捆在铺位上。还有一个……啊，他丢了一条腿。

准是被陨石打掉的……发现一个奇异的现象——啊，上帝，他的血冻结成一个坚硬的血球……！”

一两分钟后他又说：

“我找到了飞行日志。可我戴着这样一双手套动不了。我将把这册飞行日志拿到我们船上去，再向你报告详细情况。捆在铺位上的两个人好像完好无损——我指的是他们的太空服。他们的头盔装有弯曲的条带形面罩，所以我看不大清他们的脸。必须——奇怪……他们每人都带着一本小书，是用金属丝系在太空服钮扣上的。封面上印着红色的字：‘危险——Perigoso’，下面是：‘别脱太空服——阅读本书各项指示’，用葡萄牙语重复一遍。然后是：‘汉普逊救生法。’查尔斯，这些话究竟是什么意思？完毕！”

等待回答的时候，杰拉尔德笨笨拙拙地翻弄那几本标签一般的书中的一本，发现书能像六角手风琴似地打开，一系列小金属板铰合在一起，一边印着英语，另一边印着葡萄牙语。第一页上印着小字，可是那字句的内容令人吃惊惊。其言曰：“小心！在阅读本救身法各项指示前，切勿打开太空服，否则会致着装者于死命。”

他看到这儿，那个值班军官的声音又来了：

“喂，蒂克尔。我给医生通了话，他说千万不要，重复一遍，千万不要去碰那两个人。等着，他要来和你通话。他说汉普逊法三十多年前已经废弃不用了——他——呵，他来了……”

传来另一个声音：

“蒂克尔吗？我是莱萨尔。查尔斯告诉我你发现了两个接受过汉普逊法处理的人，没有受到损伤。请进一步确证，并介绍情况。”

特龙照办了。不一会儿医生又说话了：

“很好，你说得很清楚。现在仔细听我说，蒂克尔。从你介绍的情况看，那两个人实际上肯定没死——还没死。他们处于——嗯，他们处于冷藏状态。汉普逊法在这方面很有效。你可以在胸部左边看到一个凸起的像是饰物的东西。在极为紧急的情况下，只要对准它用力拍击一下就行了。受到拍击后，它就会进行一种复合注射。部分注剂延续生命，部分注剂防止体内形成会损坏组织的大的冰结晶，部分注剂——啊，算了，那以后再说。重要的是那种注射的有效率是100%。人在太空里会自然形成深度冷冻，假如有什么东西能使其免受太阳的直接辐射，此人就会始终处于那种状态之下，直到被别人发现——假如有什么人能发现的话。现在，我看那两个人一直是在一条没有空气的黑暗的飞船里呆着，眼下那条船是在你船没有空气的货舱里。我说的对吗？”

“事情就是这样，医生。失事船上有两个小陨石孔，但是他们不会由此直接受到光线的照射。”

“很好。那就让他们按老样子呆着。当心别让他们受暖。切勿去做那本救生指导上所说的任何事情。问题在于尽管汉普逊法冷冻的成功性几乎是肯定无疑的，但它的复活措施并不是十拿九稳。事实上，它具有很大的不确定性——成功机率最大不到25%。比如说，会形成致命的晶体结构。我的建议是，你设法完全以现在的样子将他们弄回来。我们这儿的设备会使他们得到他们所能有的最大的复活机会。你能办得到吗？”

杰拉尔德思索片刻。然后他说：

“我们不想白白走这一趟——要是我们将失事飞船从我们的船体里拔出来，留下一个我们无法修补的洞，那样就真会白走一趟了。可要是我们让她留在那儿，塞住那个洞，我们就至少能够装载原装载量一半的矿石。假如我们装货得法，所装的矿石就会有助于失事飞船保持在她现在的位置上。所以，假如我们让失事飞船保持原状，让船里的人也保持原状，并且将洞口封闭起来，阻止矿石进入船内，这样行吗？”

“这样是最好不过了，”医生答道，“不过，请你们在离开前看一下那两个人。务使他们牢牢绑在铺位上。在他们处于太空条件之下的全部时间里，唯有这种情况可能对他们造成伤害，那就是捆绑在加速中松脱，使之受到损伤。”

“很好，我们会这样做的。不管怎么说，在这种情况下我们一路上不会进行任何大的加速的。另一个可怜的人将举行太空葬礼……”

一个小时后，杰拉尔德和他的伙伴回到塞莱斯蒂斯号生活舱，副驾驶开始进行向“灵魂”作螺旋式飞行的操作。他们俩脱掉太空服。杰拉尔德从外侧口袋里掏出失事飞船的飞行日志，拿着它到自己的铺位。在铺位上他系好安全带，打开那本书。

5 分钟后，斯蒂夫带着关切的神情从对面铺位上看着他。

“看到什么重要情况了，船长？你的表情有点怪。”

“我觉得有点怪，斯蒂夫……我们扛出来投进太空的那个人，他叫特伦斯·赖斯，是吗？”

“他的名牌上是这么写的。”斯蒂夫首肯道。

“嗯。”杰拉尔德·特龙不吭声了。随后他拍拍那本书。“这，”他说，“是阿斯泰蒂号的飞行日志。它于 2149 年——45 年前——1 月 3 日从月球站飞向行星带。船员三名：船长乔治·蒙哥马利·特龙，机械师刘易斯·岗比兹，报务员特伦斯·赖斯……”

“因此，鉴于那个不幸者是特伦斯·赖斯，可见在飞船后部那两个人中一个必定是岗比兹，而另一个——嗯，他准是乔治·蒙哥马利·特龙，即 2144 年登上金星的那个人……凑巧得很，此人是我的祖父……”

“就这样，”我的同伴说，“他们安然将他们带回来了。不过，岗比兹很不幸——至少我认为该将此称作不幸——无论怎么设法，他都没有复活过来。当然，乔治复活了……”

“可是，复活要比简单的苏醒过来具有更多的含意。一定程度的生理休克总会带来精神震撼，经历了他那么久的生理休克之后，他在精神上也就受到了巨大的震撼。

“他出事的时候是一个建立家庭不久的年轻人；他醒来时发现自己成了爷爷；他的妻子已是一个改嫁了的老妇人；他的朋友们有的死了，有的成了老人；他在阿斯泰蒂号上的两个伙伴已不在人世。

“事情糟透了，可是更糟的是他懂得汉普斯救生法的所有内容。他懂得当一个人进入深度冷冻状态时，整个新陈代谢就迅速完全终止。就每一种定义和检测而言，此人已属死亡……当然，其肌体不会开始腐败，但是每一个重要过程都停止了；我们视为生命证据的每一个特征都不复存在……

“因此人是死的……

“因此，假如一个人像乔治那样相信，人的灵魂，人的心灵是一种独立存在，那么当自己死亡时，它必定会离开自己的肉体。”

“他怎么把灵魂找回来？这就是乔治想要知道的事——他此时在那边，祈求上帝告诉他，其原因即在于此……”

我往后倾身靠在椅子里，眺望大场那边的黑洞洞的教堂大门。

“你是说刚才在这儿的那位年轻人乔治，就是在半个世纪前首次登上金星的乔治·蒙哥马利·特龙？”我说。

“正是他。”他肯定地说。

我摇摇头，并非表示不信，而是为乔治表示惋惜。

“他今后会怎样呢？”我问道。

“上帝知道，”我的邻座说，“他目前情况有所好转；不像原来那样痛苦悲伤了。现在他开始稍许显现出真正的特龙家人的那种着迷劲儿来了，他想重新进入太空。”

“但这会有什么结果呢？……总不能让一个特龙家的人作为船员搭上飞船吧。总不能让一个可能会想到太空里去寻找自己灵魂的人当飞船船长吧……”

“问我的话，我想我宁可只死一回……”

（周晓贤　译）

巴拉德的集中营式宇宙

20 世纪 50 年代末到 60 年代，英国科幻小说完全形成了一套自有格局。英国本就有着良好的文学传统，加上经历过两次世界大战，以及新的出版契机的出现，英国终于在科幻小说方面夺得话语权，赢得了广泛的关注。尽管有着各不相同的背景，但引领这场本土运动的三位作家几乎是在 20 世纪 50 年代中期同时崭露头角的，他们分别是布赖恩·奥尔迪斯、约翰·布伦纳（John Brunner）和 J. G. 巴拉德。

其中最不同凡响，且最具有英国文艺复兴气息的创作者是巴拉德。但令人困惑的是，他其实是三人之中最背井离乡、远离故土的那个人。

巴拉德于 1930 年出生在中国上海，二战期间曾被关押于一座日军的战俘集中营。这段戏剧化的经历后来被他写进了自传体畅销小说《太阳帝国》（*Empire of the Sun*, 1985），该书于 1987 年被史蒂文·斯皮尔伯格拍摄成了同名彩色电影。直到 1946 年，巴拉德才回到英国，进入位于剑桥的一所中学学习。之后他入学国王学院学习医学，尽管最终他并未获得学位。

1950年代初期，当巴拉德还在加拿大皇家空军服役时，他发现并开始阅读科幻小说，一两年后，他开始了自己的科幻创作。1956年，他的早期作品《逃离》（“Escapement”）和《当家花旦》（“Prima Belladonna”）发表在了特德·卡内尔的杂志上。科幻小说能对各种奇异事件提出合理的解释，对于幼年巴拉德这种身处异邦、被外族禁锢的孩子来说，无疑是一种天然的心灵庇护，但童年时期经历的那种强烈的无助感，将他的创作导向了前所未有的方向。

他的早期故事尚且保留了一些传统科幻的元素，但早在那时，巴拉德就表现出了对神秘事件的独特塑造方式——他会让读者陡然深陷其中，就好像在他人的叙述中中途到场一般；而对于事件，人物的主要反应是妥协，甚至放弃，而不是表现出好奇心，或像坎贝尔式故事里的人物那样，探索并努力寻求解决的办法。

巴拉德所创造的宇宙，一如孩子眼中的战俘集中营，如此广阔，如此无所不能，如此高深莫测，人们最恰当的反应是苟延残喘，或者干脆同流合污。1964年，摩考克掀起了“新浪潮运动”[1]，人们喜欢将新浪潮运动比作物理世界中的熵，或是不可避免的万物消亡，巴拉德也因此成了“牢牢钉在摩考克的海盗船桅顶上”（用奥尔迪斯的话说）的旗帜性人物。那之后巴拉德在1960年创作的第一个故事《时间的声音》（“The Voices of Time”）里，将生物学研究、地外星球通讯这种传统元素，连同对徒劳的认知，一同融入了刻于废弃泳池池底的神秘符号中。

这篇小说同时也体现了巴拉德小说的本质，比起故事或人物，

1. 科幻小说新浪潮运动兴起于20世纪60年代，持续时间长达十余年，是继约翰·坎贝尔主导的科幻“黄金时代”后又一大规模的科幻文学创作潮流。新浪潮作品在形式和内容上都具有高度的实验性，更为注重“软科幻”的创作，极大地扩充了科幻小说这一类型文学的内涵。

他关注的是作品聚焦的话题及其带来的后果，是对当代事物感到的困惑，尤其是对技术创新和对改变的遗传性状结构的困惑。巴拉德作品的另一个特点是它对反常规和离经叛道的兴趣，不单是行为，还有其背后代表的观点。他在 1962 年曾经讲过，他关心的不是“外太空”而是“内心世界”，“真正的、唯一的异星其实是地球”。

1962 年，巴拉德以一部典型的英国（按照温德姆传统）灾难小说《无源之风》（*The Wind from Nowhere*）开始了他的小说家生涯。同年他还出版了另一部更具巴拉德风格的灾难小说《淹没世界》（*The Drowned World*），之后又创作了《燃烧世界》（*The Burning World*, 1964）和《结晶世界》（*The Crystal World*, 1966），以此完成了他的“悲剧四部曲”。

在接下来的三部长篇小说《撞车》（*Crash*, 1973）、《混凝土岛》（*Concrete Island*, 1974）和《摩天大楼》（*High-Rise*, 1975）中，巴拉德转向了当代主题，并摒弃了科幻小说的常见主题和写作手法。大卫·普林格尔（David Pringle）[1] 在《科幻小说百科全书》中这样评价《撞车》：“它或许是‘色情’科幻小说最好的范例，它探索了危险、伤残和交通事故死亡造成的心理满足感。”而另外两篇小说只是调整了题材（一座安全岛，一幢公寓楼），所以可以说，它们也与《撞车》有着异曲同工之妙。《暴行展览》（*The Atrocity Exhibition*）［1970，后以《爱与汽油弹：出口美国》（*Love and Napalm: Export USA*）为题于 1972 年在美国出版］这部小说集中收录了几篇巴拉德口中的“浓缩小说”，乔治·巴娄[2]（George W. Barlow）在《20 世纪科幻作家》[3]（*Twentieth-Century Science-Fiction Writers*）中称其为“那

1. 科幻编辑。
2. 法国编辑、作家。
3. 柯蒂斯·C. 史密斯在 1981 年 10 月出版的一本关于 20 世纪科幻作家的书。这是圣马丁出版社“20 世纪英语作家”系列丛书的第三本，前两本分别是《20 世纪犯罪推理作家》和《20 世纪儿童作家》。

三部长篇的速写本”。

随着《无限美梦公司》（*The Unlimited Dream Company*, 1979）和《你好，美国》（*Hello America*, 1981）的出版，巴拉德收起了锋芒，读者人数也在逐渐增加，尽管正如美国出版商所担忧的那样，他在美国的读者群正在逐步缩减——和许多“难懂的”英国作家一样，巴拉德的作品对类型读者而言过于独特和令人沮丧了。在《万亿年狂欢》一书中，奥尔迪斯指出“写小说的核心困境是没有角色去采取任何有目的性的行动”，而只有在“用情感沉溺取代更为正常的情节标准”的情况下，这个困境才能得以解决，尽管这样得付出一些代价。《太阳帝国》是巴拉德小说创作的一次突破，它更为直白，也更富有人情味。此后，《创造之日》（*The Day of Creation*, 1987）等小说自然而然地成为主流评论媒体的评论对象，并陆续登上畅销书排行榜。他的小说《女人的仁慈》（*The Kindness of Women*, 1991）延续了巴拉德在《太阳帝国》中开始的故事，他以一种近乎自传的写法，将自己塑造成故事中的一个人物，这个故事最终在斯皮尔伯格的影片中得到了升华。

巴拉德不仅在长篇小说领域取得了成功，他的短篇故事更是尤为出色。它们大部分被收录在了他的18本作品集中，《溺亡的巨人》（“The Drowned Giant”）便是其中之一。这个卡夫卡式的故事是巴拉德为数不多被提名星云奖的作品之一。巴拉德没能得到美国科幻界的认可，大概是因为他太具英国特色了，他为英国读者而写作，许多英国读者都认为巴拉德的观点与他们对世界的看法如出一辙。除了少数例外，他的大部分作品都是在英国杂志上发表的。“溺亡的巨人”在某种意义上其实就是英国的写照，而为它编年做史者正是巴拉德这位英国新科幻小说的桂冠作家。

（非淆　译）

时间的声音

J. G. 巴拉德

一

后来，鲍尔斯时常想起惠特比，还有这位生物学家在空游泳池的整块池底，看似随意凿出的古怪凹槽。凹槽 1 英寸深，20 英尺长，它们相互交连，构成了一个复杂的类似于汉字的表意文字。惠特比用了整整一个夏天才完成这项工作，显然他压根没考虑别的什么事情，只是不知疲惫地工作，以此打发一个又一个漫长而炎热的午后。鲍尔斯透过自己位于神经科侧楼尽头的办公室窗户观察着他——他小心翼翼地摆弄着楔子和拉线，用一只帆布小桶把凿出的水泥块运走。惠特比自杀后，没有人再去过问这些凹槽，只有鲍尔斯常常向管理员借来钥匙，去废弃的游泳池走走，低头观察那个由腐朽的沟壑组成的迷宫。从氯化器里漏出的水已经把它淹了一半，它成了一个再也无法解开的谜。

然而，鲍尔斯起初只是专注于完成他在门诊的工作，并计划着自己最后怎么离职。在经历了最初几周的手忙脚乱与惊慌失措后，他终于设法让自己接受了一个令他不安的折中方案，他开始以一种超然的宿命论来看待自己的困境，而这一套原本是他用在患者身上的。所幸的是，他的生理和心理梯度曲线同时在走着下坡路——嗜睡和惰性削弱了他的焦虑，放缓了新陈代谢，让他只有在集中精神的时候，才能维持连续的思路。事实上，逐渐变长的无梦睡眠时间让他感到身心放松，他发现自己开始渴望这种睡眠了，除非迫不得已，否则他可不想早醒。

起初他在床边放了一只闹钟，想尽可能多地将活动塞进有限的清醒时间——整理自己的图书室，每天早晨开车去往惠特比的实验室查看最新一批的X光片。每时每分都必须合理利用，就像对待水壶里所剩无几的水。

多亏了安德森，是他无意间让鲍尔斯意识到，这样做其实毫无意义。

鲍尔斯辞去门诊工作之后，依然会每周驾车去体检一次，现在基本上只是走个形式。上一次（结果这也成了最后一次），安德森相当敷衍地检查了鲍尔斯的血细胞计数，同时提到了鲍尔斯日益松弛的面部肌肉、减弱的瞳孔反射，还有没刮干净的脸。

他向桌子对面的鲍尔斯投去一个同情的微笑，迟疑着该说些什么。对于那些聪明的患者，他通常会表现出鼓励的样子，甚至试图给出某种解释。但是鲍尔斯太难对付了——他是一位出色的神经外科医生，一个精于尖端研究的男人，只有处理陌生事物时才会显得轻松自在。他心中默想：*对不起，罗伯特。我能说什么呢？总不能说“就连太阳也在逐渐变冷……”吧？*他看着鲍尔斯不安地用手指敲打珐琅桌面，双眼则扫视着办公室墙上挂着的脊柱平面图。鲍尔斯尽管外表邋遢——一周前他穿的也是这身皱巴巴的衬衫和脏兮兮的白色帆布鞋——神态却镇定自若，就像康拉德[1]笔下的海滩拾荒者，

1. 英国作家，擅长海洋冒险小说，有“海洋小说大师”之称。

对于自己的缺陷多少有些破罐子破摔。

“罗伯特，你现在都在忙些什么？”他问道，“还去惠特比的实验室吗？”

“能去就去吧。光是过个湖就得用掉我半个小时的时间，我总是想睡觉，连闹钟都叫不醒我。也许我应该离开我的住处，彻底搬到那里去住。”

安德森皱了皱眉头。“这样做有意义吗？据我观察，惠特比的工作更偏向于理论推测……”他停顿了一下，意识到自己正暗戳戳地对鲍尔斯在门诊的糟糕工作提出批评。但鲍尔斯似乎并不在意，继续研究天花板上阴影的图案。“无论如何，待在你现在住的地方不是更好吗？周围都是你熟悉的东西，再重读一遍汤因比[1]和斯宾格勒[2]的作品怎么样？”

鲍尔斯简短地笑了几声。“那是我最不想做的事了。我想忘掉汤因比和斯宾格勒，而不是尽力记住他们。实际上，保罗，我想要忘掉一切，尽管我不知道自己有没有足够的时间。3 个月内你能忘掉多少东西？”

“一切，我想，如果你真想忘记的话。但别总想着跟时间赛跑。”

鲍尔斯默默点头，在心里重复着最后那句劝告。跟时间赛跑正是他如今在做的事，当他站起身向安德森道别时，他突然下决心要扔掉他的闹钟，以摆脱自己对时间无谓的痴迷。为了提醒自己所做的这个决定，他松开手表的表带，拨乱表盘，然后把它塞进了口袋。在去停车场的路上，他回味着这个简单的举动赋予他的自由。可以

1. 英国著名历史学家，代表作包括《历史研究》《人类与大地母亲》《展望 21 世纪》，曾被誉为“近世以来最伟大的历史学家”。
2. 德国著名历史家及历史哲学家，代表作包括《西方的没落》《普鲁士的精神与社会主义》《人与技术》等。

这么说，现在他可以随意探索时间走廊里那些横向的偏僻小路和侧门了。3 个月可以是永恒。

他一眼就从整齐停靠的汽车中发现了自己的那辆，信步走过去，刺眼的阳光穿过阶梯教室屋顶的抛物线形延伸带直射下来，他抬手遮住了眼睛。就在他要钻进车里的时候，他发现有人用手指在挡风玻璃的蒙尘上写下了一串数字：

96 688 365 498 721

他回头，认出了停在他旁边的那辆白色帕卡德，他朝车内看去，只见一个瘦削的年轻人，正透过深色的墨镜注视着他。他有着一头像被阳光漂过的淡金色头发，高额头，看上去害羞克制，他一旁的驾驶座里坐着一位黑头发的姑娘，鲍尔斯之前经常在心理科附近看到她。她的双眼闪耀着智慧，却不知怎的斜视得厉害，鲍尔斯想起那些年轻的医生们会称呼她为“火星女孩”。

“你好，卡尔德伦，”鲍尔斯对年轻人说道，“还跟着我呢？”

卡尔德伦点头。“大多数时候是这样的，医生。”他一脸精明地打量着鲍尔斯，“事实上，最近我们都没怎么见到你，安德森说你辞职了，我们还注意到你的实验室被关闭了。”

鲍尔斯耸耸肩。“我觉得自己需要休息一阵子。以后你就会明白，有很多事情都需要重新考虑。”

卡尔德伦半是嘲讽地挤了挤眉，“很抱歉听到这些，医生，但别因为这些暂时的挫折而灰心。”他注意到女孩正饶有兴致地盯着鲍尔斯，“卡玛是您的粉丝，我给她看了您在《美国精神病学杂志》上发表的论文，她一字不落地全看完了。”

女孩朝鲍尔斯粲然一笑，这也暂时驱散了另两人之间的敌意。

就在鲍尔斯向她点头致意的时候，她越过卡尔德伦朝他探过身，说道：“其实我刚刚读完了野口英世[1]的自传，就是那位发现了螺旋体的了不起的日本医生。不知道为什么，您让我想到了他——您对患者也是那样地待人如己。”

鲍尔斯无精打采地对她笑笑，之后不由自主地转开视线，望向了卡尔德伦。他们阴沉地对视了片刻，卡尔德伦右边脸颊的抽搐逐渐变得剧烈起来。他连忙放松自己的面部肌肉，经过几秒钟的努力，他终于成功控制住了它。但他显然因为被鲍尔斯目睹了这一瞬间的窘境而感到恼怒不已。

“今天的检查结果如何？”鲍尔斯问，“你还觉得……头痛吗？”

卡尔德伦的嘴一下子就合上了，整个人突然显得烦躁起来。“我到底是由谁在负责，医生？是你，还是安德森？你现在问这种问题合适吗？”

鲍尔斯做了一个不以为然的手势。“或许是不太合适。”他清了清嗓子，热气蒸得他脑子缺血，他觉得很累，想赶紧摆脱他们。他转向自己的车子，紧接着意识到卡尔德伦很有可能会跟着他，要么把他挤进排水渠，要么挡住他的去路，让他在回湖畔的路上吃一路灰。卡尔德伦可是什么疯事都做得出来。

“好了，我得走了，我还有点东西要拿。”说完，他语气坚定地补了一句，“如果你联系不上安德森，可以随时找我。”

他挥手道了别，沿着那一列汽车的后头走开了。透过玻璃的反光，他可以看到卡尔德伦正回头密切地注视着他。

他走进神经科侧楼，在凉爽的门厅停下来松了口气，向接待处

1. 日本细菌学家、生物学家，毕业于美国宾夕法尼亚大学，主要作品有《蛇毒》《梅毒的实验诊断》等。

的两位护士和警卫点了点头。不知道为什么，隔壁住院区里沉睡的昏睡症晚期患者总能吸引来成群结队的要求参观的访客，多数是声称拥有某种神奇抗昏睡疗法的怪人，也有些仅仅是闲来无事的好奇者，但还有相当多的正常人。他们中的许多人不远千里，在某种奇怪的直觉驱使下来到了这里，就像迁徙到种群墓地以提前瞻仰的动物。

他沿着走廊来到管理员办公室，从这里可以俯瞰到整个露天平台；他借了钥匙，穿过网球场和健身房，来到尽头关闭的游泳池——这里几个月前就被废弃了，只有鲍尔斯来的时候锁才会被打开。他跨进去，反手关上门，走过斑驳的木架子，直到深处。

他一只脚踩在跳板上，低头望向惠特比留下的表意文字。潮湿的树叶和几点纸屑遮住了它的字形，但轮廓依旧清晰可辨。它几乎占据了整个池底，乍一看像是描绘了一个巨大的日轮，带着四条放射状的菱形辐臂，这是个粗糙的荣格曼荼罗[1]。

鲍尔斯想知道是什么促使惠特比在他死前刻下了这个图案，这时，他注意到圆轮中心的碎片里有东西在移动。那是一只大约1英尺长、通体漆黑、套着带尖角的壳的动物，正拖着疲惫的腿脚，在泥泞中嗅来嗅去。它的外壳分节连缀，有点像犰狳的骨质甲。它爬到圆轮的边缘，停下来踌躇片刻后，又慢慢退回到圆轮中心，显然是不愿意，或者是没办法爬过那道窄槽。

鲍尔斯环顾四周，之后走进一间更衣间，从锈迹斑斑的壁架上取下一个木制的小储衣盒，夹在胳膊下，顺着镀铬的扶梯下到泳池的底部，小心翼翼地穿过滑溜溜的地板，朝那只动物走去。见他靠近，它一个侧身跑开了，但鲍尔斯很快就逮住了它，用盒盖把它铲进了盒子里。

---

1. 源于梵文，象征着对称统一与和谐圆满。

这动物挺沉的，至少相当于一块砖的重量。鲍尔斯用指关节敲了敲它那巨大的橄榄黑甲壳，看着它从甲壳边缘的下方探出头来，那颗长满疣的三角形脑袋就跟乌龟头一样。它有着五趾的前肢，大拇指下是厚厚的肉垫。

鲍尔斯看到那双有三重眼皮的眼睛正从盒底朝他焦虑地眨动。

“在盼着酷热的天气是吗？”他低声道，“你随身携带的那把铅伞应该能让你凉快些。”

他盖上盒盖，爬出泳池，回到管理员办公室还了钥匙，然后把盒子抱上了车。

……卡尔德伦对我仍有怨气。出于某种原因，他似乎不愿去接受自己的与众不同，正谋划着一系列私人仪式来替代缺失的睡眠时间。或许我应该告诉他，我已经时日无多了，但他可能会将其视为一种极难忍受的羞辱，因为我本应大量拥有他苦苦渴求的东西。天知道会发生什么。幸运的是，噩梦般的幻象似乎暂时消退了……

鲍尔斯推开日记本，从桌后探出身子向外眺望，白色的湖床沿着地平线向群山延伸。3 英里外，就在远远的湖岸，他看见射电望远镜的环形“大碗”在午后晴朗的空气中缓缓旋转，那是卡尔德伦在不知疲惫地向天空撒网，它扫荡过数百万立方秒差距[1]的苍凉以太，一如沿着波斯湾海岸淘海的游民。

在他身后，空调发出轻微的嗡嗡声，给半掩在昏暗灯光下的淡蓝色墙壁带来凉意。窗外的阳光明丽却压抑，诊所下方的仙人掌丛

1. 天文学中使用的距离单位，主要用于量度太阳系外天体的距离。1 秒差距定义为天体的半年视差为 2″时，天体到地球（太阳）的距离，也就是地球轨道半径对应视角为 1″时的距离。

泛着金光，其间涌动的热浪模糊了这座20层高的神经科病区尖锐的露台。在那里，在紧闭的百叶窗后的寂静病房里，昏睡症晚期患者们还在继续他们的无梦之眠。诊所目前已经收治了500名这样的患者，他们只是先遣部队，浩浩荡荡的梦游大军还在集结，准备进行最后的行军。第一例昏睡综合征确诊至今仅过去了5年，但随着越来越多的病例涌现，东部地区的几家大型公立医院已经做好了接收数以千计患者的准备。

鲍尔斯突然感到一阵疲惫，他瞥了一眼自己的手腕，寻思着还要多久才到8点——这将是他接下来大约一周的入睡时间。他已经开始期盼黄昏的到来了，过不了多久，他将最后一次在黎明醒来。

他的手表还在屁股口袋里。他想起来自己已经决定不再使用计时工具了，于是身子往椅背上一靠，盯着桌子旁边的书架看起来。书架上摆着几排绿色封皮的美国原子能委员会会刊，那是他从惠特比的图书室拿来的；还有一些论文，其中记录了这位生物学家在氢弹试验后于太平洋地区进行的研究。大多数论文鲍尔斯已是烂熟于心，他反复读过上百次，试图领会惠特比的最终结论。汤因比肯定要比这些更容易忘记。

他意识里的那堵高大黑墙正在他的脑海中投下大片阴翳，他的眼睛瞬间黯淡了下去。他一边伸手去拿日记本，一边想着卡尔德伦车里的那个女孩——卡玛[1]，他这样叫她，又一个神经兮兮的玩笑——还有她对野口的提及。事实上，拿惠特比跟野口作比较会更合适，而不应该是他。实验室里的怪物们不过是惠特比思想的零星镜像，就像他早上在游泳池里发现的那只变异的、耐辐射的青蛙

1. 英文中这个名字当作名词的话意为“昏迷”“失去意识”。

一样。

他想着那个叫卡玛的女孩，和她那鼓舞人心的微笑。他写道：

早上6点33分醒。和安德森见了最后一面。他明显表现出了对我的不耐烦，从现在起我最好一个人待着。8点钟上床睡觉？（这种倒计时让我感到害怕。）

他顿了顿，接着写道：再见了，埃尼威托克岛[1]。

二

第二天，他在惠特比的实验室再次见到了那个女孩。吃过早饭，他就急忙带着新样本开车过来了，想在它死之前将它放进生态缸里。在这之前他只碰到过一次突变出甲壳的生物，而那玩意儿差点要了他的命——那是大约一个月前，他驾车在沿湖公路上疾驰时，车子的前轮外侧撞上了它，他以为那小东西会被立刻碾平，不料，尽管壳里的生物体已经被压成了肉泥，它坚硬的铅壳却依旧刚性十足，还把他的车重重颠进了路沟。他专程回去捡起甲壳，回实验室称重后发现，其含铅量竟然超过了600克。

有相当数量的动植物正在积累重金属，形成辐射防护罩。就在海滨别墅后的山丘之中，几位旧时的淘金者正在翻新已经弃置了80多年的淘金设备。他们注意到了仙人掌闪耀的金色光泽，便做了些

1. 地处西太平洋，位于马绍尔群岛西北端，1920年起成为日本委任统治地，第二次世界大战后为美国托管地，建有海军基地。1946年美国迁走岛上居民，1947年起美国作为核武器试验场，进行多次氢弹爆炸试验。1958年停止核试验，居民于1976年9月迁回。

分析，结果发现，这些植物从无法开采的贫矿土壤中吸收了大量的金，并在体内累积到了可提取的浓度。橡树岭[1]终于也产出红利了！

那天早上，6 点 45 分刚过他就醒了——比前一天晚了十分钟（他打开了收音机，一边收听例常的晨间节目，一边从床上爬了起来）——勉强吃了一点儿早餐，之后花了一个小时挑出图书室里的一些书，装进箱子，贴上写有他兄弟地址的标签。

半个小时后，他抵达了惠特比的实验室。这是一座 100 英尺宽的网格圆顶建筑，就建在湖西岸惠特比的小屋旁，距离卡尔德伦的避暑别墅约一英里。小屋在惠特比自杀后就关闭了，而在鲍尔斯拿到实验室使用许可之前，许多用于试验的动植物已经死掉了。

当他拐进私家车道时，他看到女孩正站在有黄色肋拱的圆顶顶端，修长的身影在天幕上映出轮廓。她向他挥挥手，一步步走下玻璃顶面，灵巧地落在车道上他的车旁。

"您好，"她说着，给了他一个热情的微笑，"我是来参观你们的动物园的。卡尔德伦说如果他也来，你是不会让我进去的，所以我没让他过来。"

她想等鲍尔斯说点什么，结果他只顾着找钥匙，于是她又自告奋勇地提议道："不嫌弃的话，我可以帮你洗衬衫。"

鲍尔斯冲她笑笑，垂下眼怅惘地看着自己沾满了灰尘的袖子。"这主意不错，我想我看上去是有些邋遢了。"他打开门，挽起卡玛的手臂，"我不知道为什么卡尔德伦会这么跟你说，但其实只要他愿意，他随时都可以过来。"

"这里面装着什么？"两人走在摆满仪器的工作台中间，卡玛指

1. 美国田纳西州东部坎伯兰山区新兴城市。第二次世界大战中，美国政府在此修建了最早的铀分离工厂及有关科研、实验机构。

着他手里的木箱问道。

“我发现的我们的一位远亲，有趣的小家伙，我一会儿就把它介绍给你。”

滑动隔板门把这个圆形空间分成了四个部分，其中两间是储藏室，堆满了备用的水箱、仪器、成箱的动物食品和试验设备。他们穿过第三个隔间，这里几乎被一台大功率的X光投影仪占满了。这是一台通用电气生产的250兆安马克斯穹型机器，斜向安装在一张旋转工作台上，四周围砌着一圈混凝土防护块。

第四个隔间便是鲍尔斯动物园的所在地。生态缸沿着工作台和水槽密密匝匝挤成一团，上方的排气罩上钉着用彩色硬纸板绘制的巨大图表以及备忘录，缠成一团的橡胶管和电源线拖在地板上。当他们走过一排排水箱时，磨砂玻璃后面的暗影也跟着躁动起来，过道尽头，鲍尔斯办公桌旁的大笼子里，有什么东西忽地一阵疾跑。

他把盒子放在椅子上，从桌上拿起一包花生，走到笼子前。一只小黑猩猩灵巧地爬上了栏杆，它戴着一顶凹瘪的飞行员头盔，对着鲍尔斯欢快地叫着，然后跳下，窜到靠在笼子后部的一个微型控制面板前。它快速拨动着一系列按钮和开关，一串彩灯闪烁起来，像自动点唱机一样，奏出了一段时长两秒的音乐。

“好孩子，”鲍尔斯拍了拍小黑猩猩的后背，鼓励道，把花生塞到它的手里，“那东西对你来说已经太小儿科了，不是吗？”

黑猩猩将花生扔进喉咙里，如变戏法一般轻巧流畅，同时朝着鲍尔斯叽叽喳喳地说着什么，就像在唱歌一样。

卡玛笑着从鲍尔斯手里抓过一些花生。“它真讨人喜欢。我觉得它在跟你讲话。”

鲍尔斯点点头。“对，它确实是。实际上它的单词量已经达到

200个了，只是它的喉部结构限制了它的发声。”他打开书桌旁的冰箱，取出半包切片面包，拿出两片递给了黑猩猩。它从地上搬起一台烤面包机，放在了笼子中央一张摇摇晃晃的矮桌中间，接着把面包塞进了烤槽。鲍尔斯按下笼子旁边开关面板上的一个按钮，烤面包机随即发出轻微的噼啪声。

“它是我们这里所有动物中最聪明的一只，智力相当于一个5岁的幼童，但在很多方面的自理能力要更强些。”两片烤面包从槽口中弹出，黑猩猩利落地接住了它们，每抓住一片它都会不自觉敲敲自己的头盔，然后慢悠悠地走进一个摇摇欲坠的小窝，一只手臂搭到窗外，放松地往后一靠，把烤面包塞进了嘴里。

“那是它自己搭的小房子，”鲍尔斯关掉烤面包机，继续说道，“说真的，它干得不错。”他指了指小窝前门旁边的一只黄色塑料桶，里面插着一株蔫耷耷的天竺葵。“照料植物，打扫笼子，没完没了地讲俏皮话。是个乐呵的家伙。”

卡玛自顾自地笑起来，“但是为什么它要戴着飞行员头盔？”

鲍尔斯犹豫了一下。“噢，那个……呃，是为了保护它。有时候它头痛得厉害，在它之前的几只都……”他打住了话头，转过身去。“咱们还是去瞧瞧其他的吧。”

他沿着水箱往下走，示意卡玛跟上。“我们从头开始吧。”他掀开其中一个水箱的玻璃盖，卡玛往里瞅了瞅，水很浅，一只长着细长卷须、又小又圆的生物正依偎在贝壳和鹅卵石垒成的假山上。

“这是海葵。或者说它曾经是。简单的腔肠动物，有着开放式体腔。”他向下指了指底部周围那圈增厚的脊状组织，“它封闭了腔体，将腔肠转变成了低等的脊索。之后，卷须们有望把自己结成神经节，但目前它们已经对颜色很敏感了。看！”他借来卡玛前胸口袋里的紫罗兰色手帕，在水箱上展开。卷须开始屈伸，并慢慢交织起来，似乎是在集中注意力。

“奇怪的是卷须们对白光完全不敏感。通常情况下，卷须能感应到压力梯度[1]的变化，就像你耳朵里的鼓室隔一样。现在这些卷须差不多好像是能‘听到’原色了。这说明它正在重新适应这个充满强烈色彩对比的静态世界，作为一只非水生生物而存在。”

卡玛摇摇头，一脸迷惑。“可是，为什么会这样？”

“别急，我先给你讲一下背景情况。”他们沿着工作台走到一排鼓形的笼子前，那些笼子是由纱窗网做成的。位于第一个笼子上方的，是一张巨大的白色硬纸板，上面展示着一张放大了的显微照片——一条长长的塔状链条，顶部的图例写着：“果蝇，每分钟 15 伦琴[2]。”

鲍尔斯敲了敲笼子上那面小小的有机玻璃窗。“果蝇，拥有庞大的染色体，是一种常用的试验对象。”他弯下腰，指着笼顶悬挂的一只灰色 V 形蜂巢，几只果蝇从入口处涌出来，忙碌地飞来飞去。“它们通常独自生活，居无定所，取食腐物。可现在，它们形成了组织严密的社会式群体，还开始分泌某种稀薄的淋巴液，有点像蜂蜜，带甜味。”

“这是什么？”卡玛摸着硬纸板问道。

“变异中的关键基因图解。”他顺着链上一环引出的一簇箭头指出去。箭头上标着“淋巴腺”，然后又细分为“括约肌”“上皮组织”“模板”。

“有点像自动钢琴的打孔乐谱，”鲍尔斯评论道，“或者说是计算机的穿孔纸带。用 X 射线消除其中一段，使其丧失一项特征，就可

1. 指沿流体流动方向，单位路程长度上的压力变化，单位深度常用值为 100 m。
2. 衡量放射性物质产生照射量的单位。

以改变全局。”

卡玛透过隔壁笼子的小玻璃窗向里窥探着，脸上一副不悦的表情。鲍尔斯的视线越过她的肩头，发现她正注视着一只硕大的蜘蛛状昆虫，它足有手那么大，毛茸茸的黑色肢腿足有手指那么粗，集聚的复眼浑似巨型的红宝石。

“它看上去不怎么友好。”她说，“它在织的那个梯绳是什么？”正当她把手指放到唇边时，那蜘蛛醒了过来，缩回笼子里，吐出一束繁复交连的灰色丝线，一圈圈地挂在笼子顶部。

“一张网。”鲍尔斯告诉她，“只不过其中包含了神经组织。这种梯状结构形成了一簇外神经丛，相当于为大脑扩容。它可以根据环境要求，任意调节网的大小。非常明智的安排，可比我们人类要强多了。”

卡玛向后退了几步。“太可怕了，我可不想去它家做客。”

“噢，它并没有外表看起来那么可怕。那些盯着你看的大眼睛其实什么都看不见，更确切地说，它们的光学感知区域朝着光谱波段底部移动了，视网膜只能识别伽马射线。你的手表带有发光的指针，你把它放在玻璃窗上移动，它就会有反应了。它应该能在第四次世界大战中大显身手。”

他们悠哉地踱回鲍尔斯的办公桌旁，鲍尔斯把咖啡壶架在本生灯上，又向卡玛推过去一把椅子。他打开盒子，捉出那只带甲壳的青蛙，将它放在了一张吸墨纸上。

“认出它来了吗？你儿时的老朋友，一只普通的青蛙，现在它给自己装备了一座相当坚固的小型防空洞。”他抓起这只动物，放进了水槽里，之后打开水龙头，让水轻轻地流过它的甲壳。他在衬衫上揩干手，重新回到桌子旁。

卡玛捋了捋落在额前的长发，好奇地望着他。

“好了，这里的秘密是什么？”

鲍尔斯点了一支烟。“没有什么秘密。多年来，畸形学家一直在培育变异生物。你听说过‘沉默基因对’吗？”

她摇摇头。

鲍尔斯闷闷不乐地盯着那支烟看了一会儿，享受着每天第一支烟向来会给他带来的快感。“所谓的‘沉默基因对’，是现代遗传学最古老的问题之一，这对失活基因的作用显然是一个令人困惑的谜。在现存的每一种生物体中，都有占少量百分比的个体拥有这种失活基因对，而它们对于生物体的结构、进化似乎并没有起到什么作用。长久以来，生物学家一直尝试激活它们，可激活的难点一部分在于如何从已知携带沉默基因对的父母产生的受精卵中识别出该基因对，另一部分则在于如何集中足够窄的 X 射线，使其不至于损害其余的染色体。然而，惠特比博士却基于他对埃尼威托克岛上辐射损害的观察，经过大约十年的研究，开发了一种全身辐照技术。”

鲍尔斯顿了顿。“他注意到测试之后，试验体呈现出的生物损害似乎大于直接辐射的应有值，也就是说，更多的能量被传输了。实际情况是，基因中的蛋白质晶格会积蓄能量，就像振动膜在共振时会积累能量一样——你记得那个类比吧，当士兵们在桥上齐步走时，桥会轰然坍塌，跟那个原理差不多——于是他突然想到，如果他能够率先识别出特定沉默基因中晶格的共振频率临界值，他就可以对整个生物体进行辐照处理了，而不是仅仅针对受精卵。通过缩窄辐射的频率域范围，便可有选择性地作用于沉默基因，而不致损害其余的染色体，毕竟，其余染色体的晶格只会在其他特定频率上产生共振。”

鲍尔斯夹着烟，指向实验室四周。

“在你周围你可以看到一些‘共振转换’技术的成果。”

卡玛点点头。“他们的沉默基因被激活了？”

“没错，都被激活了。接受试验的样本有好几千个，这里只是其中的一小部分，你也看到了，结果令人大开眼界。”

他伸出手，拉下一块遮阳帘。此时他们正坐在圆顶的边缘下方，逐渐增强的阳光让他有些烦躁。

在那片相对的阴暗之中，卡玛注意到在她身后工作台的尽头，一台频闪仪正在水箱里缓缓闪烁。她起身走了过去，细看起那里的一株高大的向日葵，它的茎秆变粗了，花托也大得夸张，四周砌了一圈由灰白色石头垒成的烟囱状小围墙，只有花盘露在外面。石块用水泥砌得平平整整，上面标着：“白垩纪白垩岩：6 000 万年。”

在它旁边的工作台上还有另外三个烟囱状的小围墙，分别标着：“泥盆纪砂岩：2.9 亿年。”“沥青：20 年。”“聚氯乙烯：6 个月。”

“你能看见萼片上那些湿润的白色小圆片了吗？”鲍尔斯指点着，“它们以某种方式调节着这株植物的新陈代谢。不夸张地说，它们能看到时间。周围的环境越是古老，它的新陈代谢就越是缓慢。围上沥青，它能在一周内完成一年的代谢循环，用聚氯乙烯的话，只要几个小时就够了。”

“看到时间。”卡玛惊奇地重复着，抬头望向鲍尔斯，若有所思地咬着下唇。“太神奇了。这些是未来生物吗，医生？”

“我也不知道。”鲍尔斯承认道，“假如它们真的是，它们的世界必定是一个可怕的、超现实主义的世界。”

三

他回到办公桌前，从抽屉里取出两只杯子，倒出咖啡，同时熄灭了本生灯。“一些人推测，拥有沉默基因对的生物体，是不断攀登进化高峰的生物群中的先驱，沉默基因就像是某种密码，是我们这些低等生物体为高度发达的后裔所携带的神圣信息。这种说法可能是真的，只不过，我们或许过早地破解了这种密码。”

“为什么这么说？”

“唔，正如惠特比的死所预示的那样，这间实验室里进行的所有试验都指向了一个令人相当不快的结论。经过辐照处理的生物体无一例外地进入了完全无序的最终生长阶段，并催生出了许多作用不明的特异感觉器官，结果是灾难性的——海葵会爆炸、果蝇会同类互食，诸如此类。这些动植物中暗含的未来到底是必然发生，抑或仅仅存在于推断，我不清楚。不过有时我会想，这些新长出来的感觉器官其实反映了它们的真实意图。你今天看到的样本都处于它们二次生长周期的早期阶段，这个阶段之后，它们的模样会变得日渐怪异。”

卡玛点点头。“没有动物管理员，动物园就会乱了套。”她点评着，“那人类呢？”

鲍尔斯耸了耸肩。“大约10万人中有一人携带沉默基因对——比例处于平均水平。你可能有，我也可能有。到目前为止还没有人自愿接受全身辐射，一方面是因为这种行为无异于自杀，另一方面，如果这里已进行过的实验具有任何指导性，那么人类被激活沉默基因对后，只会经历残酷与暴力。”

他抿了一口淡咖啡，感觉疲惫，同时还有些许的无聊。概括实验室的工作让他精疲力竭。

女孩向前探身。“你的脸色苍白得吓人，”她关切地说，“睡不好？”

鲍尔斯勉强挤出一个笑。“睡得好极了。”他承认道，“睡眠对于我来说已经不再是问题了。”

“我希望卡尔德伦也能这样。他的睡眠可跟‘睡够了’不沾边，我整晚都能听到他来回踱步。”她又补充道，“不过，我还是觉得这样比昏睡症晚期患者要好得多。告诉我，医生，这种辐射技术值不值得用在诊所里的那些昏睡的人身上？说不定能让他们在死之前醒过来，他们中的一些人肯定带有沉默基因。”

“他们全都有。”鲍尔斯告诉她，“事实上，这两种现象是紧密相关的。”他没再说下去，疲惫令他的大脑变得迟钝，他考虑着是否应该叫女孩离开。他俯在桌上，把手伸到桌子后面，拿起一台录音机。

他打开开关，把磁带倒到最前面，然后调了调喇叭音量。

“之前我和惠特比经常讨论这个问题，到最后，我把这些讨论都录了下来。惠特比是一位了不起的生物学家，所以，让我们一起来听听他是怎么说的吧。这绝对是问题的核心所在。”

他开始播放磁带，同时补充了一句：“我自己已经听过上千遍了，恐怕音质会比较差。”

一个苍老的男性嗓音响起，尖锐而略显急躁，衬着音质失真带来的低沉嗡嗡声，但这并不影响卡玛听清字句。

惠特比：……看在老天的分上，罗伯特，看看世界粮农组织的这些统计数据吧。在过去的15年里，尽管全世界小麦的种植面积每年都会增长五个百分点，可世界小麦产量还是在以每年两个百分点的比例持续下降。同样的情形令人作呕地重复着。谷物、块根农作物、乳制品产量、反刍动物繁殖率——全部在下降。把这些与大量的平行表征联系起来看，从迁徙路线变更，到冬眠周期延长，任选一个你关心的领域来看，你就会发现这个整体呈现出来的模式，这是毋庸置疑的。

鲍尔斯：但欧洲和北美的人口数据并没有显示出下降的趋势。

惠特比：当然不会，就像我一直指出的那样，在这些区域，大规模的生育管控人为地提供了巨大的人口基数，生育率上小数点后的下降，得要一个世纪后才能体现出影响。你得看看远东国家，特别是那些婴儿死亡率保持在稳定水平的国家。打个比方，苏门答腊的人口在过去 20 年里下降了超过 15%。令人难以置信的下降！不知道你意识到了没有，仅仅就在二三十年前，新马尔萨斯主义[1]者还在侈谈“世界人口爆炸”？实际上确实是爆炸，只不过是一场内爆。另一个因素是——

这里磁带被剪辑过了，之后惠特比的声音再次传来，只是这一次显得不再那么牢骚满腹了。

……单纯出于兴趣，打听一下，你每晚睡多长时间？

鲍尔斯：不是特别清楚，我猜，大概 8 个小时吧。

惠特比：老一套的 8 小时。随便问上一个人，他们都会不假思索地回答“8 个小时”。而事实是，你跟大多数人一样会睡 10 个半小时。我已经给你记过好多次时了。我自己要睡 11 个小时。可 30 年前，人们确实只睡 8 小时；再往前推一个世纪，人们只睡六七个小时。在瓦萨里[2]的《艺苑名人传》里我们能看到米开朗基罗每天只睡

1. 是以马尔萨斯人口学说为理论基础，但主张实行避孕以节制生育来限制人口增长的人口理论。
2. 16 世纪意大利著名画家和建筑师。

四五个小时，在80岁高龄时还整日作画，入夜之后则是把蜡烛绑在额头上，在他的解剖台前彻夜工作。时至今日，他被认为是绝世奇才，但那种事在当时却算不上什么。从柏拉图到莎士比亚，从亚里士多德到阿奎那，你想想这些古人们是如何在其有限的一生中做到著作等身的？原因很简单，就是他们每天都比我们多出了六七个小时。当然，我们还遭受着第二项不利因素对我们工作造成的影响，降低的基础代谢率——又一个没人能给出解释的因素。

鲍尔斯：我想你可以这么去理解，延长的睡眠期是一种补偿机制，是20世纪末期人们为了逃避可怕的城市生活压力而产生的一种集体神经质变异。

惠特比：你可以持有这种观点，但是你错了。这只是个简单的生物化学问题。所有生物体中，分解蛋白质链的核糖核酸模板正在耗尽，刻有原生质特征的模具也变钝了。毕竟迄今为止它们已经被传承了超过10亿年，是时候进行重组了。正如个体有机体的寿命是有限的，一个酵母菌群或某个物种也如此，同理，整个生物王国的存续时间亦是固定的。人们总是设想进化之路是恒远向上的，但事实是它已经抵达了顶点，再往后便是下坡路，直通生物共同的坟墓。这是一种令人绝望的对未来的设想，目前看来难以接受，但却是唯一的可能。从现在起，经过5 000个世纪的演变，我们的后代并不会成为有着多重大脑的星空之民，很可能只会是赤身裸体、下颌突出的白痴，前额上生着毛发，嘀咕着从这座诊所的废墟路过，就像陷入了可怕的时间倒置的新石器时代人类一样。相信我，我很同情他们，就像我同情我自己一样。我已经全面衰竭了，无论是在道义上还是生理上，我都全然没有了任何存在的权利，这一切都暗藏在我体内的每一个细胞里。

磁带播完，带轴空转了一会儿，终于停了。鲍尔斯关掉录音机，搓了搓自己的脸。卡玛静静地坐着，一边望着他，一边听黑猩猩玩益智骰子的声音。

“在惠特比看来，”鲍尔斯说，“沉默基因代表着生物王国在沉没前最后的绝望一搏。整个王国的生命周期取决于太阳发射的辐射量，一旦它达到某个特定值，超过了必亡的界限，灭绝便不可避免了。为了应对这种困境，生物体设立了内部警报，通过改变自身形态来适应更为炎热的辐射气候。皮肤柔软的生物体进化出了甲壳，其中还含有作为辐射屏障的重金属；新的感知器官也应运而生。尽管根据惠特比的说法，从长远来看这些努力都只是白费力气——但有时候我很怀疑这种论调。”

他对卡玛笑了笑，耸耸肩。“好了，我们聊点别的吧。你跟卡尔德伦认识多久了？”

“大概 3 个星期，但是感觉像是有 1 万年了。”

“你觉得他现在怎么样？我和他最近没怎么联系了。”

卡玛粲然一笑。“我好像也不大见他。他老是让我昏昏欲睡。卡尔德伦拥有许多奇异的天赋，但他活得很自私。对他来说，医生您的存在意义非凡。说真的，您是我真正的情敌。”

“我还以为他不想见到我呢。”

“噢，那只是一种表象。他确实是时刻记挂着您，这就是我们成天跟着你转来转去的原因。”她机灵地打量了鲍尔斯一眼，“我觉得他是对什么事感到愧疚。”

“愧疚？”鲍尔斯惊叹，“他吗？我觉得应该感到愧疚的人是我。”

“为什么？”她追问着。她犹豫了片刻，接着说，“你在他身上进行了某种实验性的外科手术，对吗？”

“是的。”鲍尔斯承认道，“手术整体是成功的，就像我参与的许多其他手术一样。如果卡尔德伦感到愧疚，我想是因为他觉得自己必须承担一部分责任。”

他低头看着女孩，她那双聪慧的眼睛正紧紧地盯着他。“出于某一两个理由，有件事你可能有必要知道。你说，卡尔德伦会整晚踱步，无法得到足够的睡眠。而事实是，他根本就不睡觉。”

女孩点点头。“你……”她打了个响指。

“……阻断了他的睡眠机制。”鲍尔斯替她说完了剩下的话。“从外科手术的角度来说，这是一次巨大的成功，完成它的人值得被授予诺贝尔奖。正常情况下，下丘脑负责调节睡眠时长，提高意识阈值，以放松大脑中的静脉毛细血管，使其排出积聚的毒素。然而，通过关闭一些控制回路，实验对象将无法接收睡眠信号，在他保持清醒的同时，毛细血管也能排出毒素。实验对象能感觉到的只是短暂的倦怠，而这种状况三四个小时后就会消失。从生理上讲，卡尔德伦的生命延长了 20 年。但出于某种不为人知的理由，人还需要‘心理睡眠’，每隔一段时间，卡尔德伦就会被内心的风暴所折磨。这整件事就是一个悲剧性的错误。”

卡玛若有所思地皱起了眉。“和我猜的差不多，您发表在神经外科期刊上的论文提到过患者 K。纯粹的卡夫卡风格，没想到现实也确实如此。”

“我可能会永远地离开这里了，卡玛，”鲍尔斯说，“确保卡尔德伦定期去复诊，有些深层的瘢痕组织需要被清理干净。”

“我尽力。有时候，我觉得自己不过是他另一份疯狂的终极文件而已。”

“那是什么？”

“你没听说吗，卡尔德伦收集的贤哲们的终极之作？弗洛伊德的全集、贝多芬的四重奏、纽伦堡审判记录的抄本、无意识小说等等。”她打住了话头，“你那画的是什么？”

“哪儿？”

她指了指办公桌上的吸墨纸，鲍尔斯低头一看，意识到自己在无意中画了一幅繁复的涂鸦——是惠特比带着四只辐臂的太阳。“没什么。”他说。然而不知道为什么，他感受到了一种奇怪的驱动力。

卡玛起身想要离开。“您一定要到我们那儿去看看，医生。卡尔德伦有很多东西想和您分享，他刚刚拿到一份旧拷贝文件，是 20 年前水星七号抵达月球后发回的最后信息，拿到之后他就再无心去想其他东西了。您还记得他们在死前录下的诡异信息吧，诗一样的句子，充满了关于白色花园的胡扯，现在我觉得他们的行为倒很像你豢养在动物园里的这些植物。”

她把手伸进口袋，掏出一件东西。“对了，卡尔德伦让我把这个给你。”

那是一张老旧的天文台图书馆索引卡，中间印着一排数字：

96 688 365 498 720

“按照这个速率，还要很久才能到零。”鲍尔斯冷淡地说，“等结束时，我也会有相当数量的试验品了。”

卡玛离开后，他把卡片扔进了垃圾桶，然后在办公桌边坐下，盯着吸墨纸上的图形看了足足一个小时。

在返回湖滨别墅的途中，他开上了湖滨路向左延伸出的一条岔路，岔路穿过狭窄的山鞍，通往偏远盐湖上一座废弃的空军靶场。靶场的近端是一些小型掩体和监控摄像塔，一两座铁皮棚子和一座屋顶低矮的停机库。白色的山峦环绕了整片区域，使这里与世隔绝，鲍尔斯喜欢沿着射击通道漫步，那是一段沿湖标出的长达两英里的小道，一直通向尽头的混凝土标靶。抽象的布局让他觉得自己就像只身处于骨白色棋盘上的蚂蚁，一端的长方形标靶，和另一端的监控塔、掩体则宛如对弈的棋子。

与卡玛的会面，让鲍尔斯突然对自己过去几个月的虚度光阴感到不满。*再见了，埃尼威托克岛*。他曾这样写道，但事实上，有系统地遗忘一切与记住一切的机制是完全相同的，只不过它是一个逆序的过程，就像是把脑内图书馆里的所有书拿出来，将书头翻转朝下，再把它们放回正确的位置。

鲍尔斯爬上其中一座监控塔，靠在栏杆上，视线沿着射击通道望向标靶。炸开的炮弹与火箭弹把标示靶圈的环形混凝土打得千疮百孔，但那百米宽的巨大圆盘，及交替漆成蓝、红两色的圆圈依旧清晰可见。

他静静地盯着它们看了半小时，脑海里闪过了一些模糊的念头。之后，几乎是不假思索地，他蓦地离开栏杆爬下了梯子。停机库就在50码之外。他快步走过去，踏进一片阴凉，环视起周围锈蚀的电动推车和空荡荡的照明弹筒。尽头那堆木材和一捆捆电线的后面，堆放着一摞未开封的袋装水泥、一堆沙子，还有一台旧的搅拌机。

半小时后，他把别克车倒进了停机库，把装了沙子、水泥，还有从外面罐子里弄来的水泥搅拌机挂在了后保险杠上，之后又往汽车后备箱和后座装了十几袋水泥。最后，他挑了几根直的木料，从车窗塞进车里，发动车子穿过盐湖，向中心的靶子驶去。

在接下来的两个小时里，他在巨大的蓝色圆圈中央有条不紊地忙活着。手动搅拌水泥，把拌好的水泥运到用木料拼成的简易模子那里，倒进去抹平，绕着靶心的圆周筑起一道 6 英寸高的矮棱。他一刻不停，用一根轮胎撬杆搅拌水泥，再用从轮胎上撬下的轮毂盖把水泥舀出来。

完工后，他把设备和工具留在了原地，驱车离开。此时，他已经筑好了一段 30 英尺长的矮棱。

四

6 月 7 日

第一次意识到一天是如此的短暂。只要我能保持清醒超过 12 个小时，我对时间的感知就还是会以中午为界，将一天分为上午和下午。而现在，随着我的清醒时间减至 11 个小时多一点，它形成了一个连续的时间段，就像一段卷尺一样。我可以清楚地看到卷轴上还剩多少长度，却无法干涉它展开的速度。花了些时间慢慢收拾了图书室里的书，板条箱重得搬不动，只能装满之后直接放在原地。

细胞计数降至 400 000。

8 点 10 分醒，7 点 15 分入睡。（看样子我是把手表弄丢了，而我居然没有意识到，得去城里再买一块了。）

6 月 14 日

九个半小时。时光飞逝，就像高速路上的风景一样转瞬即逝。然而，假期的最后一周总是比第一周过得更快，按照现在的速度，我大概只剩四五周了。今天早上我试着想了一下自己的最后一周会是什么样子——最后的三周、两周、一周，结束——结果一种纯粹的恐惧突然袭上心头，这是我此前从未有过的感受。足足半个小时之后我才平定了心绪，得以进行静脉注射。

卡尔德伦依然纠缠着我，就像会发光的影子一样。他用粉笔在大门上写上了“96 688 365 498 702”。邮递员肯定会被这串数字弄糊涂吧。

9 点 05 分醒，6 点 36 分入睡。

6 月 19 日

8 小时 45 分。早上安德森打来电话，我听到他的声音差点儿把电话挂了，但还是设法装着样子做了所谓的收尾安排。他对我的坚忍克己表示了祝贺，甚至用上了“英勇”这个字眼。毫无感觉。绝望蚕食了一切——勇气、希望、自律，以及所有的优良品质。科学传统总是暗含着被动接受的意象，想对此保持客观态度真的太他妈难了。我努力想象着站在宗教裁判所上的伽利略，以及克服了下颌癌手术带来的无尽痛苦的弗洛伊德。

在市区遇到卡尔德伦，就水星七号聊了很久。他确信，他们是故意拒绝离开月球的，在那之前有人为他们准备了一场“欢迎会”，让他们看到了宇宙的真相。他们从来自猎户座的神秘使者口中得知，深空探索毫无意义，他们去得太晚了，宇宙的生命如今已然走到了尽头！按照卡的说法，一些空军将领们对于这无稽之谈颇为重视，但我怀疑这不过是他安慰我的一种含蓄手法罢了。

必须把电话线切断。有个承包商不停给我打电话，要我付 50 包水泥的钱，说是我 10 天前拉走的，他甚至亲自帮我把水泥装上了卡车。我确实开着惠特比的小货车进过城，但只买了些铅质屏蔽块。他以为我会拿那些水泥做什么？这可不是一个将死之人会想入手的东西。（寓意：不要太刻意去遗忘埃尼威托克岛。）

9 点 40 分醒，4 点 15 分入睡。

6 月 25 日

7 个半小时。卡尔德伦今天又来实验室附近打探消息了，还给我打了个电话，我一接，听到的却是他设置好的录音，絮絮叨叨念出一长串数字，活像一个神经失常的超级报时器。他的这些恶作剧令人厌烦。再这样下去，过不了多久我就得去找他并向他妥协了，而我讨厌这种可能性。但不管怎么说，我还是挺乐意看到火星小姐的。

现在每天吃一餐饭就够了，再加上一针葡萄糖。睡眠依旧是“黑暗一片”，丝毫没有醒神的作用。昨晚我用 16 毫米胶片拍摄了前 3 个小时，今早带到实验室播放。这是一部真正的恐怖片，我看上去就像一具半死半活的尸体。

10 点 25 分醒，3 点 45 分入睡。

7 月 3 日

5 小时 45 分。今天做的事不多。人越发地打不起精神，我强行拽着自己去了实验室，有两次差点偏离了道路。强打精神给动物园里的动物喂了食，更新了日志。最后一次通读了惠特比留下的操作手册，将辐照频率调到了每分钟40伦琴，目标距离350厘米。一切准备就绪。

11点05分醒，3点15分入睡。

鲍尔斯伸个懒腰，缓缓地将头在枕头上挪了挪，专注地看起了天花板上百叶窗投下的影子。他垂眼望向自己的脚，发现卡尔德伦正坐在床尾，静静地看着他。

“你好，医生。”卡尔德伦边说边掐灭了烟，“熬夜了？你看上去很疲倦。”

鲍尔斯用一只手肘支起身体，瞟了一眼手表。刚过11点。他觉得昏头昏脑，又过了一会儿，他双腿一悠坐到床沿，手肘撑在膝盖上，搓着脸，想让自己清醒起来。

他注意到满屋子都是烟。“你来这里做什么？”他问卡尔德伦。

“我过来是想邀请你共进午餐。”他指了指床头的电话，“你的电话打不通，所以我就开车过来了。希望你不介意我爬窗而入，我按了大概半个小时的门铃，很意外你居然没有听到。”

鲍尔斯点点头，起身，试图捋平纯棉休闲裤上的皱褶。这一周多来他都是没换衣服就睡了，眼下他的裤子是湿的，还散发着臭味。

他正要朝卫生间的门走去，卡尔德伦指着支在床的另一侧的摄像机问道：“这是什么？准备进军色情片市场了吗，医生？”

鲍尔斯阴沉地审视了他一会儿，扫了眼三脚架，没有回答。他注意到自己放在床头柜的日记本正摊开着，暗想卡尔德伦是否看了他的最后几篇日记。他转回来，收起日记本，之后才走进卫生间，关上了身后的门。

他从镜柜里取出注射器和安瓿瓶，给自己打了一针，然后倚在门边等着药物发挥作用。

等鲍尔斯出来时，卡尔德伦已经到了客厅，正看着堆在地板中央那些板条箱上的标签。

“那么，好吧，”鲍尔斯告诉他，“我跟你去吃午饭。”他仔细端详着卡尔德伦，对方看上去比平常收敛不少，甚至透着一丝敬重的意味。

“很好。”卡尔德伦说，“顺便问一句，你是要离开了吗？”

“很重要吗？”鲍尔斯简短地反问道，“我以为你已经被安德森收治了。”

卡尔德伦耸耸肩。“随你便吧，12 点左右过来就行。”他建议道，之后直言不讳地加了一句，“这样你就有时间洗澡，换身衣服了。你衬衫上都沾了些什么？看上去像石灰。”

鲍尔斯低头看了看，伸手去抹那一道道的白色污渍。卡尔德伦走后，他脱掉衣服甩到一边，洗了个澡，并从打包好的行李里找出了一套干净西服。

在与卡玛交往之前，卡尔德伦一直独自住在湖滨北岸一座抽象派艺术风格的老旧避暑别墅里。这是一幢七层楼的荒唐建筑，最初是由一位身家百万的数学家建造的，混凝土带呈螺旋形向上延伸，像一条盘住自己身体的疯蛇，形成了墙壁、地板和天花板。卡尔德伦是唯一一个解开了它结构之谜的人——这是一个 $\sqrt{-1}$ 的几何模型——于是他才能以相对低廉的价格从房产经纪人手中租下这座别墅。鲍尔斯经常会在傍晚的时候从实验室看到他，不知疲倦地拾级而上，左弯右绕地穿过那片由斜道与露台组成的迷宫，去到屋顶上。在那里，他瘦骨嶙峋的身形衬在天空里，好似一座绞刑架，孤独的双眼筛选着第二天要重点捕捉的无线电通道。

鲍尔斯驱车赶到时正是正午，他一眼就注意到卡尔德伦正站在距离地面150英尺的窗台上，一边努力保持平衡，一边颇具戏剧意味地仰望着天空。

“卡尔德伦！”他猛地大喊一声，任声音划破沉寂。他真期待卡尔德伦会因此受到惊吓，进而脚下一滑。

卡尔德伦回过神来，低头瞟了一眼院子。他斜身笑了笑，伸出右臂缓缓地挥出一个半圆。

“快上来！”他喊道，然而转头继续望向天空。

鲍尔斯靠在车身上没动。上一次，大约就在几个月前，他曾接受过同样的邀请，可踏进大门不到3分钟，他就在二楼的死胡同里无可奈何地迷了路。卡尔德伦花了半个小时才找到他。

鲍尔斯等待着。卡尔德伦穿过天井和楼梯，从他高高的栖身处晃悠下来，之后和他一起乘上了通往顶层的电梯。

他们端着鸡尾酒，走进一间宽敞、带玻璃顶的工作室，巨大的白色混凝土带伸展着，将他们环绕其中，仿佛是从巨型牙膏管里挤出的牙膏。错层地面平行延伸而出，抽象风格的灰色家具被置于其上，或干脆斜跨着；巨幅照片挂于倾斜的幕布之上；矮桌上摆出的展品则被精心地贴上了标签。但最引人注目的还是后墙上三个高达20英尺的黑色字母，它们拼成了一个硕大的单词：

YOU（你）

卡尔德伦指着它。“你可能会称其为‘阈上疗法’。”他面带狡黠地示意鲍尔斯，将杯中的酒一饮而尽。“这是我的实验室，医生，”他的语调里满是骄傲，“相信我，比你的实验室要有意义得多。”

鲍尔斯苦笑着，查看了第一件展品。那是一卷古旧的脑电图纸带，横贯其上的是一系列褪了色的波浪形墨迹，上面标着："爱因斯坦，阿尔法脑波，1922 年。"

他跟着卡尔德伦四处转悠，不时呷啜杯里的酒，享受着安非他命为他带来的短暂的清醒。再过不到两个小时药效就会消退殆尽，那时，他的脑子又将变得像叠吸墨纸一样空白一片。

卡尔德伦喋喋不休地解说着所谓终极文件的意义。"它们是绝版印件，鲍尔斯，最终的陈述，碎片化世界的整合产物。等我收集到足够多的时候，我将用它们为自己打造一个全新的世界。"他从其中一张桌子上拿起一册厚厚的平装本，飞快地翻着。"纽伦堡 12 人[1]的联想测试，得把这个加进去……"

鲍尔斯心不在焉地闲逛着，根本没去听他在说什么。另一侧的墙角里，摆放的似乎是 3 台自动收报机，长长的纸带从纸槽口垂下来。鲍尔斯很想知道，卡尔德伦有没有因为被误导而玩起了股票，股市在过去 20 年里一直持续走低。

"鲍尔斯，"他听见卡尔德伦叫他，"我刚在给你讲水星七号的事。"他指着钉在屏板上的一叠打印稿，"录音监视器记录了他们传回的最后一次无线电信号，这些是转录文字。"

鲍尔斯草草地翻阅着那叠纸，随便挑了一句看了看。

"……蓝色……人……循环……猎户座……测距仪……"

鲍尔斯不置可否地点点头。"有意思。那边的纸带是做什么用的？"

卡尔德伦咧嘴一笑。"我等你问这个问题已经等了几个月了。过来看一眼。"

鲍尔斯走过去，拿起其中一条纸带。机器上标记着："御夫座

---

1. 纽伦堡审判判处 12 名战犯绞刑。在审判过程中法庭指派的两位心理学家对战犯使用墨迹图进行了联想型心理测试。

225-G[1]。间隔：69 小时。”

纸带上写着：

96 688 365 498 695

96 688 365 498 694

96 688 365 498 693

96 688 365 498 692

鲍尔斯放下纸带。“看上去挺常见的。这个数列代表什么？”

卡尔德伦耸耸肩。“没人知道。”

“你这话是什么意思？它必然代表了某种东西。”

“对，没错。一个递减的等差数列。如果你愿意的话，可以称之为倒计时。”

鲍尔斯又拿起右边的纸带，标签上写着：“白羊座 44R951[2]。间隔：49 天。”

数列是：

876 567 988 347 779 877 654 434

876 567 988 347 779 877 654 433

876 567 988 347 779 877 654 434

鲍尔斯四下望了望。“信号隔多久收到一次？”

“就几秒钟。当然，它们被进行了极大的横向压缩。天文台的一

1. 杰克·万斯在《见见宇宙小姐》中虚构的外星人居住的星球之一。他笔下那里的外星人形如蜥蜴，呈亮蓝色。

2. 同上。这里的外星人“像是一大团风滚草，里面缠着成百的水母”。

台电脑对它们进行了破解。它们最早是由卓瑞尔河岸天文台[1]接收到的，在大约 20 年前。现在已经没人再有兴趣听了。”

鲍尔斯转向最后那卷纸带。

6554

6553

6552

6551

“数列已经接近尾声了。”他说道，瞟了一眼罩子上的标签，上面写着：“猎犬座，未知无线电信号源。间隔：97 周。”

他把纸带递给卡尔德伦。“很快就要结束了。”

卡尔德伦摇摇头。他从桌上拿起一本厚重的姓名地址簿大小的书卷，捧在手里。他的脸色突然变得阴沉起来，仿佛在为什么事忧心。“我表示怀疑。”他说，“这只是最后四位数而已，整个数字超过了 5 000 万位。”

他把书递给了鲍尔斯，鲍尔斯翻开扉页。“系列信号主序列，由英国曼彻斯特大学卓瑞尔河岸射电天文台接收，1972 年 5 月 21 日 12 时 59 分。来源：猎犬座，新总表 9743[2]。”他用拇指拨弄着那厚厚一叠印得密密麻麻的书页，正如卡尔德伦所说的，数以百万计的数字占满了上千页纸张。

鲍尔斯摇摇头，重新拿起纸带，盯着它陷入了沉思。

“电脑只破解了最后四位，”卡尔德伦解释道，“整个数列是通过一

1. 卓瑞尔河岸天文台隶属于英国曼彻斯特大学，位于曼彻斯特大学以南 20 余公里柴郡的乡村中。
2. 作者虚构的星系。“新总表”即“星云和星团新总表”，是重要的深空天体目录，但其中天体编号只到 7 000 多。

个个 15 秒的等长信号包发来的，IBM 花了两年多才破解出其中一个。”

“真厉害。”鲍尔斯评论道，“不过，它到底是什么？”

“如你所见，是个倒计时。新总表 9743，就在猎犬座的某个地方，那里巨大的螺旋结构正在崩溃，他们在道别。鬼知道他们是怎么看待我们的，但他们还是把我们列为了告知对象，通过氢谱线，让宇宙里的每一个人听到这场倒计时。”他顿了顿，“有些人对此做出了不同的解释，但有一项证据排除了其他一切的可能性。”

“是什么？”

卡尔德伦指着从猎犬座发来的最后一卷纸带。“很简单，根据估算，当这个数列减至零的时候，宇宙将迎来终结。”

鲍尔斯若有所思地用手指摆弄着纸带。“他们还真是贴心啊，告诉了我们真实的时间。”他说道。

“我同意，的确是这样。”卡尔德伦轻声说，“依照平方反比定律，信号源的发射功率比信号要强 10 的 100 次方倍，正在以 300 万兆瓦的功率向外播送信号。差不多可以覆盖整个本星系群[1]。‘贴心’这个词恰如其分。”

他突然抓起鲍尔斯的手臂，紧紧攥住，凝视着鲍尔斯的眼睛。因为激动，他的喉咙有些哽咽。

“你并不孤单，鲍尔斯，别再自怨自艾了。这些都是时间的声音，在与你我道别。把自己置身于一个更为广阔的背景下想想吧，你身体里的每一颗粒子、每一粒沙、每一个星系都带着同样的印记。就像你刚才说的，你现在知晓了时间的真谛，其余的事还有什么重要的？没必要再去关注时钟了。”

鲍尔斯拉起他的手，用力握紧。“谢谢你，卡尔德伦。很高兴你

1. 指银河系和相邻的仙女星系、麦哲伦星云等 50 个星系组成的一个规模集团，是包括银河系在内的一群星系。本星系群中的全部星系覆盖区域直径约为 1 000 万光年。

能够理解。”他走到窗边，俯视洁白的湖面。他与卡尔德伦之间的紧张关系已经得到了缓解。他觉得自己履行了对卡尔德伦的所有义务。现在他只想尽快离开，忘记他，一如他忘记其他无数接受过他开颅手术的患者的脸。

他回到收报机前，扯出纸槽里的纸带塞进兜里。“我要拿上这个，好给自己提个醒。替我向卡玛说声再见，好吗？”

他朝门口走去，出门前，他回头看到卡尔德伦站在远端墙壁那三个巨大字母的阴影下，无精打采地盯着自己的脚。

鲍尔斯开车离开时，他注意到卡尔德伦又登上了屋顶。从后视镜里，他看到卡尔德伦缓缓挥着手，直到车子转了个弯，一切都消失了。

五

外圈已经基本完工了，只缺一段约 10 英尺长的窄弧，距离地面 6 英寸的低矮围墙沿着靶圈的外缘不断延伸，即将把这巨大的画谜合围其中。三个同心圆，最大的直径 100 码，彼此间间隔 10 英尺，形成了外部轮廓，它们被从圆心辐射展开的巨大十字分成了四个部分。圆心处建着一个高出地面一英尺的圆形小平台。

鲍尔斯飞快地忙活着，将沙子与水泥倒入搅拌机，加上水，直到大致搅成糊状，然后把混凝土端到木制的模子旁，灌进模子狭窄的凹槽，用力夯实。

不到十分钟，他就完成了最后的工作，不等混凝土凝固他已经迅速拆除了模子，把木料扔进后座。他在裤子上揩了揩手，走到搅拌机前，将它推到了 50 码外由四周群山投射的绵长阴影中。

他没有停下来审视自己耐心制作了那么多个下午的巨型谜图，

径直跳上了车。车后扬起一尾骨白色的尘土，劈开片片靛蓝的阴影。

他在 3 点时抵达实验室，车刚停稳就迫不及待地从车上跳下来。进门，开灯，然后快步在房间里转了一圈，拉下遮光帘，将它们在地板的槽中卡紧。圆顶建筑成了一顶钢架帐篷。

在他身后的水箱里，动植物悄然躁动，回应着突然袭来的冰冷荧光。只有黑猩猩没理会他。它坐在笼子的地板上，神经质地把益智骰子往塑料桶里塞，塞不进去时，它会暴跳如雷大发脾气。

鲍尔斯走过去，发现凹瘪头盔上的玻璃纤维增强面板碎掉了，黑猩猩把自己打得头破血流，鲜血顺着它的额头和脸往下淌。鲍尔斯捡起从栅栏里扔出来的天竺葵残骸，用它吸引住黑猩猩的注意，然后抛去一颗从办公桌抽屉的药盒里取出的黑色药丸。黑猩猩轻轻一挥手腕接住药丸，配上两颗骰子玩起了杂耍，同时潜心研究着怎么把骰子塞进桶里，几秒钟后，它从空中抓住药丸，一口吞下。

鲍尔斯等不及地脱掉夹克，走向 X 光室。他拉开高高的滑动门，露出 X 光机细长、光亮如镜的金属突起部分，然后开始贴着后墙垒叠铅质屏蔽块。

几分钟后，电机嗡嗡响着运转起来。

海葵动了动。辐射在它四周升起一片温暖的潜意识海洋，它沐浴其间，被无数的远海记忆推着，开始盲目摸索，试图跨过水箱爬向那昏暗的人造太阳。它的卷须弯曲着，末梢上，成千上万处于休眠状态的神经细胞利用其细胞核释放的能量，重组、繁殖。链条形成，晶格向上层叠组成多面透镜，缓缓向着声音频谱的轮廓对焦，那声音有如泛着磷光的海浪，绕着漆黑的圆顶小屋四周舞动。

一幅影像逐渐形成，呈现出一座雄伟的黑色喷泉，将无穷无尽的光亮洒向那圈工作台和水箱。在它的旁边，有一个影子在晃动，调节着流经喷口的光线。当它跨过地板时，它的脚边会迸发出鲜艳的色彩，当它的手沿工作台抚过，指尖则会唤起令人炫目的明暗对比——蓝色与紫罗兰色的光球在黑暗中瞬间炸开，如同一个个小型照明弹。

光子发出轻柔持续的杂音。海葵望着周围闪着微光的音屏，继续稳定地伸展着。它的神经节相互联结，留意着脊索顶部纤弱的横隔膜接收到的新刺激源。实验室寂静的轮廓开始发出轻柔的回声，柔和的声浪从弧光灯散落，在下方的工作台和家具间回荡。它们生硬的形状，与连绵的尖锐泛音共鸣着，蚀刻于声音中。塑料椅是一团断断续续的嘈杂音，方正的桌子则是连续的双音。

海葵察觉到了这些声音，但它立刻弃之不顾，转向了天花板——它像一面盾牌，反射着荧光灯管不断涌出的声音。太阳在唱歌，它的声音清晰而有力，顺着狭窄的天窗流淌而下，与无数的泛音相互交织……

再过几分钟就要天亮了，鲍尔斯离开实验室，上了车。在他身后，宏伟的圆顶建筑沉默地矗立于黑暗之中，银白的月光拂下，山峦的薄影落向了它的外墙。鲍尔斯没踩油，任凭车子沿着长长的弧形车道滑向下方的湖滨路。听到轮胎轧过蓝色砾石的声音，他松开离合器，开始加速。

车子一路向前，石灰岩山丘半掩在他左侧的黑暗里。他逐渐意识到，就算他不再去看那些山峦，通过某种间接的方法，他的深层意识依然知道它们的形状和轮廓。这种感觉难以定义，却又确凿无疑，那是一种奇怪的、近乎视觉印象的东西，从山峦散发出来，其中最强烈的部分来自将悬崖劈开的深邃的裂缝与堑谷。有好几分钟，鲍尔斯只是任其发生，而不去辨明什么，他的脑海中掠过了十几幅奇异的影像。

湖滨路绕过几座建在湖岸上的小木屋，将车子引向山峦的背风处。山崖直刺向漆黑的夜空，灰白的石灰岩峭壁泛着冷光，鲍尔斯突然感受到了它巨大的重量。他意识到他对它的印象正在牢牢地印刻入自己的脑海。他不仅能看到山崖，还很清楚它的古老，他能清晰地感受到自它从地壳岩浆中初次拔地而起后的那数百数千万年时光。距他头顶 300 英尺的错落山峰，无论是黑暗的沟壑与裂缝，还是山崖脚下路边光滑的大圆石，全都携着各自的独特影像向他袭来，1 000 个声音一齐向他讲述着山崖此生中那些逝去的光阴。这些心灵的影像，和他用眼睛捕捉的视觉影像一样清楚明晰。

鲍尔斯不由自主地放慢了车速，将目光从山壁上移开，他感觉到第二波对光阴的讲述与第一道交扫而过。这次的影像视野更宽广了，但视角变短了，它从盐湖广阔的圆形湖面发散而出，漫过古老的石灰石山崖，如同浅浪拍向高耸的海岬。

鲍尔斯闭上眼睛，倚着靠背，驾车沿着两道时间锋面间的夹缝前行，感受着脑海中的影像不断深化，变得强烈。山川浩瀚的年岁，湖泊和白色山丘上回荡着的杳不可闻的连绵合唱，裹挟着他回溯时光，穿越无尽的时间之廊，回到混沌初开的世界。

他将车子开下湖滨路，转向通往靶场的小道。涵洞两侧，崖面有如互斥的巨型磁铁，轰隆作响，玄妙莫测的、恢宏的时间场在其间不断回荡。当他终于穿越山间，来到平坦的盐湖上时，鲍尔斯感到自己仿佛能够分辨每一颗沙粒与盐晶的独一无二之处，它们正在周围环绕的群山中召唤着他。

他把车停在曼荼罗旁，缓缓走向那呈弧形伸向阴影的混凝土外缘。他能听见头顶群星的声音，那数以百万计的来自宇宙的声音，充斥了天际，从一侧的地平线横亘环宇直至另一侧，交织成了真正的时间之篷。它们就像相互推挤的无线电信标，漫长的路径以无数个角度相互交错，透过狭窄的空间缝隙投向天空。他看到了天狼星——一道暗红的圆盘——听着它数不清有几百万岁的古老的声音；比它更为震撼的是仙女座浩瀚的涡状星云，消逝的天体聚成一个巨大的旋转木马，它们的声音几乎与宇宙本身一样古老。对于鲍尔斯来说，天空仿佛是无尽延伸的巴别塔，千百星系的时间颂歌在他的脑海中相互重叠着。他慢慢走向曼荼罗的中央，伸长了脖子望向银河群星璀璨的横断面，追寻星云与星丛间的喧嚣和混乱。

他走进曼荼罗的内圈，在距离中心平台几码的地方，他意识到喧闹正在消退，一个压倒其他声音的强音出现了。他爬上平台，举目望向漆黑的天际，他的视线扫过星丛，看向更远处的落单星系，听着那微弱而古老的声音穿越千年来到他耳边。他摸了摸口袋里的纸带，转头去找远方冠冕状的猎犬座，听它洪亮的声音在脑海中越来越响。

浩渺的时间历程稳稳地向他流泻而来，像一条无边无际的河流，如此宽广，以致河岸远在地平线之下；它向外延伸，充斥天空与宇宙，将其间的一切都包裹其中。没有人能知晓这条宏伟的水流前进的方向，它只是缓缓流淌着，而鲍尔斯知道，它的源头正是宇宙的本源。当它流经他身边时，他感到了一股强大的吸引力，让他不由沉溺其中，乘于它壮阔的波涛。它静静地携着他前行，他缓缓转身，面向潮头的方向。在他周围，群山和湖泊的轮廓渐渐淡去，眼前抹不去的只有曼荼罗的图案，像宇宙的时钟，照亮了河流广阔的水面。

他定定地盯着它，感觉自己的身体正在一点点逐渐溶解。他的形体溶入了浩瀚绵延的水流之中，水流将他推向宽阔河道的中央，裹挟他不断向前，他感到绝望，却又异常安详，顺着愈发宽广的河道，漂向永恒之河的下游。

夜幕消散，向山坡的方向退去，卡尔德伦下了车，迟疑地走向外圈的混凝土外缘。50 码外的圆圈中央，卡玛正跪在鲍尔斯的尸体旁，小手紧贴着他毫无生气的脸。一阵风吹来，卷动沙子，吹起一条纸带飘向卡尔德伦的脚边。他弯下腰，将它捡起来，之后小心翼翼地卷好，放进口袋里。黎明时分，空气里带着寒意，他翻起夹克的领子，面无表情地望着卡玛。

“现在 6 点，”几分钟后，他对她说，“我去报警，你在这儿守着他。”他顿了顿，又加了一句：“别让他们毁了这个时钟。”

卡玛转身看着他。“你不回来了吗？”

“我不知道。”卡尔德伦冲她点点头，以脚跟为轴转过身，向车子走去。

他开上了湖滨路，5 分钟后他将车子停在了惠特比实验室外的私家车道上。

圆顶笼罩在黑暗之中，所有的窗子都被关上了，X 光室里的电机仍在嗡嗡运转。卡尔德伦走进去，打开灯，在 X 光室里，他摸了摸电机的格栅，感受着尾部铍窗上圆杆的温度。圆形的工作台正缓缓地旋转着，它被设置成了每分钟转一圈，一把钢制的椅子被草草拴在了台边。几英尺之外的地方，大部分被水箱和笼子占据着，它们被随意地堆叠在一起，码成了一个半圆。其中，一株巨大的鱿鱼状的植物几乎就快从它的生态缸里爬出来了，它那长长的、半透明卷须紧贴着水箱的边缘，身体已经爆裂开，变成了一摊凝胶状的球形黏液。另外一只笼子里，一只硕大的蜘蛛被困在了自己织的网里，无助地挂在由磷光蛛丝构成的巨型三维迷宫中央，痉挛抽搐。

所有实验用的动植物都死了。黑猩猩仰面倒在残损的笼子中，头盔盖住了它的双眼。卡尔德伦看了它一会儿，之后坐到办公桌前，拿起了电话。

拨号时，他注意到吸墨纸上放着一个胶卷卷轴。他盯着标签看了一会儿，然后把卷轴塞进了装着纸带的口袋。

和警察通完话，他关了灯，出门上车，慢慢驶离了车道。

当他抵达避暑别墅时，晨间的阳光正穿过带状的阳台与露台，他乘着电梯上了顶层，径直走进博物馆。他一个接一个地打开百叶窗，让阳光照在展品上，然后拉了一把椅子到窗边，坐下，仰头凝视恣意倾入房间的光线。

两三个小时之后，他听到卡玛在外面叫他。过了半个小时，她走了，但没一会儿，另一个声音出现了，大声呼喊着卡尔德伦。他从椅子上起身，关上了朝向前院的所有百叶窗，终于，再也没有人可以打扰他了。

卡尔德伦回到位子上，静静地倚着椅背，视线从一排排展品上扫过。他陷入了半睡半醒的状态，时不时挺起身，调整一下从百叶窗透进来的光量。他陷入了沉思，一如未来几个月里他都会做的那样，想着鲍尔斯和他奇怪的曼荼罗，想着前往月球上白色花园的七人，想着来自猎户座的蓝人，用诗一样的语言，向他们讲述银河孤岛里的金色恒星下那些美丽而古老的星球的故事。而如今，这一切都随着宇宙的消亡而永恒地不复存在了。

（非淆　译）

溺亡的巨人

J. G. 巴拉德

暴风雨过后的那个早晨，溺亡巨人的尸体被冲上了距离城市西北角五英里的海滩。这个消息最初是由附近的一个农民传出来的，随后，它得到了当地新闻记者和警方的证实。尽管如此，大多数人，包括我在内，依旧对此持有怀疑态度，但越来越多的目击者证明那庞然大物是确实存在的，我们的好奇心也终于被彻底挑了起来。我们是在刚过两点的时候动身前往海滩的，彼时，这座我和同事们从事研究工作的图书馆几乎已是空无一人。巨人的消息在城里不胫而走，整整一天，不断有人从他们的办公室或店铺离开，朝海滩奔去。

当我们到达海滩上方的沙丘时，那里已经聚集了一大群人，巨人的尸体就躺在200码之外的浅滩。起初我们认为他的体格被过分夸大了，但随着潮水退去，巨人的身躯几乎整个露出水面，看上去竟比姥鲨[1]还要再大一些。他仰面躺着，双臂依在身体两侧，一副正在休息的姿势，仿佛是在镜面一般光洁的湿沙地上睡着了。随着海

1. 又名象鲛，是仅次于鲸鲨的世界上第二大的滤食鲨。

水的不断退落，他苍白的皮肤不再反射波光。在明媚的阳光下，他的身体宛如海鸟的白色羽毛一般，熠熠发光。

我和我的朋友们对于眼前的景象感到茫然，却又不满足于人群平淡的讲解，我们踏下沙丘，走进了碎石滩。每个人看上去都不太愿意接近那巨人，但半小时后，还是有两名穿着涉水靴的渔夫走了出来，跨过沙滩走向另一边。当他们渺小的身影走近躺倒的尸体时，旁观者中猛然爆发出了一阵喧哗。相比于巨人，这两个渔夫成了不折不扣的小矮人，虽然他的脚后跟有一部分陷在了沙子里，那脚也至少有渔夫身体的两倍高。我们立即意识到，这只溺亡的庞然大物有着跟巨型抹香鲸差不多的体重和个头。

此时已有三艘渔船抵达了现场，升起龙骨[1]，停在离岸四分之一英里的地方。船员们站在船头观望着，他们的谨慎让那些原本想涉水穿越沙滩的旁观者打消了念头。人们急不可耐地从沙丘上下来，站在碎石滩的斜坡上，迫切等待着能凑近看上一眼。巨人身体边缘的沙子早已被海水冲走了，形成一个凹陷，仿佛巨人是从天上掉下来的。那两个渔夫站在一双巨大的脚板中间，朝我们招着手，那样子就像是置身尼罗河上某座水中神庙圆柱之间的游客。有那么一瞬间，我担心巨人只是睡着了，他可能会忽然一动，合上脚跟。可他呆滞的眼睛只是望向天空，对双脚之间那两个自己的超小号复制品毫无察觉。

之后，渔夫们开始沿着尸体绕圈，迈着悠哉的步子，走过巨人又长又白的小腿侧面。他的手向上摊开着，渔夫们停下来察看了手指，之后消失在上臂与胸脯之间，接着再次出现，审视起了巨人的头部。他们用手挡住眼前的阳光，抬头注视着巨人那古希腊式俊美

---

1. 活动龙骨船在浅水航行时需要升起龙骨，进入深水区则反之。

的侧脸轮廓。额头低浅，鼻梁笔挺，翘起的嘴唇让我想起了普拉克西特利斯雕像的罗马复制品，还有那精致如椭圆雕框的鼻孔，更是强化了他与雕塑的相似之处。

突然，人群中传来一声喊叫，上百只手臂指向了大海的方向。我吃惊地看到一名渔夫已经爬上了巨人的胸脯，一边踱步一边朝岸边做着手势。人群中发出阵阵惊叫和欢呼声，但它们很快就被碎石滩上石子滚塌的哗哗声吞没了——人们涌向前，争先恐后地跑过了沙滩。

巨人横卧着，躺在一片足球场大小的浅水滩里，当我们靠近尸体时，大家兴奋的喋喋不休再次戛然而止，被这死去的庞然大物的巨大身躯给压抑住了。他躺下的方向与海岸交错成了一个很小的角度，他的腿离沙滩更近了些，这种透视收缩效果掩藏了他的真实高度。除了站在他腹部的两名渔夫，其他人自发形成了一个大圈，三三两两的人群试探着向巨人的手和脚爬去。

我和我的同伴们朝巨人靠海的那一侧走去，他的臀部和胸腔就像一艘搁浅的大船的船体，高耸在我们的面前。珍珠色的皮肤浸在盐水里，肿胀不堪，掩盖了肌肉与肌腱的轮廓。他的膝盖微曲着，我们从他的左膝下面走过，湿漉漉的海藻紧紧地粘在了它的侧面。一条粗大的镂空钩针披肩松散地系在他的腹部，已经被海水漂成了淡黄色，只是这装束并没有让他显得更加得体。他的衣物在阳光的炙烤下，散发出一股浓烈的盐水味，其间还夹杂了巨人肌肤甜美而强烈的香气。

我们停在他的肩膀旁，抬头凝视着那张一动不动的侧脸。他的嘴唇微微张着，睁开的双眼浑浊不堪，仿佛是被注射了什么蓝色的乳状液体。而鼻孔与眉毛呈现出的精致弧线，赋予了这张脸某种华美的吸引力，与他胸部与肩部的粗犷有力极不相称。

他的耳朵悬在我们头顶上方的半空中，仿佛一道石雕的门道。当我伸手去摸那松垂的耳垂时，他的额头边缘蓦地闪出一个人，居高临下地朝我大声吼叫。我被这鬼叫吓了一跳，不自觉后退了一步，之后便看到一群年轻人已经爬到了他的脸上，在他的眼眶中推推搡搡，挤进挤出。

此时人们已经爬上了巨人身体的各个部位。巨人摊开的手臂正好充当了两座楼梯，他们从掌心出发，沿着小臂走到手肘，之后爬过隆起的肱二头肌，来到那被宽阔平坦的胸肌包覆着的、毫发未生的光滑的上胸部。从这里，他们或是爬上巨人的脸，沿着嘴唇和鼻子，两手并用地向上攀爬；或是冲下腹部，去跟那些在脚踝上跨坐过、这会儿正在那双巨型大腿上巡步的人会合。

我们穿过人群，继续围着巨人绕行，为了检查他伸开的右手，我们停了下来。他的掌心里积了一小摊水，像是来自另一个世界的残留，此时却正被攀上手臂的人们一点点踢走。我努力研读着镌于巨人肌肤上的掌纹，想寻找一些关于他性格的线索，但肿胀的组织几乎把纹路抹干净了，一并抹掉的，还有与巨人身份相关的所有痕迹，以及他最终的遭遇。他的手部肌肉强健，腕骨巨大，似乎在昭示它们的主人并非一个纤细敏捷之人，但手指灵活的屈伸度和精心修剪的指甲（每个指甲都修剪齐整，均为6英寸长）却有力地佐证了他精致的气质。这种气质同样体现在他希腊式的俊美脸庞上，只是眼前，这张脸上坐满了人，密密麻麻，就像一群苍蝇一样。

有个年轻人甚至站在了巨人的鼻尖上，双臂在身侧摇晃着，朝着下面的同伴大声喊叫。而巨人的面色，依旧镇静如常。

我们回到岸边，坐在了碎石滩上，望着从城中不断涌来的川流不息的人潮。近海处已经聚集了六七条渔船，船员们蹚过浅水滩，就为了凑近看看这个被暴风雨捕获的庞然大物。再然后，一群警察来到现场，半心半意地想在海滩上拉起一道警戒线。可等他们走近那个躺着的身影之后，这种想法立马从他们的脑海里消失得无影无踪了，他们一起走了回来，边走还边茫然地回头观望。

一小时后，沙滩上聚集了上千人，其中至少有200人是站在或者坐在巨人身上的。他们挤在巨人的手臂和腿上，或是在他的胸膛和腹部陷入不断的冲突混战。一大群年轻人占领了巨人的头部，他们争相把别人从巨人的脸颊上推下去，好顺着他光溜的下巴滑下；另有两三人跨坐在巨人的鼻子上，还有一个爬进了他的鼻孔，并在里面发出像疯狗一样的叫声。

下午，警察又回来了，为一批科研人员在人群中开出了一条路。这批科研人员来自一所大学，是解剖学及海洋生物学方面的权威人士。那帮年轻人及其他大多数人都从巨人身上爬了下来，只留下几个冥顽不灵的家伙，赖在脚趾和额头上不肯走。那些专家们绕着巨人大步走着，一边激烈地讨论，一边频频点头。警察为他们开道，抵御着不断向内挤压的围观者。当他们来到巨人伸展的手部时，一名高级警官提出要帮助专家们登上巨人的手掌，专家们急忙谢绝了。

等他们回到岸上，人群再一次爬上了巨人的身体，待我们五点离开时，他们已经完全占据了那里。巨人的手臂上、腿上全是人，就像一大群海鸥停在一条大鱼的尸体上，密密麻麻。

三天后，我再次探访了那片海滩。我的朋友们留在图书馆继续他们的工作，把观察巨人和向他们汇报的任务交给了我。他们或许是察觉出了我对这件事特别感兴趣，而事实也正是如此，我确实迫不及待地想要回到那片海滩。此事无关恋尸癖，于我而言，不管从任何方面来讲，这巨人都还活着，比许多注视着他的人还要鲜活。

他令我着迷，一部分原因是他巨大的身型，他的手臂和腿占据了极大的空间，让我确信了自己丁点儿大的四肢是如此不值一提，但重要的是，它证明了“他存在”这一简单的绝对事实。我们生活中的其他东西都有可能被质疑，但这个巨人，无论是死是活，他的存在却毋庸置疑。他让我们有机会一瞥一个同样绝对存在的世界，在那个世界里，我们这些海滩上的旁观者不过是一些不完美的、微不足道的复制品。

当我到达海滩时，我发现那儿的人已经少了许多，有大约两三百人坐在碎石滩上，一边野餐，一边看着一批批观光者从沙滩走过。接连不断的潮水把巨人推得离岸又近了一些，还将他的头和肩膀摆向了沙滩，这让他看起来有之前的两倍大。他巨大的身躯使搁浅在他脚边的渔船显得更加矮小了。沙滩并不平整，将他的脊柱推出了一个小小的弧度，胸廓舒张、头稍稍后仰，他被迫摆出了一副越发典型的英雄姿态。在海水和组织肿胀的双重影响下，他的脸看起来愈发光滑了，只是失去了年轻人的光彩。他巨大的五官让我们无法估计他的年龄和性格，但依照上次来时我看到的他的鼻子和嘴推测，他曾是个谨慎而谦虚的年轻人。可现在，他看着至少已经步入了中年。膨起的脸颊、变厚的鼻子和太阳穴，还有逐渐变窄的双眼，让他呈现出一副饱足的样子，然而此时，它们暗示着腐败即将愈演愈烈。

这种情况加速了巨人死后的性格变化，这就好像是他个性里潜藏的东西，用了一生的时间来充分积聚动力，然后在一次最终的、迅速的自我释放中喷薄而出。这种变化继续吸引着我。它标志着巨人开始臣服于时间这个过分苛刻的系统，而剩余的人类会发现自己其实也身处其中；我们有限的生命，如同破碎的漩涡中无数扭曲的涟漪，便是这个系统的最终产物。我在正对巨人头部的碎石滩上站定，从这里，我能看到新来的观光者，和爬满了巨人手臂和双腿的孩子。

在早上来参观的人当中，有几个穿皮夹克戴布帽的家伙，以专业人士的眼光挑剔地打量着巨人，他们步测了巨人的尺寸，还用桅杆的浮木在沙地上做了粗略的计算。我猜他们来自公共事务部门和别的什么市政机构，毫无疑问，他们在考虑如何处置这头巨怪。

还有几个衣着考究的人，可能是马戏团老板之类的人物也出现了，两手插在长款大衣的口袋里，围着巨人慢慢踱着步子，彼此一言不发。很明显，巨人太大了，即便对于他们无可匹敌的企业也是如此。他们走后，孩子们继续在巨人的手臂和腿上跑上跑下，年轻人在仰起的脸上相互扭打，他们脚上湿漉漉的沙子盖住了巨人白皙的皮肤。

第二天，我故意拖到下午稍晚一点儿的时候才去沙滩，我到的时候只有差不多五六十人坐在碎石滩上。巨人被海浪推得离岸更近了一些，现在的距离只有 75 码多一点，他的双脚压烂了一个腐朽的防波堤的栅栏。紧实的沙坡令他的身体朝着大海倾斜过去，淤青肿胀的脸仿佛是有意识地扭到了一边。我在一个大金属绞盘上坐下，它的一头拴着碎石滩上方的混凝土沉箱，我向下望着，望着那个斜卧的身影。

眼下，他苍白的肌肤已经失去了珍珠般的半透明状态，溅满了肮脏的泥沙，夜潮会将这些沙子冲走，但他很快又会溅上新的。他的指缝里塞满了海藻，臀部及膝盖下方的空隙里则搁着一堆垃圾和乌贼骨头。尽管如此，尽管他的五官还在不断变厚，但他仍然保持着那荷马式的雄伟身材。宽厚的肩膀，巨柱般的手臂和腿，都让巨人的身影显得超凡脱俗，在我心里，巨人已不再是传统肖像画中的凡人，他开始有了更为真切的形象，他成了溺亡的阿尔戈英雄[1]或《奥德赛》里描述的英雄之一。

我走下沙滩，跨过小水潭向巨人走去。两个小男孩坐在他的耳洞里，而遥远的另一边，一个孤独的年轻人高高地立于他的一只脚趾上，见我靠近，开始认真地打量起我。我有意晚来，就是不希望有人注意到我，至于岸上的人，他们依旧缩在他们的大衣之下。

巨人向上摊开的右手盖满了破碎的贝壳和沙子，上面的几十对脚印依稀可见。他圆溜溜的臀部高耸在我的上方，完全挡住了前方的海面。我之前就注意到的那种甜甜的涩味现在变得更加刺鼻了，透过他毫无光泽的皮肤，我能看到他凝结的血管像蛇一样盘绕着。这种无休止的质变，这种可怖的虽死犹生，让人厌恶，却是唯一能使我踏足这具尸体的东西。

我将他伸出的大拇指用作楼梯扶手，登上了他的掌心，开始向上攀爬。他的皮肤比我想象中的还要硬，甚至没有因为我的体重而产生凹陷。很快，我走上了他的前臂，之后是像气球般鼓起的肱二头肌。溺亡巨人的脸赫然耸现在我的右边，鼻孔宛如洞穴一般，巨大的脸颊从侧面看上去就像某座古怪火山的锥岩。

稳稳当当地绕过了肩膀，我踏上了巨人宽阔的胸脯，瘦骨嶙峋的肋骨横在胸腔上，像一根根巨大的椽子。无数脚印踩出的淤青越来越深，让原本白皙的肌肤变得斑斑点点。有人在他的胸骨中央搭了一座沙堡，它的一部分已经损毁了，我爬上这座建筑，以便更好地看清巨人的脸。

那两个孩子此时已经爬上耳朵，相互推搡着走进巨人的眼眶。如今已经彻底被某种乳白色的液体盖住的蓝色眼珠，视若无睹地盯

1. 指希腊传说中同伊阿宋一道，乘快船“阿尔戈”号去科尔基斯的阿瑞斯圣林取金羊毛的多位英雄。其中，赫拉克勒斯的养子美少年许拉斯被水仙子拖入水中溺死。

着那两个微小的身形。从下方斜向上看，这张脸一点也不优雅，一点儿也不宁静，那拉长的嘴角和由几根巨大的肌肉束支撑扬起的下巴，像极了巨大沉船开裂的船头。我第一次意识到，在巨人临终前，他肉体经历的痛苦已经达到了极点，比他眼下所经历的肌肉和组织的崩坏还要疼，只是现在他已经感觉不到了。这具荒废的躯体，被彻底孤立了，如同一艘废弃的船，被扔在了空旷的海岸上，远到甚至听不到海浪的声音，他的脸变成了一张写满疲惫与无助的面具。

我往前走时，一只脚陷进了一个软组织的凹槽里，一股恶臭从肋骨之间的缝隙传出来。污浊的气体立刻像一朵云似的飘在了我的头顶，我不得不退出来，转向海那边，清了清我的肺。我惊奇地发现，巨人的左手被截掉了。

我盯着断肢处发黑的创口，感到震惊和困惑，与此同时，那个孤独的年轻人正斜倚在 100 英尺以外的高处，用他那双杀气腾腾的眼睛打量着我。

这仅仅是一系列劫掠的开始。接下来的两天我是在图书馆度过的，出于某种原因，我不愿再去海滩，更不愿承认自己可能目睹了一场宏伟的幻象走向终结。当我再次越过沙丘，走下碎石滩时，巨人离岸只有 20 多码了。他离那些粗糙的鹅卵石太近了，曾经环绕着他那受海浪冲刷的遥远身躯的魔力，此时已是荡然无存。尽管身型巨大，但满是淤青和泥土的身体使他看上去仅仅是一个放大了尺寸的普通人类。巨大的身躯只会令他更易受到侵害。

他的右手和右脚已经被截去，拖上斜坡，装上马车运走了。在问过挤在防波堤旁的那一小群人后，我确信这是一家肥料公司和一家饲料生产厂干的。

巨人剩下的那只脚悬在空中，大脚趾上拴着一条钢缆，显然是在为第二天的活计做准备。周围的海滩上，几十个工人忙得热火朝天，深深的车辙在地面上标记出了手和脚被拖走的位置。一种深色的、令人恶心的液体从创口处流出来，把沙滩和白色的乌贼骨弄得污渍斑斑。当我顺着碎石滩往下走时，我注意到他灰色的皮肤被刻上了一些滑稽的口号、万字符和其他标记，仿佛这个一动不动的庞然大物在被肢解后，突然释放了体内那阵压抑的怨恨。他的一只耳垂被木矛刺穿了，胸口中央被人点了团火，这会儿已经熄灭了，周围的皮肤被烧得焦黑，而细木灰仍在随风飘散。

一股难闻的气味笼罩着巨人的尸体，这种腐败的特征难以掩盖，也终于驱散了那群通常聚集于此的年轻人。我回到碎石滩，爬上绞盘。这会儿，巨人肿胀的脸颊几乎要把他的眼睛挤闭上了，同时还向下拉着嘴角，使其形成一个巨大的裂口。原本挺直的希腊式鼻梁在无数人的踩踏下，变得扭曲、扁平，陷进了那张鼓胀的脸里。

当我第二天再去海滩时，我几乎感到如释重负。我发现巨人的头被砍掉了。

几个星期之后，我又一次造访了那片海滩。此时，我早先注意到的巨人与人类的相似之处又一次消失了。仔细看去，横卧的胸廓和腹部无疑还是像人的，但由于四肢被砍掉了，先是砍断了膝盖和手肘，之后是肩膀、大腿根，这具尸体看上去就像一只没有头的海洋动物——鲸鱼，或者鲸鲨。随着这种同一性的丧失，以及他身上依稀可见的几处人性痕迹的消散，旁观者们开始变得兴致索然。除了一个上了年纪的海滩拾荒者，和坐在承包商小屋门口看守的家伙，近海处再无人迹。

尸体四周竖着一个松散的木制脚手架，上面的十几个梯子在风中摆着，周围的沙地上堆满了绳子、金属柄的长刀和抓钩，鹅卵石上沾满了血迹、碎骨和肉屑，看上去油光可鉴。

我朝看守人点头示意，而他只是越过燃着焦炭的火盆，面色阴郁地注视着我。小屋后的大桶里正熬着大块大块的脂肪，这让整个地方都弥漫着一股刺鼻的臭味。

在一台起重机的帮助下，巨人的两根大腿骨已经被取出来了，起重机上挂着块纱布，看着像是之前覆在巨人腰间的织物。失去腿骨的残肢豁着口子，宛如敞开的谷仓大门。上臂、锁骨和阴部也都被取走了。胸部和腹部余下的皮肤已经被焦油刷标出了几条平行线，前面的五六个部分被从上腹部剥掉了，露出巨大的拱形胸腔。

我离开时，一群海鸥从空中盘旋下来，落在海滩上，一边啄食沙地上污迹斑斑的血肉，一边发出凶恶的叫声。

几个月之后，当巨人到来的新闻已为大部分民众忘却的时候，各式各样、属于被肢解的巨人的尸体碎片开始重新出现在整个城市。其中大部分是骨头，肥料制造商发现它们太难碾碎了。这些骨头很大，关节上还附着巨大的肌腱和软骨盘，让人一眼就能认出它们。不知道为什么，这些支离破碎的碎片，似乎比之后被切除的那些肿胀的肢体，更能传达出巨人最初的雄伟。当我望向对街肉类市场里最大的几家批发商的摊子时，我认出了市场门两边的那对巨大的大腿骨。它们高耸在搬运工的头顶上方，一如德鲁伊教[1]的巨石阵。我的眼前忽然出现了一个幻象，我看到巨人接上了这些光秃秃的骨头，爬向自己的膝盖，之后大步走过这座城市的街道，拾起散落各处的身体碎片，最终去向大海，踏上回家的归程。

又过了几天，我看到他的左肱骨躺在一个造船厂的入口处。同

1. 古代不列颠的神秘宗教。

一周，在一年一度的公会庆典上，一辆嘉年华花车展示了被制成木乃伊的巨人右手。

巨人的下颌骨，一如人们对其他下颌骨的做法，被送进了自然博物馆。头骨的其余部分则不知去向，当然也有可能只是藏在了这座城市的垃圾场，或是私人花园里——就在最近，当我沿河航行时，我看到了两根巨人的肋骨，被做成装饰用的拱门放在了一座水边的花园里。它们极有可能是被当作鲸鱼的颌骨了。一块像印第安手工毛毯那么大的皮肤，经过鞣制、印花处理，在游乐园附近的一家精品店里，被当成了衬在玩偶和面具后头的背景布。我相信，在城市的其他地方，酒店或是高尔夫俱乐部里，经过木乃伊处理的巨人的鼻子或耳朵会被挂在壁炉上方的墙上。至于那巨大的阴茎，则会跟着一家马戏团闯荡西北地区，在马戏团的怪胎博物馆里了其终日。这个巨型器官，会以惊人的尺寸和往昔的雄风，为自己谋得一整个展台。讽刺的是，它被大部分人错当成了鲸鱼的阴茎，甚至包括那些在暴风雨后最先在海岸上看到巨人的人，他们如今大多已忘了巨人，就算还记得的，也只是把巨人记作了一头海上的巨兽。

剩下的骨架，在被剥去了所有的肉之后，继续留在了海滩上。杂乱的肋骨被漂成了白色，看着就像废弃船只上的木头。承包商的小屋、起重机和脚手架都已经不在了，被海水沿着海岸冲进海湾的沙子，把盆骨和脊椎骨埋了起来。冬天的时候，高高拱起的骨头任凭海浪拍打，尽显荒芜；可一旦到了夏天，对于在海上飞累了的海鸥，它们会成为最好的栖息休养之所。

（非淆　译）

以喻为基

约翰·布伦纳曾经写道，科幻小说对于文学语料库的巨大贡献在于“隐喻未来”，而在他40年的写作生涯中，他也尽力为之添砖加瓦。在此期间，他先后发表了150多篇短篇小说、50余部长篇小说、10余部科幻短篇小说集、10余本悬疑及历史小说、6部诗集，还有数本专著。

J. G. 巴拉德的职业生涯表明，英国科幻小说正在向一种有所不同、更具辨识度的英伦风格体裁转变；而布伦纳的职业生涯却表明，凡事不可简单地一概而论。巴拉德生于中国、长于中国；布伦纳则完全在英国出生长大。巴拉德创作的短篇和长篇小说相对较少；布伦纳的作品则可谓车载斗量。巴拉德的作品面向的是英国出版物和英国读者；布伦纳瞄准的则是美国出版商。

约翰·基利安·休斯顿·布伦纳生于1934年，自早年起便企图以职业写作谋生，17岁时，他匿名将一篇科幻小说卖给了一家英国平装书出版商，短篇处女作《你这又良善又忠心的》（“Thou Good and Faithful”）于1953年刊载于《惊异》杂志，署名为“约翰·洛克斯密斯”（John Loxmith）。历经了几次失望——其间他不得不改行干起了别的工作，包括当了几年编辑——之后，他接下了为王牌图书公司写两本书的合同，从此恢复了自由职业生涯，此后他笔耕不辍，直至 1995 年因心脏病发作，在格拉斯哥世界科幻大会上英年早逝。

尽管布伦纳也在英国杂志上发表过文章，并与奥尔迪斯和巴拉德一道，在摩考克主编的《新世界》杂志及其引发的新浪潮中成为了领军人物，但美国才是唯一能支撑布伦纳全职写作抱负的市场。整个 20 世纪 60 年代，他都在为王牌图书公司写书，这是两三家能够让他充分发挥写作能力的出版商之一。不过王牌公司提供的预付款和印数有限（而且据后来的审计显示，版税也很有限），而布伦纳和王牌公司另一位才华横溢的作家菲利普·K. 迪克一样，为了维持并不算高的生活水准，不得不以极快的速度大量写书。

布伦纳的早期作品曾被称为“文艺太空歌剧”。他几乎立刻就展示出了自己通过新的背景和写作技巧来让熟悉的科幻小说概念焕发新生的能力，并往往揭示出这些概念更为阴暗的潜在可能性。他在两年内出版了 8 部长篇小说，十年内出版了 34 部长篇小说。及至这一时期中期，他的小说偶尔在英国出版，也由包括巴兰坦图书公司在内的其他出版商在美国出版，有几部长篇小说显露了他的文学抱负，如 1965 年出版的《都市棋盘》（*The Squares of the City*）。

1968 年，随着《站立于桑给巴尔》（*Stand on Zanzibar*）的出版，他的雄心壮志终于结出了硕果。这是一部全景式的长篇小说，聚焦于一个试图应对人口过剩问题的近未来世界，运用了自约翰·多斯·帕索斯的“美国三部曲”演化而来的实验性写作风格。该书横扫了雨果奖和其他六个奖项，并在久负盛名的现代语言协会大会上赢得了专题讨论的机会（这对于科幻作家而言尚属首次）。

继《站立于桑给巴尔》之后，布伦纳又先后出版了以种族主义为主题的《锯齿形轨道》(*The Jagged Orbit*, 1969)、以愈发绝望的态度对待污染问题的《群羊举目》(*The Sheep Look Up*, 1972),以及为电脑化未来和信息爆炸带来了一线希望的《震波骑士》(*The Shockwave Rider*, 1975)。由于努力写出这些卓越的反乌托邦作品(其间还穿插着其余十部小说的写作),以及其中呈现的黑暗图景,布伦纳的才思一度枯竭。但 1980 年代中期,他又携鼓舞人心的《时间斗室》(*The Crucible of Time*, 1983)和《时间潮汐》(*The Tides of Time*, 1984)重返文坛,并继续创作着成熟的小说,如《星之迷宫》(*A Maze of Stars*, 1991)。

《富可敌国》("The Totally Rich")写于布伦纳最为多产的早期,是他首次在杂志上发表作品仅仅十年之后。当时刊载于《明日世界》(*Worlds of Tomorrow*)上,那是《银河》和《如果》(*If*)的姊妹杂志。十年后,布伦纳说:"毫无疑问,这是我最好的作品。"这是个顶尖的阴谋论故事,最棒的地方倒不是其中的阴谋论本身,而是在于故事讲述得如此简单明了,又如此真实可信。它让读者想起了美国作家 F. 司各特·菲茨杰拉德和欧内斯特·海明威之间那段富于美国精髓的对话。菲茨杰拉德说:"富人与你我不同。"海明威答:"是啊,他们更富。"

尽管《富可敌国》中的故事发生在欧洲,但其关注点似乎较为美国化。这也是布伦纳成功的秘诀。他写的是英国科幻小说,文风更为世故,带有欧洲式的悲观态度,又把它卖给美国人。即便美国人在文中被描绘成反派角色时,他们仍然喜爱他的作品。

或许这正是对于英国人来说,布伦纳似乎永远不够英伦范的原因——就是因为这一点,以及他所信奉的科幻小说内在的实用性。他写道:"即使是从老掉牙的未来当中提取出来的隐喻也是非常宝贵的,可以让我们为最终的现实做好准备,无论最终现实会以——无限多种形式当中的——哪一种形式来实际呈现。"

(罗妍莉 译)

富可敌国

约翰·布伦纳

他们是富可敌国的人。你从来没有听说过他们，因为世上唯有这群人富有到足以买下他们想要的东西：滴水不漏的个人隐私。你我在生活中可能会交上从天而降的意外好运：你中了大奖，或者发现自己的邻居是一名斧头杀手，又或者买了一只患有鹦鹉热的鹦鹉，于是你置身于探照灯下，羞怯地眨巴着眼睛向上帝祈祷，巴不得自己死了算了。

而他们一出生就中了大奖。他们没有邻居，倘若他们要杀人，也不会使用像斧头这样粗陋的工具。他们不养鹦鹉。如果在百万分之一的概率之下，探照灯确实照到他们那个方向的话，他们就会把它买下来，并且吩咐探照灯背后的人把灯关掉。

我不知道世上有多少这样的人。我试过把地球上每个国家的国民生产总值加到一起，再除以收买某个工业大国的政府所需的金额，借这个数值来推算他们的人数。毫无疑问，你要是收买不了随便哪两国政府，你就别指望维护自己的隐私。

我估计，这样的人可能有 100 个。我遇到过这么一个，差点遇到过另外一个。总的来说，他们属于夜猫子。花钱购买光明以避免黑暗，是有钱的头一项好处。但是，即便你在凌晨两点四下张望，跟下午两点的时候一样，仍旧发现不了他们的踪迹。这群人没在世人称许的俱乐部，没在波罗体育场上[1]，没在阿斯科特赛马会的皇家围场[2]里，也没在白宫的草坪上。

他们也不会出现在地图上。你明白吗？这一点千真万确，他们选择的居住地在地图上变成了一片空白。他们既不在人口普查名单上，也不在《名人录》[3]或《伯克贵族名谱》[4]上。收税员的档案中找不到他们的踪迹，邮局也没有关于他们住址的记录。想想看你的名字出现的各种地方吧——发黄的学校登记簿、医院的病历记录、商店的收据副本、信件上的签名。在这些地方当中，无论哪一处都找不到他们的名字。

这是怎么办到的……不，我不知道。我只能大胆地猜测，对于世上绝大部分人而言，可以得到超乎自己设想过的一切向往之物，这样的承诺不啻于一次创伤性休克，可以在瞬间起到洗脑作用；正如心理学家所说，在人们相信了这种承诺的那一刻，就被烙下了服从模式的印记。但他们不会冒险行事。他们并非绝对意义上的统治者——事实上，除了直接属于他们的一切，他们并未统治任何东西——但他们与那位巴格达的哈里发有许多共同之处：一位雕刻家受命为哈里发建造了一座喷泉，这座喷泉美得盖世无双，哈里发对此也表示认可。于是，他问雕刻家，是否还有别人能造出如此美妙的喷泉。雕刻家自豪地说，除他之外，世上再也无人能够办到。

---

1. 纽约曼哈顿上城三座体育场的合称，棒球扬基队、橄榄球巨人队等的主场。
2. 阿斯科特赛马会于 1711 年由热爱赛马的安妮女王创办，其中皇家围场为王室成员及赛马会成员专席，位于场地中心，不售票，只针对会员开放。
3. 美国出版的世界名人录，1899 年初版。
4. 由爱尔兰系谱学者约翰·伯克编撰，列举了英国世袭贵族和准男爵的姓名。该书于 1826 年首次出版，此后定期更新再版，在英国具有相当高的权威性，被誉为“皇室贵族圣经”。

“把答应他的工钱付给他。”哈里发说，“还有——把他的眼睛挖出来。”

那天晚上，我想要香槟、跳舞的姑娘们、明亮的灯光和音乐。而我只有一罐啤酒；但至少是冰啤酒。我去拿啤酒，回来的时候，我站在厨房门口，看着我的……客厅、工作室、实验室，叫什么都行，这间屋子兼具了以上各种功能。

好吧，我不信。那天是 8 月 23 日，我在这里待了一年零一个月，工作完成了。我不信，我简直没法相信，除非我把这事公诸于众——打电话把朋友们叫来，把啤酒分发给他们，让他们举杯祝酒，我才肯信。

我举起了那罐啤酒，说道：“敬任务完成！”我喝下了啤酒，但这并没有起到预期的作用。我又说：“敬库珀效应！”这下有点儿像那么回事了，但仍然不够圆满。

于是我皱眉半晌，自以为想明白了，于是得意扬扬地说：“敬圣塔多拉——地球上最美妙的地方，要是没有它，我永远也不可能如此专心致志：愿上帝保佑它，也保佑所有从这里启航的人。”

我正心满意足地饮着第三杯祝酒，这时，娜奥米[1]从敞开的门廊的阴影里说话了。

“德里克，敬我一杯吧，”她说，“你更进了一步，但还没有完全抵达目的地。”

我把啤酒罐砰的一声摔在手边的桌上，大步穿过房间，拥抱了她一下。她没有回应；她就像个漂亮的人偶，在商店橱窗里展示巴黎时装的那种。我从没见过她穿黑色以外的其他颜色，而今晚她穿

1.《旧约》中路得的婆婆，丈夫和儿子早死，后来收养路得与其后夫之子为嗣，安度晚年。

的是手工纺成的生丝黑上衣，黑色紧身裤越往下越纤细，脚蹬黑色帆布鞋。她的发色是玉米般的淡黄色，湛蓝的双眼犹如蓝宝石一般，她的肌肤熠熠生辉，带着日晒后的光泽，她身上的这一切总是那么完美，完美得简直不似真实。我以前从未碰过她。有时候，夜里躺在床上毫无睡意的时候，我就觉得奇怪；她又没有丈夫。我给自己找借口说，我是太过珍视这座宁静的港湾、太过珍视我在这里达到的专心致志的状态，以至于不想和一个什么要求也不提——我就是知道——却什么都想要的女人有什么瓜葛。

“完成了。”我转着圈说道，伸出了胳膊，“千禧降临！终于成功了！”我跑向那台乱糟糟的机器，我从没想过竟会看到它真切地存在于现实中，“这难道不该庆祝一下吗——我要出去把找得到的人都给叫来，然后……”

我听到自己的声音渐渐小下去。她向前走了一步，抬起一只手，方才她这只手垂在身旁，似乎拎着什么沉甸甸的东西，现在被灯光所照亮。是瓶香槟。

“怎么——？”我说。我又想到了别的事。自从我来到圣塔多拉后的 13 个月里，我还从来没有和娜奥米单独相处过。

“坐下吧，德里克，”她说着，把香槟酒瓶和啤酒罐放在同一张桌子上，“出去找别人没什么用，这儿除了你和我以外再没别人了。”

我什么也没说。

她探询地挑了挑眉：“你不相信我？你会相信的。”

她转身向厨房走去。我等着她拿上一对我留下待客的酒杯回来；我双手搁在椅背上，身体前倾，突然间，我觉得自己似乎是下意识地想把椅子挡在自己和这个不太可信的陌生人之间。

她灵巧地拧开香槟酒瓶上的金属丝，用第一只酒杯接住了随着软木塞涌出的泡沫，又斟了第二杯，递给我。我抓住杯子——动作看上去就像是一只傻呆呆的动物。

“坐下。”她又说。

“可是——其他人都去哪儿了？蒂姆在哪儿？康拉德和艾拉在哪儿？在哪儿——？”

“他们走了。”她说。她端着杯子走过来，面对着我，在另一把椅子上坐下，唯有这把椅上没有凌乱地堆满我设备上的零碎，“他们大约一小时前走的。”

“可是，佩德罗呢！还有——！”

“他们出海了，要去别的地方。”她做了个漫不经心的手势，“我不知道他们要去哪儿，但他们需要的东西都安排妥当了。”

她举起香槟，补充道：“这杯敬你，德里克，也请接受我的祝贺。我一直拿不准你是不是愿意做这件事，不过必须得试一试。”

我跑到俯瞰着大海的窗前，猛地打开窗户，向窗外逐渐浓重的夜色中望去。我看见四五艘渔船驶出了港口，它们的锚灯就像移动的星星。码头上堆满了废弃的家具和某位渔夫的渔具。看来他们确实是要永远离开了。

“德里克，坐下。”娜奥米是第三次这么说了，“我们是在浪费时间，而且你的酒在走味儿了。”

“可他们怎么能够——？”

“离开祖祖辈辈的家园，刨出他们的根，动身去往新的森林和牧场？”她的语声轻快，带着嘲讽的意味，“他们没干这种事。他们对圣塔多拉并没有什么特殊的依恋，圣塔多拉也并不存在。圣塔多拉建于 18 个月前，将于下月拆除。”

沉默良久之后，我说：“娜奥米，你——你感觉还好吗？”

“我感觉妙极了。”她笑起来，灯光在她洁白的牙齿上闪烁着，“而且，渔夫们都不是渔夫，弗朗西斯科神父也不是牧师，康拉德和艾拉也不是艺术家，只是做点这方面的小生意，当作一种业余爱好罢了。我也不叫娜奥米，不过既然你叫习惯了——我也听习惯了——这么叫也行。”

这下我只好把香槟喝了。酒味绝佳，这是我喝过的最完美的酒，可惜我无心品尝。

“你是说，整座村子都是假的？”我质问道，“就像是某种宏大的——叫什么来着——电影布景？”

“在某种程度上算是吧，‘舞台布景’这个说法更准确一些。你可以走到门廊上去，伸手去够悬在台阶上方的格纹装饰，用力一拽，它就会掉下来的，看看你在暴露出来的表面会发现什么。凡是村里有类似门廊的随便哪座房子，你也可以依样画葫芦——这种房子总共有五座。然后你再回来，我们可以认真谈谈。”

她交叉起曲线优美的双腿，啜饮着香槟。毫无疑问，她知道我会分毫不差地照她说的去做。

我毅然决然地走到门廊上，虽然与其说是为了什么更好的理由，倒不如说是为了不让自己觉得傻呵呵的。我打开灯——就是个晃晃悠悠的黄色灯泡，吊在电线上，用平头钉粗粗钉在合适的位置——仰头望着凸出部分的边缘上带有格纹的装饰。夏虫嗡嗡地飞向那盏迷人的灯。

我用力一拽那块木头，它就掉了下来。我将木头举到灯光下，只见裸露的表面用淡蓝色墨水印着：“巴塞罗那，何塞巴科斯，14006号。”

我不知该做何反应。于是，我把那块木头像护身符一样举在自己面前，回到屋里，杵到坐在椅子上的娜奥米身前。我本来正准备说些气愤的话，却压根没想起来要说什么，因为就在那一刻，我的目光被酒瓶上的标签吸引住了。那不是香槟酒，那家公司的名字我连听都没听过。

“这是全世界最好的起泡酒，”娜奥米沿着我的目光望去，说道，“一年大约能产——呃——十来瓶吧。”

我的味觉告诉我，她说的话至少还算有些道理。我头晕目眩地走到我那把椅子跟前，终于坐倒在椅子上：“我不会假装自己明白了这是怎么回事。我——我去年不是在一个并不存在的地方度过的吧！”

“但事实就是如此。”她十分镇静，用纤细美丽的双手捧着酒杯，将手肘搁在那把脏椅子的两侧，“顺便问一下，你有没有注意过，在那些飞到你灯下的昆虫当中，从来没有蚊子？你几乎不可能染上疟疾，但也必须预防这种可能性出现。”

我吓了一跳。我曾经不止一次地开玩笑对蒂姆·汉尼根说，圣塔多拉最大的优点之一就是没有蚊子……

“好，你开始对事实有印象了。现在你再回想一下前年冬天的情景。你还记得自己认识了一个名叫罗杰·格尼的人吗？后来你又遇见过他一回。”

我点了点头。我当然记得罗杰·格尼。自从来到圣塔多拉以后，我常常会想，与他的初遇是改变我人生的两大重要事件之一。

“11月份，一个相当不愉快的晚上，你让格尼搭了个便车——他的车坏了，到次日早晨之前也没指望能弄到必要的备件，而他又必须在第二天10点赶到伦敦去赴一次紧急约见。你觉得他很有魅力，跟他很谈得来。你让他住在你的公寓里；你们一起吃过晚饭，直到凌晨四点还在聊，你们谈话的内容如今在这个房间里变成了真切的现实。你们谈到了库珀效应。”

我感觉到一阵难以置信的寒意，就仿佛那个11月阴冷的夜晚，有一根手指从窗户里伸进来，顺着我的脊背留下了一抹冰冷的污痕。我说：“然后，就在那天晚上，我对他说，要进行必要的实验，我觉得只有一个办法。我说，我要在某个地方找一座村庄，不受外界的干扰，没有电话或者报纸，甚至连收音机都没有。这个地方的生活费用极为低廉，我可以有两三年的时间全身心地投入到工作中去，而不必费神去操心生计问题。”

我的上帝啊！我把手放在前额上，记忆就像被放在火苗上的隐形墨水一般重新浮现。

“不错，”娜奥米满意地点点头，“你第二次见到这位讨人喜欢的罗杰·格尼是在那个周末，这也是你最后一次见到他，当时你正在庆祝自己赌球小赢了一把，共计 2 104 镑 17 先令 1 便士。他给你讲了一个叫圣塔多拉的西班牙小村庄，那个村子可以完美满足你需要的研究条件。他说，他在这儿拜访过朋友，名字叫康拉德和埃拉·威廉姆斯。你几乎从没想过你的梦想竟有变成现实的可能，可是，等到跟格尼喝了几杯之后，你就觉得，自己居然还没动手制订计划这事似乎很奇怪。”

我猛地放下酒杯，由于用力过猛，杯子可能都碎了。我厉声问：“你是谁？你在跟我玩什么把戏？”

“没玩什么把戏，德里克。”此时她身体前倾，蓝宝石般的犀利眼眸紧紧盯着我的脸，“这是一件相当严肃的事。而且你在其中也有利害关系。你实话实说，要不是遇见了罗杰·格尼，要不是赢了这笔为数不多的钱，你还会在这里——或者别的不管什么地方——把库珀效应转化成现实吗？”

我停顿了好一会儿，回顾了一遍自己这一整年的生活，说道：“不，不会，我必须实话实说。我办不到。”

“那么，这就是你刚才提出的那个问题的答案。”她把酒杯放在桌上，从紧身裤兜里掏出一个小小的烟盒，“全世界只有我一个人想拥有并利用库珀效应。别人谁都没有足够的热情去让这件事发生，即使是德里克·库珀本人也没有。抽支烟吧。”

她把烟盒递给我；盒子刚一打开，空气中就充满了一种令我觉得诧异的香气。我取出的那支烟上没有名字，唯一能说明出产地的线索是纸卷上一道模糊的条纹，但当我抽第一口时，我就知道，这烟跟那酒一样，也是世界顶级的品质。

她饶有兴趣地观察着我的反应。我稍微放松了一点儿，微笑让她看起来显得熟悉。我在这里见过她多少次那样的微笑？在蒂姆或康拉德的脸上看到这种笑容的次数还要多得多。

“我想要库珀效应，”她重复道，“现在我如愿以偿了。”

我说：“等一下！我——”

“然后我想把它租下来。”她耸了耸肩，好像这件事根本无关紧要似的，“等我租完以后，无论现在还是将来，它都永远归你了。你自己也承认，要不是有——某些关键性的干预措施，我们姑且这么称呼好了——要不是我，这只是一种纯粹的理论、一件智力上的玩具。即便如此，我也不会要求你把那些就当作公平合理的租金。为了出于某个特定目的用一用你的机器，我可以付给你一笔巨款，在你的余生中，无论想要什么东西，你都可以买得起。给！”

她扔了件什么东西过来——我都不知道刚才她把这玩意儿藏在哪里了——我本能地抓住了它。那是个狭长的皮夹子，皮质柔软，边上用拉链拉起。

“打开。”

我照办了。我在里面发现了印有我名字的一张、两张、三张信用卡，还有一个支票本，支票上已经印好了我的名字。每张卡上都有个我从来没见过的词：压印加红的“**无限额度**”。

我把这些东西放回到皮夹里。我曾经怀疑过她说的不是真话，但这种怀疑立刻便烟消云散了。没错，圣塔多拉就是为了让我能在理想条件下工作而创造的地方。是的，是她办到的。

在她说了有关罗杰·格尼的那些话之后，我再也没有怀疑的余地。

这也就是说，我可以去马德里，走进一家车行，开着一辆劳斯莱斯出来；我可以开着这辆车到银行去，在支票本上的第一页写下100万比塞塔的金额，然后把那笔钱领走——如果银行里有那么多现金的话。

我仍然看着皮夹，机械地把拉链拉开又关上，说："好吧。你是想要库珀效应的那个人。你是谁？"

"能获得它的那个人。"她略微干笑了一声，摇了摇头。她的头发犹如翅膀一样，在她脸庞四周飘动，"德里克，别再用问话来烦我了，我不会回答的，因为答案毫无意义。"

我沉默了一会儿。然后，因为我没有别的话可说，我终于说："至少你必须得说清楚，你为什么想要我能给你的这件东西。毕竟，我仍然是这世上唯一能理解它的人。"

"是啊。"她打量着我，"没错，这倒是真的。再给咱们倒点酒吧；我觉得你喜欢喝。"

我照办了，当我感到自己的身体在历经方才10分钟的震惊和风暴后变得镇静下来时，她对着空气说："你也知道，你确实是独一无二的，在你的领域内是绝无仅有的天才。所以你才会坐在这儿，所以我才为你费了点事。我可以得到我想要的一切，唯有某些特定的东西除外。我不可避免地要依赖于能提供它们的那个人。"

她的目光游移到我那台东拼西凑——但却运转正常——的新机器上。

"我想让那台机器帮我找回一个男人，"她说，"他已经去世三年了。"

世界似乎原地停下了脚步。自从取之不尽的金钱的幻想使我眼花缭乱之后，我一直有眼如盲。我已经相信了娜奥米能得到她所知晓的一切。可是，当然了，她并不能。

我的脑海中展开了一幅想象出来的小小画卷，在这幅画卷里，没有面孔的玩偶们在满世界变幻莫测的玫瑰色云霞中移动。一个身穿黑衣服、留着浅色长发的娃娃说："他死了，我要他回来。不要争辩，给我想个办法。"

其他的玩偶们鞠了一躬就离开了。最后，一个娃娃回来说："有个叫德里克·库珀的人，他有些离经叛道的想法。全世界根本没有其他人在思考这个问题。"

"确保他得到他需要的东西。"浅色头发的娃娃说。

我放下那瓶酒，犹豫了一下——是的，我仍然犹豫了，我仍然感到眼花缭乱。但我随即拿起那个柔软的皮夹，把它扔到娜奥米腿上。我说："你是在欺骗自己。"

"什么？"她不相信。掉在她腿上的钱包仿佛是离奇出现的幽灵；她没有动手把它拿起来，似乎只要碰上一碰，它就会从噩梦变成残酷的现实。

我在脑海中整理着事情的来龙去脉，于是说话的语气变得意味深长："你说想用我的机器来完成某项特定的工作。我给震蒙了，都没去想可能会是怎样的工作——确实有些工作是可以用这台机器来完成的，所以我就随它去了。你相当有钱，娜奥米，你这辈子都太有钱了，所以根本不知道在形成问题和解决问题之间还隔着另一重障碍。那就是时间，娜奥米！"

我轻轻敲了一下机器的顶部，我仍然为这台机器感到自豪，这一点天经地义。

"你就像——就像一位中国古代的女皇。说不定当真存在过这么个女皇呢，我可不知道。想象一下吧，有一天她说：‘我得到了神启，我的祖先住在月球上。我想到那儿去，作为一名孝女，去拜见先祖。给我想个办法。’于是他们搜遍了整个帝国。然后有一天，一位朝臣带着个衣衫褴褛的穷人走进来，对女皇说：‘此人发明了一枚火箭。’

“‘好，’女皇说，‘完善一下，这样我就可以去月球了。’”

我原本打算用一种戏谑的口吻来讲这则寓言——这样我讲完的时候就可以大声加以嘲笑。但我回头瞥了一眼娜奥米，我的笑声中断了。

她的面容苍白而死寂，犹如一具大理石像，双唇微张，双目圆睁。在一侧的面颊上一滴泪珠闪烁，犹如一颗钻石。

我所有的轻浮都烟消云散了。我突然有种可怕的感觉，就好像我朝着一个像是石头的东西踢了一脚，却打碎了一只无价的碗。

“不，德里克，”过了片刻，她说道，“你不用跟我提时间。”

她动了一下，在椅子里半转过身来，看着她旁边的桌子。她伸出纤细美丽的手指了指，又用更轻松的语调说道：“这个杯子是我的吗？”她没有拭泪；泪珠在她的面颊上停留了一段时间，直到夜晚干燥炎热的空气将它吻干。

我点点头，她拿起杯子，站起身来，走过去看着我的机器。她默不作声地端详着它，然后说道：“我本来并不想告诉你我想要什么，是时间促使我这样做的。”

她饮了一大口，“现在，”她接着说，“我想确切地知道你的试验模型机到底能用来做什么。”

我踌躇了。有那么多内容还没有形之于文字；在过去的一年间，我一直把我的文字思维和工作思维分开。而最近，当我跟朋友们一起放松的时候，除了一些老生常谈，我什么话也没说过。我越是接近成功，对于提及这个项目的目标就变得越是迷信。

而且——荒谬至极的是——既然如今我知道她想要的是什么了，我便略觉羞惭，因为在仔细推敲之下，原来我的胜利竟只不过是这么件微不足道的小事。

她觉察到我的心情，瞥了我一眼，微微一笑："'是的，法拉第先生'，还是汉弗里·戴维[1]？——'可它有什么用呢？'[2]对不起。"

新生儿。很好。不知怎么回事，这句话触动了我——在感情上打动了我——我突然再也不觉得羞惭了；我和世间任何一位父亲一样自豪，甚至比他们还要自豪得多。

离机器最近的那张桌子上，桌角摆着一堆粗略的示意图，我把它们推到一旁，高踞于桌角上刚才堆放图纸的地方。我把酒杯捧在掌心之间，四周一片寂静，我仿佛能听到气泡从酒里冒出来时的爆裂声。

我说："让我欠你一份人情的，不是把钱堆在我面前，也不是什么类似的事，而是你派了那位很有说服力又魅力十足的罗杰·格尼来找我。我还从没遇见过其他哪个人愿意接受我的观点，除非是拿来当笑话讲。我曾经跟我认识的一些最优秀的知识分子反复讨论过这个概念——比如我在大学里认识的那些人，他们后来把我远远地抛在了身后。"我以前从来没想过这件事。显然，有很多事我都没想过。

"但他能通过谈话把它们变成现实。我对他说的话跟我以前对别人说过的差不多。我说，一个活着的有机体在本身周围所界定的空间，通过其各种行为所界定。它是可移动的。所以我才会有那边的

---

1. 法拉第的老师兼伯乐。这里娜奥米把他与法拉第两人混淆了。
2. 法拉第发明圆盘发电机时，有位贵妇问他：可它有什么用呢？法拉第反问："新生儿又有什么用呢？"此处也是将新发明比喻为新生儿。

那个。”我抬起胳膊指了指，仿佛接到了什么命令似的，一阵微风从敞开的窗户里吹进来，拂动了房间那一头悬着的金属嵌板，嵌板挂在半掩于阴影中的角落里，转动着，发出轻微的吱嘎声；我最近太忙了，没时间给轴承上油。

我皱起眉头，皱得前额的肌肉都快打结了，我的头都要疼了，但我仍情不自禁地皱着眉。

“有机体和它周围的环境之间必定有着完整的相互关系，包括且尤其包括它的同类有机体。自我认识是人们在建造生物的机械模型时偶然发现的第一件事。这并不是人们早就计划好的——人们造出了机械龟，顶上有小灯，还有简单的寻光冲动，如果你把这只动物放到镜子前，它似乎就会认出自己……路径就是如此，一个人不是被刻意一步一步拼凑到一起的，而是在与他人的互动中逐步定义成这样的和自我的定义相同的形状。

“这一点显而易见。但你得要处理数以万亿比特计的信息，加以存储、及时标记、将它们重新进行转化以供复制，就像——就像什么呢？我什么也联想不起来。你想要的是……”

我耸耸肩，将杯中的酒一饮而尽，站了起来，“你想要库珀效应，”我作结道，“给——拿着这个。”

我从机器顶部的小架子上拈起一个半透明的扁平圆盘，大小相当于一便士，但比一便士要厚一些。为了好拿，圆盘正中的一个孔里插着一枚钥匙，与锁孔贴得严丝合缝，仅凭简单的摩擦力便可承受其重量。我伸手把它递给娜奥米。

我的声音有些颤抖，因为这是我进行的首次随机测试。

“拿着这个，触摸一下——用手指在上面摩擦，在扁平的边缘轻轻挤压，然后用手捏紧。”

她照办了。她手里拿着它，眼睛望着我。

“这是什么？”

“这是个人造压电晶体。好了，这样应该就行了，把它重新放回钥匙上去吧——我不想自己动手，免得把读数弄混。”

要把圆盘插回钥匙上可不容易，她试了两次都没成功，然后抓住我的手，这才稳住了它。我感觉到她的手指上传来一阵震颤，仿佛她的整个身体是一件乐器，正在弹奏似的。

“好了。”她不带任何情绪地说。

我把圆盘拿回到机器那里，小心翼翼地把它从钥匙上转移到读数器顶端的那根小柱子上。圆盘像唱片掉到唱机转盘上一样滑落下去。有一两个瞬间，我屏住了呼吸。然后机器出现了反应。

我仔细研究着刻度盘上的读数。并不完美。我略感失望——我原本希望第一次能运行得无可挑剔呢。尽管如此，考虑到她触摸圆盘只用了 10 秒钟的时间，读数还是非常接近的。

我说：“机器告诉我，你是女性，身材苗条，金发，多半是碧眼，具有艺术潜质，不习惯体力劳动，智商在 120 到 140 之间，承受着巨大的情绪压力——”

她的说话声犹如一记鞭子，打断了我的话：“怎么？我怎么知道这是机器告诉你的，而不是你自己的眼睛看出来的？”

我没有抬头，说道：“机器告诉我的是，当你触摸那个晶体小圆盘时，它发生了哪些变化。如果你乐意这么理解的话，我是把它当作一种图表在解读——观看刻度盘上显示的图案，然后用语言加以解释。”

“它还告诉了你什么其他信息吗？”

“是的——但我恐怕肯定是有什么地方出错了。这次用的定标是临时的，原本它必须用适宜的统计学样本来完成的，比如说，来自各行各业的 1 000 人。”我转身离开了机器，勉强挤出个笑容，“你看，读数显示你已经48到50岁了，从外表上看，这很荒谬。”

她纹丝不动地坐着。我一路走到她身边的桌旁，打算再满斟一杯，然后才意识到她一动也没动。我把手放在瓶颈上，盯着她问道：

“出什么事了吗？”

她摇摇头，立刻回过神来，轻轻地说：“不，没事，什么事也没有。德里克，你是全世界最厉害的人。下周我就满50岁了。”

“你是在开玩笑吧。”我舔了舔嘴唇，“要我说……哦，也就35岁，没有孩子，而且外表保养得特别精心。但不会比这个年纪更大了，一天也不会。”

她点点头，脸上掠过一丝辛酸：“是真的。我想做个美人，我看用不着解释为什么吧。我想一直美下去，因为这是我能送给某人的唯一礼物，他和我一样，也拥有他想要的一切。所以我——我很注意保养。”

“他怎么了？”

“我宁愿你别知道。”这个答案很冷静，也很干脆。她刻意放松了一下，把腿伸到身前，慵懒地笑了笑。挪动间，她的脚碰到了地板上的什么东西，于是她往下瞟了一眼。

“什么——？哦，是那个！”她伸手去捡那个柔软的皮夹，是我刚才把皮夹扔回去之后，她起身时从她腿上掉下来的。她伸手把它递给我道：“拿着吧，德里克。我知道，这是你挣来的。偶然也好，错误也罢，无论你管这个叫什么，你已经证明了你能办到我所希望的事。”

我接过了皮夹，但一开始并没有把它装进兜里；我把它拿在手里，心不在焉地翻来倒去。

我说：“娜奥米，我没那么大把握。听着。”我拿起重新斟满的酒杯，回到她对面的椅子上，“我最终设想的是能够从一个人留下的痕迹中演绎出这个人。你知道的；这就是我告诉罗杰·格尼的那个梦想。而在此时与彼时之间，这是对专门准备的材料进行简单肤浅的分析，那是要遍历上万个对象，这些对象不仅受到该个体的影响，还受到很多其他个体的影响，其中有一些很可能已经无法找到——而要识别并排除无关的影响就得找到——然后再对结果进行处理，从而创建出一个连贯的整体——其间可能需要经过数年甚至数十年的工作和研究，遇到上千种虚假的踪迹，在动物身上完成上千次初步实验……为了利用产生的数据，必须得发明出全新的技术！就算你造出了你的——你的那人的模型：你接下来又打算怎么办呢？你是要尝试着人工制造出一个合乎规格的人吗？"

"对。"

这个简单的词让我倒抽了一口冷气；仿佛肚子上正中了一拳，令我屏住了呼吸。她目光炯炯地凝视着我，再次微微一笑：

"别担心，德里克，那不是你要干的事。有人告诉我，关于那个问题，许多地方已经开展了很长时间的工作。除了你自己之外没人在做的，是努力解决创造一个完整的人这个难题。"

我无话可答。她又斟满了自己的杯子，然后用更紧张的声音继续说下去：

"德里克，我有个问题务必得问你。这个问题太要紧了，我都有些害怕听到答案。但是我也受不了再继续等下去。我想知道，你认为要过多久我才能得到我想要的东西。假设——记住，你只能假设——可以让世界上最出色的人来着手解决次要问题；他们很可能会出名，当然也绝对会发财。我想听听你的想法。"

我含糊地说："呃，我觉得这挺难的！我刚才已经提过那个问题了，要把他的踪迹从——"

"德里克，这个人的活法跟你不一样。只要你肯停下来想一想，你就能猜得到。我可以带你去一个只属于他的地方，在那儿，他的个性形成、塑造并影响着每一粒尘埃。不是一座有上百万人走过的城市，也不是一所有十几个家庭住过的房子。”

这必定是真话，虽然就在一小时以前，我还会觉得这不可思议。我点点头。

“那就好。嗯，我还得想办法去处理尚未备妥的材料——校准每一种物质的属性。还有一种风险，那就是随着时间的推移，这些痕迹会被分子噪声和随机运动所覆盖。此外，在获得实际读数之前，测试本身也有可能会对那些痕迹形成干扰。”

“你得假设——”她强忍着不耐烦，又重复了一遍，“——解决次要问题的人手是全世界最出色的。”

“这不是次要问题，娜奥米。”我真希望自己不必实话实说。我的坚持已见伤害了她，我开始觉得，尽管她拥有令人艳羡的一切，但她已经受到了深深的伤害，“这只不过是必须面对的事实。”

她饮下杯中的酒，把杯子放回桌上，若有所思地说：“据我猜想，可以说，一个人对其影响最大、最直接的那样——那样东西，就是他或她本人的身体。如果仅仅是触摸一下你的小圆盘就能展现这么多内容，那么双手、嘴唇和眼睛本身就必定能揭示出更多的东西！”

我不安地说：“是啊，当然。但拿人体来检测几乎是不可能的。”

她说：“我有他的身体。”

此时我们陷入了一阵可怕的沉默。一只傻呵呵的甲虫胖得像颗子弹，正用脑袋狠狠往门廊的灯罩上撞，其他昆虫也在嗡嗡叫着，能听见远处大海的涛声。然而沉默依旧如墓地般深沉。

但她终于还是接着往下说：“我穷尽了一切可能的办法，把一切能保存下来的东西都保存了下来。我——”她的声音停顿了一会儿，“我已经把准备都做好了。死去的只有让他成其为他这个人的东西，大脑里的网络，小小的电流。真是奇怪，人竟然如此脆弱。”她轻快地又问了一遍：

“德里克，要多久？”

我咬住嘴唇，低头盯着脚边的地板。我的脑子在激烈地翻腾着，思考着，扬弃相关因素，设想各种问题，假定它们可以解决，把一切都简化到时间这一简单的不可约数。我本来想说十年，又觉得自己乐观得有些犯傻。

可是最后，我什么也没说。

她等待着。然后，她完全出乎我意料地爽朗一笑，跳了起来：“德里克，这不公平！”她说，“你已经取得了一些了不起的成就，你想要放松一下、庆祝一番，也完全有资格这样做，可眼下我却在用各种问题来烦你，想要凭空得到个答案。我清楚得很，你太诚实了，不想随便给我估一个数，得先花时间想想，或许还得计算一下。我一直把你关在拥挤的房间里，而你最想做的多半就是出去待会儿。我说得对吗？”

她伸出手来，胳膊绷得笔直，仿佛要把我从椅子上拉起来似的。她脸上神采飞扬，似乎洋溢着纯粹的快乐，看到这一幕，我心中的震撼不亚于方才听她说她已经50岁的时候。她看起来——我只能说完全变了个人。她看起来就像个第一次参加聚会的少女。

但这种转变只持续了片刻，她的表情又变得严肃而平静。她说：“对不起，德里克。关于爱情，有一件事让我——让我觉得讨厌。你有没有想过它能让你变得多自私？”

我们手牵着手，信步走出宅子，走进了黑暗的夏夜。天上有一弯细月，星星犹如光芒烈烈的硬灯笼。我曾经上百次走过这条狭窄破烂的街道，从我临时的家走向港口。康拉德的房子还在，杂货店和酒铺还在；教堂就在那儿，屋顶被月光镀上了一层银色；那边是那一排小屋，面朝大海，是渔民家庭居住的地方。而这里遗弃的是270个人留下的孑遗，他们从来没有真正存在过——只是像变魔术一样冒了出来。

当我们一路走到码头时，我说："娜奥米，这真是难以置信，虽然我明知道这是真的。这座村庄不是赝品，不是作秀的地方。它是真实的。我知道。"

她环顾四周后说道："是啊，这里本来就打算做得跟真的一样。但这只需要一点思考和耐心。"

"你说什么？你不会是告诉了——不管什么人——'去建一座真正的村庄'吧？"

"我没必要这么说，他们心里有数。具体是怎么办成的你感兴趣吗？"她将脸转向我，面带好奇，在微弱的光线下，我几乎看不清她的脸。

"当然了，"我说，"我的上帝啊！创造出真实的人和一个真实的地方——当我接到再造一个真实的人的吩咐时——难道我不该感兴趣吗？"

"如果再造和创造一样容易，"她空洞地说，"那我就不会……孤独了。"

我们在一堵低矮的石墙附近停了下来，这堵石墙从码头一直延伸到小岬角尖锐的岩石上，岬角翼护着海滩，我们倚靠在石墙上。我们身后是那排小房子；我们面前唯有大海。她用两肘支撑着身体，凝望着海面。我在离她不到一臂之遥的地方，单肘倚在墙上，双手紧握在胸前，仔细端详着她，仿佛今晚以前从未见过她似的。当然，我确实没有。

我说："你是在担心自己不美吗？你好像有什么烦心事。"

她耸了耸肩："世上没有'永远'这样的词，对吧？"

"看到你就觉得好像有了。"

"不，不。"她咯咯地笑起来，"谢谢你这么说，德里克。就算我知道——就算我能从镜子里看到——我仍然一如往昔，但听人安慰终究还是开心。"

她到底是怎么做到这一点的呢？我想问，却又没有问。也许她并不知道；她刚才说过，她想要如此，便如愿以偿了。于是我问了个不一样的问题：

"因为这——这是最属于你的东西吗？"

她的目光从海面上移回，停驻在我身上，又移回去："是啊，这是唯一属于我的东西。你是个难得的人；你有同情心。谢谢你。"

"你怎么生活？"我说。我从口袋里笨手笨脚地摸出几支香烟，已经揉得皱巴巴的了。她摇头表示不要，但我还是为自己点起了一支。

"我怎么生活？"她重复了一遍，"哦——有许多种活法。作为不同的人，当然也有不同的名字。你看，我连自己的名字都没有。两个和我长得一模一样的女人为了我而存在，这样只要我乐意，就能在瑞士、瑞典或南美将她们取而代之。我借用她们的活法，利用她们的一段时间，又还给她们。我眼看着她们老去，换成新的替身——变成我仿品的替身。但她们不是人，而是面具。我活在面具背后。我估计你会这么说吧。"

"你别无他法。"我说。

"不，不，我当然没有。直到我意识到这一点之前，我还从来没发觉自己可能就愿意这样。"

我觉得这一点我可以理解。我把香烟上的第一截烟灰抖落到下方的大海中。我环顾四周，说了句不相干的话："知道吗，拆除圣塔多拉似乎是件憾事。它本来可以是座迷人的小村庄，一座真实的村庄，而不是舞台布景。"

"不，"她说，然后直起身子，转过身来，"不！你看！"她发疯似的跑到狭窄的街道中央，指着鹅卵石道："你没看见吗？原先没有裂缝的石头已经有裂缝了！还有房子！"她猛地挥起胳膊，朝最近一所房子的门口跑去，"木头都翘了！还有那扇百叶窗——松垮垮地挂在铰链上！还有台阶！"她跪倒在地，沿着一直通到街上的低矮石阶一路摸索。

我此时正跟在她身后，被她迸发出的热情吓了一跳。

"你摸摸！"她吩咐，"你摸摸看！已经被踩在上面的人给磨坏了。就连墙也一样——你没看见从窗角上开始的那道裂缝越来越宽了吗？"她又站了起来，用手抚摸着粗糙的墙壁，"时间正在啃噬着它，就像狗啃骨头一样。上帝啊，不，德里克！难道我明知道时间正在破坏它、破坏它、破坏它，又要听之任之吗？"

我无言以对。

"听！"她说，"哦，上帝啊！听哪！"她歪着头，绷紧了身子，活像一只受惊的鹿。

"我什么也没听见。"我说。我只好用力咽了口唾沫。

"就像钉子钉进棺材一样。"她说。她站在房门前，使劲地敲啊、推啊，"你肯定能听见！"

现在我听见了。房中传来一阵嘀答嘀答的声音——一种宏大、庄严、缓慢的韵律，那声音非常微弱，直到她吩咐我竖起耳朵尽力去听，我才注意到。一座钟。那只是一座钟。

我被她的疯狂吓了一跳，揽住了她的肩膀。她转过身来，像个泪流满面的孩子一样紧靠着我，把头埋在我胸前，咬紧牙关说道：

“我受不了。”我能感觉到她在发抖。

“走吧，”我低声说，“既然这儿让你那么难受，那就走吧。”

“不，我不想走。我会接着听下去——你不明白吗？”她往后退开了一点，抬头看着我，“我会一直听下去的！”她的双眼变得朦胧，全副注意力都集中到了屋里的那座钟上，“嘀答、嘀答、嘀答——上帝啊，就像被活埋了一样！”

我犹豫了片刻，然后说：“好吧，我会把它搞定的。退后。”

她照办了。我抬起脚来，脚底和后跟同时踩在门上。有什么东西碎了；撞击之下，我从脚直到大腿都刺痛起来。我又踢了一下，门侧柱裂开，门猛地开了，嘀答声立刻变得响亮而清晰。

一束月光下，正对房门的地方，可以看见那座钟：一座高高的老古董，比我的个头还大，钟摆随着每一次笨重的摆动而闪闪发光。

我突然想起了一段令人毛骨悚然的古老黑人灵歌：

锤子在某人的棺材上不停叮当响……[1]

突然间，犹如对娜奥米那样，这对我来说也成了末日预言般的凶兆。我大步穿过房间，用力拽开钟上的玻璃门，用手指飞快地扯住钟摆，让它停了下来。随之而来的寂静令人如释重负，犹如久旱之后的凉水。

她小心翼翼地跟在我身后，走进了房间，眼睛盯着钟面，仿佛被催眠了一般。我突然想到，她没有戴表，而且我从来没见她戴过。

“扔掉它。”她说。她还在发抖，“求求你，德里克——把它扔掉。”

我吹了声口哨，又看了看那老怪物。我说：“没那么容易！这样的钟可不轻！”

“求你了，德里克！”她声音里的迫切令人恐惧。她转过身去，

---

1. 出自乔治亚州民间黑人灵歌《让我们埋葬》。

盯着房间的一角。像所有这些逼仄的仿古房屋一样，这座宅子里只有三个房间，而我们所在的这间屋里塞满了家具——一张大床、一张桌子、几把椅子和一只柜子。要不是这样的话，我觉得她已经跑到角落里躲起来了。

好吧，我可以试试。

我琢磨了一下这个难题，得出的结论是最好分成几部分来做。

“有灯吗？”我问，“如果看得见的话，我会干得更好。”

她喃喃说了句听不清的话；接着打火机一响，一道黄光闪过，变成了一星稳稳的亮光，照亮了整个房间。一股煤油味扑鼻而来。她把灯放在一张桌子上，桌上的灯光正好从我身旁照在那座钟上。

我把钟锤卸下来装进口袋；然后取下别在胸兜上的螺丝刀，对准钟面角落处的螺丝发起攻击。正如我所预料的，卸下螺丝之后，就可以把整套机件举起来了，链子像脐带一样拖在后面，被拽过作为支点的木框时发出轻微的刮擦声。

“给我！”娜奥米悄声说，从我手里一把夺了过去。它在整座钟里所占的重量之比小得惊人。她冲出房子，冲过街道。过了片刻，传来哗啦一声响。

我感到一阵遗憾，随即生起了自己的气。这很可能并非什么难得的古董工艺制品，而是一件赝品，就像整座村庄一样。我把钟壳抱在怀里，让正面的两脚轮流着地，把它朝门口挪去。我忙活的时候嘴里一直叼着烟；现在烟雾开始刺激我的眼睛，我把烟吐到地板上，把它碾灭。

我总算设法把钟壳从房子里弄了出去，穿过马路，抬到了海堤上。我在那里休息了一会儿，擦去脸上的汗水，然后走到那东西背后，使出全身力气用劲朝它一推。它翻过海堤，在空中转了一圈，溅起一片水花。

我低下头，立刻就后悔不该这么做了。它看起来恰似一具黑乎乎的棺材，漂浮在海面上。

但我在那里待了一分钟左右，完全无法收回目光，因为我产生了一种势不可挡的印象，觉得我做出了某种具有象征意味的动作，具有一种无法用逻辑术语来解释的意义，却又沉重而实在——就像那一大块漂走的木头一样真切。

我摇着头，慢慢地往回走，发现自己已经到了门口，才又注意到眼前的一切。然后我突然停下来，一只脚踏在娜奥米骂过的被行人踩旧了的台阶上。那盏黄灯的火焰在风中微微摇曳，火苗太大了——火焰上冒出的烟气味浓烈，灯罩正变得越来越暗。

娜奥米望着那盏灯，正慢慢解开黑色衬衫的纽扣，仿佛一面欣赏着自己的每一个动作。她把衬衫从裤腰里拽出来，脱掉了。她衬衫里面的胸罩也是黑色的。我看见她踢掉了帆布鞋。

"这叫挑衅之举吧，"她用沉思的语调说——我觉得，与其说她是在跟我说话，倒不如说是在自言自语，"我要脱下我的丧服。"她解开裤子拉链，让裤子滑下去。她的三角内裤也是黑色的。

"现在我正结束哀悼。我相信会成功的。很快就该成了。哦，是的！很快。"她抬起纤细的金色手臂，伸到背后，把胸罩扔在地板上，但身上的最后一件衣物她用手举起来，扔向了墙壁。她纹丝不动地站了一会儿；然后似乎刚刚意识到我的存在，慢慢地转身面向我。

"我美吗？"她说。

我喉咙里干极了。我说："上帝啊，是的。你是我见过的最美的女人之一。"

她俯身把灯吹灭了。黑暗降临的那一刻，她说："用行动向我证明吧。"

片刻之后，我躺在床上粗糙的毯子上，叫了两三遍："娜奥米——娜奥米！"这时她又说话了，声音冷若冰霜，似乎遥不可及。

"我本来不想管自己叫娜奥米的。我原先想的名字是尼俄伯[1]，但我之前没能想起来。"

良久以后，她紧紧贴在我身上，似乎紧抱着慰藉、紧抱着存在本身，此时在毯子底下，因为夜间寒冷，她双臂拥抱着我，双腿与我的腿交缠在一起，我感觉到她的嘴唇贴着我的耳朵动了动。

"要多久，德里克？"

我简直找不着北了；我从来没像现在这般精疲力竭过，就像酒瓶塞被扔进了波涛汹涌的大海，被岩石撞得软趴趴的，几乎连眼睛都睁不开了。我迷迷糊糊地开腔问道："什么？"

"要多久？"

我挣扎着从疲倦的头脑中挤出最后一句话，既不知道自己在说什么，也毫不在乎："运气好的话，"我咕哝道，"兴许用不了十年。娜奥米，我不知道——"我又使出浑身力气作结道，"上帝啊，你这么折腾我，难道指望我事后还能思考吗？"

但事情就是这么不同寻常。我本来以为自己即将沉入黑暗，像个死人一样昏睡过去。结果恰恰相反，当我的身体休息时，我的思想却上升到了超越意识的高度——上升到了一处可以俯瞰未来的有利位置。我对自己所做的事情心知肚明。我知道，从我那台简陋的实验用机中，还会衍生出第二台、第三台，而第三台就足以完成这项任务了。我看见并辨别出了相关问题，知道这些问题是可以解决的。我想到了一些人名，我想让这些人来解决这些问题——其中有些人我认识，一旦具备我所获得的机会，他们也可以在各自的领域

1. 古希腊神话中的女性人物，因在仅有一子一女的勒托女神面前夸耀自己的七子七女，致使儿女全部丧命于女神子女之手，她为此悲泣不已，在西皮洛斯山上化为岩石后仍会继续流泪。

内发明出类似我所发明的新技术。各个部件会像经过手工匹配的齿轮般啮合到一起，融汇成一个整体。

其间，我脑子里自始至终都有一本日历和一座钟。

所有这一切并非都是一场梦；其中大部分正是灵感的本质，唯一的区别在于我能感觉到它正在发生，而且正确无误。但到了最后，我确实做了个梦——不是视觉图像，而是一种情感氛围。我产生了一种心满意足的感觉，这种感觉来源于这样一个事实：我即将第一次见到一个人，他已经是我最亲密的朋友了，我对他的了解细致入微，任何一个人对他人的了解也不过如此。

我醒过来了。我还想再这么多待一会儿，沉浸在那种美妙的温馨情感中；我挣扎着不愿醒来，感觉自己在笑，而且一直在笑，笑得太久，连脸颊的肌肉都发麻了。

同时我又一直在哭，把枕头都打湿了。

我侧过身，温柔地伸手去摸娜奥米，心中已经在构思有哪些动听的话要说给她听，就当是送给她的礼物："娜奥米！现在我知道要多久了。不会超过三年，也许只需要两年半就够了。"

我的手摸到的只有那块粗糙的布料，我接着往下摸去。然后我睁开眼睛，猛地坐了起来。

我是独自一人。白昼的天光倾泻而入，早已日上三竿；阳光明媚，非常温暖。她在哪儿呢？我务必得去找她，把这个大好消息告诉她。

我的衣服撂在床边的地板上；我套上衣服，把脚塞进凉鞋，轻轻走到门口，停顿了一下，一只手搁在裂开的门侧柱上，让眼睛习惯强光。

就在狭窄的街道对面，一个男人背对着我，两肘支在石墙上。他丝毫没有表现出知道有人在看他的迹象。尽管我这辈子只见过他不到两次，我却立刻就认出了这个人。他自称罗杰·格尼。

我叫出了他的名字，他没有转身，而是抬起一条胳膊，做了个像是招手的动作。我当时已经很清楚发生了什么事，但我还是走过去，站在他身旁，等着他说给我听。

他还是没看我，只是指了指与墙的尽头相连的那些尖锐岩石。他说："她黎明的时候出来，爬到那上面去了，爬到了顶上。她手里拿着她的衣服，把它们一件一件地扔进了海里，然后就——"他把一只手翻过来，掌心朝下，仿佛正倒下小小一堆沙子。

我想说点什么，但喉咙却哽住了。

"她不会游泳，"格尼过了一会儿又说，"当然了。"

现在我能说出话了。我说："可是上帝啊！你就这么眼睁睁地看着？"

他点了点头。

"你没有跟着她跳下去？你没有救她？"

"我们捞出了她的尸体。"

"那就——人工呼吸啊！你肯定是有办法的！"

"她与时间的赛跑输了，"格尼停顿了一会儿才说，"她已经认输了。"

"我——"我克制住了自己。事情的真相变得如此明显，我暗骂自己是个傻瓜。我慢慢地接着说："她还会美多久？"

"是啊。"他用身体语言表示同意，"这就是她想要逃避的东西。她想让他回来，发现她依旧可爱，而世界上没人肯答应她还能再拖个三年以上。医生们说，等到三年以后，她就会——"他做了个空洞的手势，"崩溃了。"

"她本来可以一直美下去的，"我说，"我的上帝啊！就算看起来跟实际年龄一般大，她也仍然会很美！"

“我们也这么认为。”格尼说。

“太愚蠢了，太没用了！”我用拳头猛击自己的手掌，“你也是，格尼——你知道你都干了些什么吗，你这傻瓜？”我气得声音都在发抖，他第一次面对着我。

“你究竟为什么不把她救活，然后叫人把我找来呢？用不了三年时间！昨天晚上，她要我给她个答案，我就告诉她十年，可是夜里我忽然想明白了，不出三年就能把事情办成！”

“我一猜就肯定是这样。”他的脸煞白，但耳朵尖却是亮粉色——真是荒唐，“你要是没那么说就好了，库珀；你要是没那么说就好了。”

然后（我仍然是那个被海浪抛起的软木塞，一会儿飞上去，一会儿跌下来，下一刻又飞上去），我突然想起了昨夜的灵感究竟意味着什么。我拿手在前额上一拍。

“白痴！”我说，“我还是不知道自己在干嘛！你瞧，你有她的尸体！把她送到——不管什么地方，跟另一具一起，赶快。我这段时间不就是他妈的在研究如何设法再造出一个人吗？现在我明白该怎么办到了，我能办到——我能像再造他一样再造她！”我激动得浑身发烫，在脑海里猛冲向梦中造访过的那个奇异未来，我勉强能直观想象出的理论都是确凿的事实。

他奇怪地端详着我。我以为他没听懂，接着又道：“你还站在那儿干吗？我能做到，我告诉你——我已经明白应该怎么做了。这需要人力和财力，但都是可以获得的。”

“不行。”格尼说。

“什么？”我任由双臂耷拉到身旁，在阳光下眨巴着眼睛。

“不行，”他重复了一遍，站起身来，舒展了一下因为长时间搁在粗糙的墙头不动而发麻的双臂，“你瞧，她的尸体不再属于她了。

现在她死了，它就属于别人了。”

我茫然地后退了一步，说道：“谁？”

“我怎么能告诉你呢？就算我真告诉你了，对你又有什么意义呢？你现在应该已经明白，你是在跟什么样的人打交道了。”

我把手伸进兜里去掏烟。我努力让自己想清楚这件事：既然娜奥米已经死了，她也就不再掌控能将她复活的资源了。所以我的梦想将止步于——梦想。哦，上帝啊！

我呆呆地盯着手摸到的那样东西；不是我的那包烟，而是她给我的那个皮夹。

“那个你可以留着，”格尼说，“有人跟我说了，你可以留下。”

我看着他。然后我明白了。

我极其缓慢地拉开钱包上的拉链，摸出了三张卡，用塑料密封着的卡。我把卡对折起来，塑料裂开了。我把它们撕烂，任凭它们掉在地上。然后，我一张接一张地从支票本里撕下支票，让它们像五彩纸屑一样飘过墙壁，飘落到大海中。他看着我，脸涨得越来越红，直到最后满面赭色——不知是由于内疚还是羞愧。我撕完以后，他仍然用平静的语调说：“库珀，你是个傻瓜。你原本仍然可以用那些钱去实现你的梦想。”

我把钱包往他脸上一扔，转身走了。我已经走出了十步，愤怒和悲伤让我眼前一片漆黑，这时听见他喊我的名字，我回头望去。他双手捧着钱包，嘴还在动。他说：“该死的，库珀，哦，见鬼去吧！我——我告诉自己我爱她，我干不出那种事。你为什么要让我觉得这么肮脏！”

“因为你确实肮脏，”我说，“现在你知道了这点。”

当我把机器装进板条箱时，三个素未谋面的男人走进了我住的房子。他们像幽灵一样沉默，像机器人一样没有半点儿人味，他们帮我把东西放进车里。我之所以欢迎他们来帮忙，纯粹是因为我他妈的想尽快离开这座模拟村庄。我告诉他们，把我要带走的东西扔到副驾驶座上和行李箱里就行，不必费事打包了。我正在忙活，看见格尼走到宅子旁边，站在车旁，仿佛是要鼓足勇气再和我说句话似的，但我没有理睬他，等我出去的时候，他已经走了。直到我在巴塞罗那整理自己乱七八糟的东西时才发现了那个钱包。这一回，钱包里装了 3.5 万比塞塔的崭新钞票。他只是把它扔到了后座上的一堆衣服底下。

听着，打败娜奥米的并不是很长一段时间，不是三年、不是十年，也不是多少年。我是后来才想明白的——为时已晚。（这么说，我也被时间打败了，我们都一样，总会输给时间。）

我不知道她丈夫是怎么死的。但我很确定，我知道她为什么想要他回来。不是因为她像自以为的那样爱着他，而是因为他爱她。没有他，她很害怕。用不着三年时间就能令她重获新生，甚至都用不着三个小时，只要三个字就够了。

而格尼，那个混蛋，在我能说出那三个字之前许久，他早就可以说出口的——早在时间还来得及之前。他本可以说："我爱你。"

这些人都富可敌国。他们栖居于同一颗星球上，呼吸着同样的空气。但他们正在一点点地逐渐变成一个不同的物种，因为他们身上最具人性的东西——好吧，这是我的观点——正在泯灭。

正如我提到过的那样，他们保持离群索居。上帝啊！上帝啊！你难道不感恩吗？

（罗妍莉　译）